JN026152

Il sogno della macchina da cucire

ミシンの見る夢

ビアンカ・ピッツォルノ
中山エツコ 訳

Bianca Pitzorno

河出書房新社

目次

ミシンの見る夢

以下のひとたちの懐かしい思い出に――

アンジェリーナ・ヴァッレ・ヴァッレベッラさん。私たちの夏の家の大家さんで、スティンティーノのただひとりの裁縫師。とても美しい足踏みミシンをもっていて、扉を開け放って広場に、正確にはカーラ・ドリーヴァ広場に目を配りながら縫い物をしていた。焼いた針とコルク栓を使って、村の女の子たちの耳にピアスの穴を開けてあげていた。花盛りの紫陽花（あじさい）がいっぱいの涼しい中庭で、毎朝私の髪をとかしておさげをゆってくれた。

エルメネジルダ・ガルジョーニさん。私が知り合った人々のなかで最も知的で最も創造的な女性。惜しくも二年前に他界した。視力を失ってからも九十七歳になるまで足踏みミシンで縫い続けた。

ジュゼッピーナ・「魚フライ」さん。苗字は覚えていないが、戦後すぐのころ、私たちの家に日雇いで縫い物にきて、たくさんのコートを裏返しにして縫い直してくれた。私には胸にピンタックを寄せたフリルつきのエプロンドレスを何枚も、兄弟たちには肩紐つきのピケ地のつなぎの肌着をたくさん縫ってくれた。そして、私が五歳のとき、最初のステッチを教えてくれ、辛抱強く縫い物の初歩を説明してくれた。手廻し（てまわし）ミシンの使い方も含めて。

私の祖母ペッピーナ・シスト。白糸刺繡（ししゅう）、色糸刺繡を教えてくれ、私が指ぬきを使わずに針をもつのを見ると（私はいつも指ぬきなしだった。今でも！）、祖母は母に、この子は手に負えない女になるよと言って嘆いていた。

そして、私たちのために流行り（はやり）の安価な服を縫ってくれる、今日の第三世界のすべてのお針子さんたち。私たちがほんの数ユーロで買い求める量販店のための服を縫う。別の人が裁断した、いつも同じ部分ばかりを縫っていく一種の流れ作業で、お手洗いに立つ時間も節約するためにオムツまでして十四時間も縫い続ける。そして、最低以下の賃金を受け取って、工場という牢獄で火に巻かれて命を落とす。縫うとは素晴らしい創造的な活動だ。だが、こんなことはあってはならない。絶対に。

絶対に。

この本のなかの物語や人物は想像の産物である。

しかし、それぞれのエピソードは実際に起こった出来事をヒントにしている。主人公と同い歳の私の祖母から聞いて知った話、当時の新聞、祖母が旅行鞄に入れて保管していた手紙や絵ハガキ、私たちの「家族の会話」のなかの記憶やエピソード。私はこれらの事柄をまとめあげ、隙間を埋め、細部を考えだし、まわりを取り巻く人物を加え、そして時には結末を変えた。けれどもここで読者が読むような出来事は、古い言い回しにあるように、どんな立派な家にでも、かつてはほんとうに起こったことなのだ。

日雇いの「お針子（サルティーナ）*」はかつてはごく普通の存在で、私の少女時代までは中産階級ならどの家庭にもそういうひとがいた。終戦直後はとりわけ、すでにある服や布地を「再生」し、別の形で再利用することは誰にとっても必要だった。工業生産の下着や衣服など店で買うことができる既製服、プレタポルテ、そして有名なブランドなどは、後からやってきたものだ。百貨店に安い値段で既製服が登場したとき、エレガンスにこだわる、あるいはただ単にひととは違う装いを求める裕福なひとたちは、変わらず注文服をあつらえた。だがそれは専門の服飾店の評判のよい裁縫師につくらせたのだ。

お針子さんの時代は終わった。

この本は、そういう時代のことが忘れられてしまわないようにと願って書いた。

＊「サルティーナ」は繕い物や簡単な縫い物を請け負い、個人宅に呼ばれて仕事をすることも多かった。格上の「サルタ」（女性裁縫師）と区別して「お針子」と訳した。

我が命、我が心

祖母が服の仕上げの簡単な針仕事を私にさせるようになったのは、私が七歳のときだった。顧客の婦人たちの家に通って服を縫う仕事がないとき、祖母は家で仕事をしていた。コレラの流行のあと、残された家族は私と祖母のふたりきり。両親、兄弟姉妹、そして祖母のほかの子どもとその孫たち、つまりは私の叔父叔母、従兄弟にあたるひとたちを、疫病は男女の別なくみな連れ去っていってしまった。どうして私たちふたりがこの難を逃れることができたのか、いまも私にはわからない。

私たちは貧しかったが、それは疫病が流行る前も同じだった。所有するものなどなにもなく、あるのは男たちの力強い腕と女たちの器用な手先だけ。祖母とその娘たち、息子の嫁たちは、裁縫や刺繍を細かくきれいに仕上げる腕前とその誠実さで町では知られていた。家事手伝いに館に呼ばれるときも清潔で信頼できるという評判で、品よく女中をつとめることも、衣類一式を管理することもできた。そしてほとんどみな、料理が得意だった。男たちは、れんが積み、荷物運搬、庭の手入れなどの日雇い仕事をしていた。私たちの町には工員を雇うような工場はまだあまり多くなかったが、ビール工場、搾油場、粉挽き場、そして水道管設置のための延々と続く掘削工事が、単純労働の担い手を必要としていた。私の記憶にある限り、ひもじい思いをしたことはない。家を変えて狭苦しいアパートに重なり合うようにして住まなければならないことはよくあったけれど。貧しい階級の住む慎ましやかなアパートの家賃すら払えないときには、旧市街のソッターノ*とも言われる地階の部屋に移らなければならなかったのだ。

祖母とふたりきりになったとき、私は五歳、祖母は五十二歳だった。祖母はまだ体力もあり、若いころの奉公でいい印象を残した家のどこかに住み込みで働けば、十分生活することができただろう。けれども、孫まで連れて行くことを認めてくれる家などないし、町にもあった修道女たちのやっている孤児院や養護施設は評判が悪く、そんなところに私を入れる気にはならなかった。半日奉公にしたところで、日中、私を預けられるところなどなかった。そこで祖母は、裁縫の仕事だけでふたり分の生計をたてようという賭けにでた。それはみごとに成功し、あのころ不自由をしたという記憶はない。私たちが住んでいたのは町の歴史的中心街にある館の半地階で、小さな部屋がふたつあるばかり。建物は、砂利で舗装された細い道に面した立派な館で、家賃を払う代わりに仕事をして埋め合わせていた。玄関広間と五階まである階段を毎日掃除するのだ。祖母はまだ暗いうちに起きだしては毎朝二時間半を掃除に費やし、バケツ、雑巾、箒を片付けてやっと、裁縫の仕事にとりかかるのだった。

祖母は小部屋のひとつをきちんと品よくととのえて、注文にくる婦人たちをそこに通し、ときには服の寸法を測ったりもした。でも、ほとんどの場合、祖母のほうが注文客の家へ出向いた。仮縫いした服をシーツに包んで腕に載せ、針刺しとハサミを結びつけたリボンを胸にぶらさげて。そのようなときには、私も一緒に連れて行ってくれたが、部屋の隅っこでおとなしくしているようにと何度も何度も言い含められた。子どもを預けられるようなひとがいなかったからだが、こうして実際に目で見ることで、私に仕事を覚えさせるためでもあった。

　祖母が得意としたのは白リネンだった。シーツ、テーブルかけ、カーテンなどの家庭のリネン類一式、それに、紳士用・婦人用の肌着、下着類、ベビー服一式なども。その当時、こういった服のすでに縫製したものを売るのは、ごく一部の贅沢な商店だけだった。この分野での私たちの手強いライバルは、カルメル会の修道女たちで、とくに刺繍に長けていた。でも祖母は、アフタヌーンドレスも夜会服も、上着や外套も縫うことができた。すべて婦人服。もちろん、寸法を小さくして子ども服をつくることもできた。実際、この路地に住むボロ着の少女たちとは異なり、私はいつだって上品で清潔な、きちんとした身なりで歩いていた。それでも祖母は、もう年齢も高いのに、日々のごく単純な縫い物を頼む「お針子」とみなされていた。町には力のある本物の女性裁縫師はふたりいた。互いに張り合っていて、より富裕な、流行に敏感な婦人たちを顧客とし、どちらもアトリエをかまえていて従業員もいた。彼女らはスタイル画つきのカタログを、ときには布地までも、首都から取り寄せていた。こういう裁縫師に服を注文するのはとにかくお金のかかることで、それは私と祖母がらくらく二年は生活できるような額だった。

　パリに服を注文する一家もあった。弁護士のプロヴェーラ氏の家では、妻とふたりの娘の礼服や

＊道の高さから光を取り入れる地階の住居。

舞踏会のドレスを、わざわざパリから取り寄せていた。これはなんとも奇妙なことだった。町でも有数の資産家ではあったが、自分の服装も含め、プロヴェーラ氏のケチぶりは誰もが知っていたから。「お金があればあるほど頭もおかしくなるのよ」と、祖母はため息まじりに言うのだった。祖母は若いころプロヴェーラ夫人の両親のために仕事をしたことがあった。彼らもたいそうな財産家で、ひとり娘テレーザの婚礼のために素晴らしい衣装一式を用意した。これもパリから取り寄せた、アメリカの大資産家の娘にもふさわしい立派なものだったが、嫁入りにもたせた持参金もお姫様並みのものだった。ともあれその婿は、一家の女性たちをエレガントに装わせるにはいくらでもお金をかけたが、こと自分の装いに関してはそうではなかった。他の紳士たち同様にプロヴェーラ氏も仕立て屋に服をつくらせていた。仕立て屋という職業は、私たちの仕事とはまったく違う。使う布地も違えば、裁断の仕方も縫製の技術も、仕事を身につけるための見習い方法も違っていた。女性はこの分野で働くことを認められていなかった。恥じらいのために、男性の体に触れて寸法を取ることが許されないのかもしれないけれど、よくはわからない。とにかく、それが昔からの伝統だった。婦人服の裁縫と紳士服の仕立ては、ふたつのはっきりと分けられた世界だった。

祖母は文字が読めなかった。学校へ行くなどという贅沢は祖母には許されることではなかったし、そして今、私がどんなに望んだところで、私にもそんな贅沢は許されなかった。早く仕事を覚えて祖母を手伝えるようになり、時間のすべてを仕事に使うこと。それができるようにならなければ、私を孤児院に入れるしかないのだと、祖母はいつも言うのだった。孤児院に行けば読み書きは習えるが、寒さに凍え、乏しくまずい食事で我慢しなければならない牢屋のような生活が待っている。そして十四歳になって院を出たとき、女中になるほか一体なにができるだろうか。他人の家に住み込み、冷たい水仕事で手をかじかませ、熱した鍋やアイロンに手を触れて火傷をする毎日、先の見通しもなんの希望もないままに、昼もなく夜もなく、いつ何時でも服従に次ぐ服従の日々。でも手に職をつければ、自立を保つことができる。何年も後、亡くなる少し前になって祖母は心中を明かしたのだが、奉公に出て、雇い主の一家と同じ屋根の下で寝起きを共にすると、家の主人や若主人から嫌な目にあうかもしれないというのが、祖母が最も恐れていたことだった。

「自分のことぐらい自分で守れるわよ！」私はむっとして言った。そのときになってはじめて、祖母は自分の従姉妹のオフェリアのとても哀しい話をしてくれたのだった。主人に言い寄られた従姉妹は必死で拒み、平手打ちを食らわせて抗い、奥様に言いつけると言って脅した。ところが主人はその仕返しとして、そして告発を避けるために、応接間から金の葉巻入れをもちだしてオフェリアの寝ていた部屋に隠した。それから妻を伴って部屋のなかを捜索し、家政婦の貧しい持ち物をあさって葉巻入れを「発見」、その場で彼女を解雇した。勤務証明書*すら出してくれなかった。夫人は盗みのことをありとあらゆる知人に言いふらし、その噂は広まって、「コソ泥」を雇おうという家など一軒もなかった。オフェリアが見つけた唯一の仕事が、居酒屋の皿洗い。だが、そこでも、酔った客たちに言い寄られ、客同士での取り合いになったり、喧嘩に巻き込まれたりと、煩わされた。こうしてある晩、オフェリアは逮捕され、それが彼女の最後のはじまりになった。カヴールとニコ

＊ 雇い主が退職者に出す証明書。

ーテラによって売春法が制定されたあとの警察の規則はとても厳しかった。オフェリアは監視のもとに置かれ、三度目の乱闘が起こったとき、彼女にはなんの罪もなかったにもかかわらず、娼婦として登録させられ、娼家に行かされた。そこで病気になり、それからほんの数年で、梅毒のため病院で死んだ。

祖母にとってこの話を思いだすことは、もう一度悪夢のような出来事を生きるのも同じだった。まともな人生と、苦しく不名誉な、地獄のような人生とを分ける境界線がいかにもろいものであるかも知っていた。子どものころは、このような話を聞かされることもなかったし、むしろ、性と関係のある事柄など、その危険をも含め、私には何ひとつ知らせないようにしていた。

一方で、祖母は早くから、まだ幼い私の手に裁縫針と仕事で余った布の切れ端をもたせた。教え上手の教師のように、それを遊びとして私に与えたのだ。私は、ある亡くなった従姉妹から引き継いだ、もうボロボロの古い張り子の人形をもっていたが、それは従姉妹が、自分の母親が通いで仕えていた家のお嬢さんからもらい受けたものだった。とてもだいじにしていた人形だったが、裸ですり傷をさらしている姿がかわいそうだった（祖母は夜中にこっそり人形の服を脱がし、どこかへやってしまったのだ）。私はお人形に早く肌着、ハンカチぐらいつくってあげられるようになりたくてたまらなかった。そしてシーツ、それから前掛けも。目標はもちろん、ひだを寄せ、レースで縁取りした、優雅なドレスをつくってあげることだったが、これは容易ではなく、最後は祖母が仕上げてくれた。

そうこうするうちに、指を針で刺すこともなく、薄く白い麻上布の産着やハンカチを血で汚すこともなく、細かく縫い目のそろった、きれいな縁縫いができるようになった。七歳になると、縁縫いは私の日課になった。「ほんとうに助かるわ」と言われるのが嬉しかった。実際、祖母が一週間のあいだに仕上げる服の数は月を追うごとに増えていき、少しではあったけれど、収入も増えていった。シーツの縁の仕上げの透かしかがりも覚えた。これは単調な作業だったけれど、縫いながらあれこれと空想することができた。ジリウッチョ*は、もっと集中しなければならなかった。大きくなってからは、糸などの買い物や縫いあがった服を届けるのに、祖母は私をひとりで外に行かせてくれるようになり、帰り道に近所の女の子たちと道端で三十分ぐらい遊んだりしても、文句を言うことはなかった。それでも、私をひとりで長時間家に残して出かけるのは好まず、顧客の家へ行って一日じゅう縫い物をしなければならないときは、手伝いがいるという口実で私を連れて行った。暗い日でも自分たちのものは消費せずにロウソクやランプの石油を使うことができたから、これはとても割のよい仕事だった。それに、昼にはご飯を出してくれたから、食費の節約にもなった。うちでふだん食べるものよりもずっといい、パスタ、お肉、果物の食事で、家によって女中たちと一緒に台所で食べることもあれば、裁縫部屋に運んでくれて私たちふたりだけで食べることもあった。ご主人たちの食卓に招かれることは決してなかった。

こういうお金持ちの立派な家には、今言ったように裁縫のための部屋があったのだが、明るくて布を裁断するための大きなテーブルがあり、そして、世にも素晴らしいもの、ミシンが置いてあることも多かった。どこで覚えたのかわからないが、祖母はミシンを使うことができた。祖母がリズ

＊糸を抜いた部分に線状に糸を残して模様をつくるステッチ。

ムを刻んでペダルを上下させると針の下でするすると布が素早く進んでいくのを、私は驚きの目で眺めるのだった。「家にも一台あったらねえ」祖母はため息まじりに言うのだった。「どれだけたくさんの仕事を引き受けられることか！」でも、ミシンなど決して買えやしないのは祖母にも私にもわかっていたし、置く場所だってなかった。

ある晩のこと、仕事が終わって、裁縫道具を片付けて帰り支度をしていると、母親に背中を押されてお嬢さんが部屋に入ってきた。私たちはお嬢さんの堅信式のための白いワンピースを縫っていたのだ。年頃は私と同じぐらいで、そのとき私は十一歳だった。お嬢さんはもじもじしながら、食料雑貨店の分厚い紙でくるんで紐をかけた、四角い包みを私に差しだした。「去年の子ども新聞なのだけれど……」と母親が説明しだした。「エルミニアはもう何度も読んでしまったし、毎週毎週新しいのが届くの。それで娘は、あなたが喜んでくれるんじゃないかって考えたのよ」

祖母が目配せしたのも間に合わず、私は「字が読めないんです」と言ってしまっていた。エルミニア嬢はどうしていいかわからず自分の靴を見つめ、今にも泣きだしそうな顔になった。母親は一瞬ためらったが気を取り直し、さらりと微笑んだ。「大丈夫よ。絵を見ればいいわ。とてもきれいなのよ」こう言って、私に包みを手渡した。

それはほんとうだった。家に帰って包みを開け、中身をベッドの上に広げたときは、息がつまる思いだった。こんなにきれいなものを見たのは生まれてはじめてだったから。色付きの絵もあれば、白黒のものもあったが、どれもこれも素敵だった。絵の下に書いてある字が読めるようになるなら、どんなことでもするのに！　その夜、祖母に聞かれないように頭の上までシーツを引っ張りあげて、私はちょっと泣いてしまった。でも、祖母には聞こえていた。その次の週、エルミニア嬢の家での仕事が終わると、こう言ったのだ。「裁縫材料店の娘のルチアと取り決めをしてきたよ。婚約して二年後には結婚するのを知っているだろう？　シーツ十二枚にシャドウワーク*でイニシャルを刺繡する代わりに、週に二回一時間、おまえに読み書きを教えてくれる。卒業はしなかったけれど、ルチアは先生になる勉強をしたんだよ。おまえだって、きっとすぐに覚えられる」

だが結局、三年間もかかってしまった。ルチアには教える経験があまりなかったし、私には習ったことを復習する時間があまりなかった。祖母を手伝う仕事はどんどん難しいものになっていたし、人の家へ行って縫い物をするときは、授業を休まざるを得なかった。読本などもっていなかったが、祖母にお金を使わせたくなかったので、授業を始めるときに子ども新聞を使って教えてほしいと頼むと、ルチアは、「そうね。きっとそのほうが退屈でなくていいわ」と承知してくれた。ルチアはもう二十歳になっていたが、「なぞなぞ」や風変わりな動物についてのニュース、早口言葉などを読んで、子どものようにおもしろがった。韻を踏んだ言葉遊びはおかしくて、私たちは笑い転げたが、でも、それは毎日の生活で使う言葉ではなかった。数か月後には、学校の教科書を貸してもらわなければならなかった。私はとにかく勉強できるのが嬉しくて、即席のにわか教師ではあったけれど、先生には心から感謝している。祖母には、シーツのシャドウワークの刺繡はやらないでいい、私が全部やりたいから、と告げた。刺繡が終わったのは、ルチアの結婚式の前夜だった。そして、その次の年の授業のためには、ルチアが誕生を待っていた子ども用に大きさの異なる産着を十二着

＊ 布の裏に密に糸を刺し、表はうっすら浮きあがるような刺繡。

縫った。お店のショーウィンドウで見た大きな写真の、王妃の腕に抱かれるふたりの娘、ヨランダ王女とマファルダ王女の着ているものにヒントを得て、刺繍入りのお洋服もつくった。私の十四歳の誕生日から少ししてかわいい男の子が生まれると、ルチアはこう言ったのだった。「これで授業はおしまいよ。もう時間がないから。それに、あなたもかなり進んだから、これからはひとりで続けていけるわ」と。

読む練習を続けるようにと、自分にはもうめくる時間のない「雑誌」を私にくれた。読み尽くされて、開くだけでバラバラになってしまうページもあった。実際にはこれは雑誌ではなく、オペラのリブレットだった。私は劇場へ行ったことはなかったけれど、町には毎年歌劇団がきて、最新のオペラを上演しているのは知っていた。観劇に行くのは裕福なひとたちばかりではなく、商店主や職人なども天井桟敷なら席をとることができた。私はたくさんのアリアを知っていたが、それは顧客の家のお嬢さんたちがピアノの伴奏付きで家の応接間で歌っていたからだった。

これらのリブレットを、私はまるで小説を読むかのように読んでいった。そして、それが全部、ほんとうにどのお話もすべて、愛を語っているのを知って驚いたのだった。情熱的な愛、運命の愛。それは私があまり注意を払ってこなかった話題だったが、それ以来、大人たちの話には好奇心いっぱいに耳をそばだてるようになった。

そのころ、有力な家々のサロンやお金持ちの通うカフェ、さらには私たち貧乏人の路地、あたりの道端、市場の屋台などでも、盛んに噂される話があったが、それはルチアのくれたオペラの物語にとても似たものだった。アルトネージ氏の十七歳の娘がリッツァルド侯爵に熱烈な恋をして、父親の反対にもかかわらず、侯爵と結婚したいと言うのだ。私と祖母はアルトネージ家を知っていた。うちから数本向こうの道にある、美しい館の主要階を占める広いアパートメントに住んでいた。旧市街にはこういう館がたくさん、地階（ソッターノ）と混在してあるのだった。地階はもともと馬小屋だったが、馬や馬車を使うことが減って、最も貧しく困窮したひとたちの住まいとなっていた。私たちは家政婦に呼ばれ、アルトネージ家に縫い物をしに行ったことが何度もあった。この家政婦はずっと家のことを管理していて、それは氏の妻、一家の奥様が、ひとり娘を残して疫病で亡くなったからだったが、この娘こそ最近盛んに噂になっている恋物語の主人公なのだった。私たちはお嬢さんが成長していく姿を見ていて、年齢に応じて部屋着のエプロンドレスや刺繍入りのモスリンの夏のワンピースなどを縫ってきた。名をエステルと言い、父親には命と同じくらいに大切な娘で、娘の望みとあれば、アルトネージ氏はどんな気まぐれでも拒めないのだった。先ごろもわざわざイギリスから素晴らしいグランド・ピアノを取り寄せたばかりか、乗馬のレッスンを受けることも許したほどなのだ。乗馬などするのはほとんどが若い男性で、若干の女性がいても、それは夫同伴の若い婦人たちだった。町では、エステル・アルトネージは横乗りではなく馬に跨（また）がって乗り、そのためにスカートの下にズボンを穿（は）いているのだと囁（ささや）かれた。家政婦や親戚の女性たちの憂いをよそに、縫い物、刺繍、料理などの家事一般に娘がまったく無関心であることも父親は大目に見ていた。エステルが外国語をやりたい、古典語も勉強したいと言いだしたときには、チュニジア出身の独り者の老婦人を呼んで週二回のフランス語の教授を頼み、私たちの町にもう長いこと住んでいるアメリカ人の女性ジャーナリストには英語を、神学校の神父にはラテン語と古代ギリシャ語とを教えてもらうことにしたのだった。それに、子どものころからエステルには科学の家庭教師がついていて、植物学、化学、地理ばかりか、新しく発明されたばかりのさまざまな機械がどのように機能するかなども教えていた。エステルはこういうレッスンが楽しくてたまらず、休むことなど一度もなかった（私はエステルがとても好きだった。あるとき、家に呼ばれて仕事をしていたら、縫い物部屋に家庭教師と入ってきて、ドイツ製の最新のミシンのメカニズムの説明を、私と祖母にもその場で一緒に聞かせてくれた。家庭教師はミシンをすっかり分解し、それぞれの部品の名前と役割を教えると、私たちにも手で触らせてくれた。それからゆっくりと組み立て直して、部品の噛み合わせをひとつひとつ見せて、祖母に油の差し方を教えた。そのとき十一歳だった私には、まるで奇跡を見るように思えた）。

「男の子のように育てるつもりなのよ……」親類の女性たちは眉をひそめてこう囁いた。アルトネージ氏の義妹は、面と向かってはっきりこう言いもした。「エステルだって結婚したら、こんなことひとつも役に立ちはしないのですよ。このままでは娘の人生を台無しにします」しかし彼のほうは、肩をすくめてみせるだけで、それより、媚びることばかり覚えた自分の娘たちの教育を考えたらどうだ、などと言うのだった。

これらにかかる費用はもちろんのこと、かくも型破りな、習わしを無視したことができたのも、アルトネージ氏がとても裕福だったからだ。小麦、大麦、ホップを栽培する広大な土地を所有していたが、地元の他の大地主たちとは異なり進取の気性があって、収穫の収益を小作農から受け取るだけではなかった。いくつもの粉挽き場を所有して氏自ら経営し、他の耕作者の粉も挽いていたし、この地方では唯一の、大きなビール工場ももっていた。仕事場を視察してまわるときは、よく娘を一緒に連れていた。

「将来はお前が管理することになるのだよ」こう娘に言うのだった。

「あの子の夫が、でしょう」エステルの母方の叔母にあたる氏の義理の妹はこう訂正する。「こんな変なことばかりやらせて、お義兄(にい)さんのせいであの子がオールド・ミスにならなければ、の話ですけど」

それは起こりそうにないことだと、私は思っていた。エステル・アルトネージ嬢は、お金持ちの跡継ぎであるだけではなく、とても美しい少女だったから。すらりとして、しぐさは並外れて上品で優雅、その顔はどんなにぶっきらぼうな冷淡な男でも惹(ひ)きつけてしまうほど、優しく表情豊かだった。近づいてくる求愛者たちは山ほどいたが、うまく遠ざける術(すべ)も身につけていた。いつでも無礼にならないようにやんわりと、近づいても無駄なことを粋な受け答えでわからせるのだ。これも私が彼女を敬愛する理由のひとつだった。そのころ、私には男というのはみな滑稽に見えたし、その気取った態度も滑稽だった。ある種の出来事が起こり、甘ったるくて馬鹿馬鹿しい言葉が口にされるのは、オペラの世界だけでのことだ。

エステル嬢が馬場で知り合ったリッツァルド侯爵に恋をしていると聞いたときには、とても信じられなかった。なにしろ歳も三十歳、侯爵は私には年寄りに思えた。でも祖母は少しも驚かない様子で、私たちが針や糸を買っていた裁縫材料店の女主人とこう話していた。アルトネージ家ほど金持ちではないけれど、なかなかの財産があるから、持参金狙いの恐れはないだろう、と。それに、由緒ある立派な貴族の称号をもつ。だが、疫病の大流行のために、一族の最後のひとりとなってしまっていた。だから、まだ十分若いうちに早く結婚して跡取りがほしい、できれば大家族をつくりたいと思うのも当然だった。花嫁の年齢は祖母にとっても祖母の知り合いの女性たちにとっても問題ではなかった。彼女ら自身、十六歳前後で結婚していたのだから。

ところが、アルトネージ氏は、これまで散々娘の気まぐれを許してきたにもかかわらず、この選択だけは認めようとしなかった。侯爵のことはどこか好きになれなかったのだが、自分でも特にはっきりした理由があるわけではなかった。しかし、エステルについては、妻としても一家の女主人としてもまだ若すぎると考えていた。「お前はまだ経験が浅い」こう娘に言うのだった。「まだまだ勉強することがたくさんある」と。

「グェルフォが教えてくれるわ」娘は頑固にこう言い返した。

「とにかく成人するまで待ってほしい」父はこう説き伏せるのだった。「そのときになっても考えが変わらなかったら、結婚を許そう」

「四年も！　私が死んでもいいの？　四年もしたら、年寄りになってしまう。グェルフォだって、きっと別のひとを探すわ。彼に近寄ってくる女性はいくらでもいるのよ。それに、言わせてもらいますけど、成人になったら、お父様の許可も必要なくなるわ」

私たちがこういった応酬を知っているのは、家政婦から聞いたからだ。アルトネージ家に花束と一緒に毎日届く情熱的な手紙のことも聞いた。そして、エステルが部屋に閉じこもって何日も泣いてすごしたことも。父親がひとりで外出するのを許さず、お供をする者たちは侯爵を近づけさせないように言われていた。

ある日、娘はまっ青な顔で父親の書斎にやってきて、受け取ったばかりの手紙を手渡した。「君と一緒になれないなら、自殺する」そこにはこう書いてあった。「君なしでは生きている意味がない」と。

「グェルフォが死んだら私も死にます」エステルがこう言ったときの落ち着きは、アルトネージ氏をぎょっとさせた。氏はついに諦めて求婚者に面談を許し、長く話し合った。その結果はこういうものである。ふたりは正式に婚約したものとするが、ふたりだけで会うことは許されない。侯爵はエステルの家を訪れることを許され、毎日曜日の午餐（ごさん）にくること、父親と娘の粉挽き場、ビール工場視察に同伴すること、叔母たち、従姉妹たちとともに娘と町のカーニヴァルの舞踏会に行くこと、あるいは、目抜き通りにあって上流のひとたちだけが通う町でいちばんエレガントなカフェ、ガラス張りの外装から「クリスタル・パレス*」と呼ばれるカフェでチョコレートを飲むことを許された。しかし、ふたりだけになることは許されず、必ず目の届くところ、話の聴けるところに第三者がいなくてはならないとした。ただ手紙は、監視なしにいくらでも書いてよい。持参金については、アルトネージ氏は多額の金を毎年娘宛てに払い込むことを約束したが、しかし不動産の所有権は娘に一切譲渡しないとした。「私が死んだときにすべてを相続することになる。もうすべて所有してい

＊　一八五一年、ロンドンの第一回万国博覧会のために建てられたガラスを使った建造物の名。水晶宮。

るようなものなのだから」氏がこう言うと、侯爵は抗議するのは恥ずかしく思った。お互いの気持ちを確かめるため、婚約期間は二年とした。もちろんのこと、正式に発表した後で婚約を破棄するのはスキャンダルになっただろう。しかし、アルトネージ氏にはひとの評判よりも娘の幸せがだいじであり、ひとがどう思うかなど恐れてはいなかった。

エステル嬢は花嫁道具の衣類・リネン一式の準備にかかった。婚約者は、プロヴェーラ家の令嬢たちのように、すでに縫製したものをパリに注文したいと考えていたが、エステルはカタログ注文を信頼していなかった。エレガントなドレスについては、町にあるふたつの服飾店の両方に注文し、どちらも羨むことのないようにした。「お嬢さんの背がまだ伸びていることに、あの自惚(うぬぼ)れた大裁縫師たちが気づくことを祈るよ。きっちり寸法通りにつくってしまわなければいいのだけれど」祖母は疑わしげにこう言った。けれども、リネン類を頼まれたことを、祖母は誇りに思っていた。

結婚を控えた二年のあいだ、ほかの顧客の仕事を断り――これは後になって軽率なことだったとわかったのだけれど――私たちはアルトネージ家の仕事に専念した。家ではハンカチ、シーツ、テーブルクロス、カーテンなどを、アルトネージ家の裁縫部屋ではその他のすべてのものを縫った。祖母は、花嫁のために寝巻き、コルセットカバー、シュミーズ、モーニングドレス、化粧ケープを縫った。ケープはわざわざスイスから取り寄せたザンクト・ガレン*のレースで縁取りしたもので、エステル嬢にとても似合った。私も一日一日と、細いピンタックを、ごく小さなボタン穴のかがりを、細かいフリルのつけ方を覚えていった。そして私も、エステル嬢と同じく、背丈を伸ばしていた。思えば、私たちの歳の差は三歳弱にすぎなかった。

私たちへの支払いは惜しみなくきちんとなされたし、食費も節約でき、丁重な扱いを受けた。こういう仕事が十年でも続けばよいのに！　数か月ほどしてから、私は思い切ってエステル嬢に、なにか小説を貸してもらえないだろうかと聞いてみた。彼女は本を貸すのはもちろんのこと、熱心に私にいろいろな読書を勧めてくれた。定期購読していた「コルデリア」という雑誌を、毎週読み終えるごとに私に渡してくれた。彼女はといえば、音楽、語学、科学などのレッスンを続けてはいたが、以前ほどは熱の入っていない様子だった。それは婚約者が、こういう興味を子どもじみた気まぐれとは言わないまでも、風変わりなことだと考えていることを、やんわりとではあれ、わからせたからでもあった。

この二年のあいだ、夜、家に帰り着いたときにあんなに目が疲れていなかったなら、どんなにたくさんの役立つことを学ぶことができただろう。祖母が害になるだけだと言っていたこと以外にも。「思いあがってはいけないよ。手に入れられるはずのないものを望むのもよくない」私が小説を読んではため息をつくのを見て、祖母はこう言ったものだ。私はひとつだけ確かなことを学んだ。愛とはとても素晴らしいものだということ。愛のためならどんな犠牲も軽いものになり、感情を重んじる男性は、私が前に思っていたように滑稽でなどないということ。そしてエステルのためだったら命も投げだすグェルフォ・リッツァルド侯爵こそ、恋する人の模範であるということ。エステルも彼のためなら自分の命など惜しまなかっただろう。私も、自分を深く愛してくれる男性、優しく

＊ 古くから繊維・織物で知られるスイスの町。特にレース、刺繍が有名。

素敵な青年と出会えることを夢見ていた。道を歩いているときに店の若い店員たちがかけてくる野暮な褒め言葉など、私には侮辱的で気分を害するものでしかなかった。いずれは、こういう若者の誰かを選ばざるを得ないことはわかっていたし、白馬の王子様を待ち望むなどという幻想を抱いていたわけではない。でも、さしあたり夢を見ていてもかまわなかった。

時はすぎ、エステル嬢も背丈が伸びて、小さくて着られなくなった、まだきれいな服を私にくれた。それを祖母は急いで私用に直してくれた。寸法を直し、フリルやボタン、レース、フロッグボタン*、飾り紐といった飾りをすべて取りはずした。「良家のお嬢さんのような恰好で外を歩くわけにはいかないだろう？　服をくれたほうにも迷惑だし、そんなことを許したなんて、こっちも困ったことになるからね」しかし、布地がごく上質のものであることには変わりなく、それは私と祖母や、私たちの階級の人がふつう使うものとはまったく異なるものだった。残念なことに、靴は私へのお下がりにすることはできなかった。エステル嬢の足はほっそりと繊細で、私の足よりも小さかったから。私の足もどんどん成長し、靴だけは毎年新しくしなければならなかったが、隣の路地の靴直しのところで調達するとはいえ、これはばかにならない出費だった。帽子やパラソルは、十分に使うとエステル嬢は従姉妹たちにあげ、従姉妹たちはそれを帽子作りの女性のところで新しくつくり直してもらう。こういうものを私にくれるなどは、考えられないことだった。私の階級の女性は帽子などかぶらなかったから。どんなに暮らし向きがよくて自惚れた女性だって、帽子をかぶろうなどとは思わなかっただろう。ましてやパラソルを使うなど、大胆で思いあがった、私たちにはあり得ない振る舞い。パラソルをもてるのは良家の女性だけだった。

エステル嬢がもう少しで十九歳になろうというころになって、背丈の成長が止まった。婚約期間もそろそろ終わるころで、結婚式の日が近づいていた。エステルと侯爵の愛はいっときも変わらず、ほんの少しでも気持ちが冷めることもなかった。それどころか、日を増すごとにふたりの気持ちはますます強く深くなっていくようだった。ふたりを眺めるだけで、私は小説の世界に生きているように感じた。今ではアルトネージ氏も、娘にふさわしい婿を見つけたことを確信したようだった。娘を幸せにし、自分がいなくなった後、娘をしっかり守ってくれるであろうと。

結婚式は盛大に祝われ、新郎新婦は幸せに顔を輝かせていた。花嫁はおとぎ話に出てくるお姫様のようで、花婿は芝居の俳優のように見えた。花嫁の叔母たちも、いくらあら探しをしたところで、結局文句のつけようがなかった。どちらかと言えば、やや羨ましげであった。自分たちの娘にはこれほど豪華な婚礼はさせてやれないからだ。

これで正式にマルケーザ〈侯爵夫人〉になり、本来はその称号で呼ぶべきところだけれど、まだ二十歳になっていなかったので、みなはこの若い夫人をマルケジーナ〈小さな侯爵夫人〉と呼ぶようになった。この新しい爵位の称号を使って呼ぶのは、私には簡単なことではなかった。私の心のなかでは彼女はいつまでも私の大好きなシニョリーナ〈お嬢様〉で、そう考えることにすっかり慣れきってしまっていたから。だから、この物語を続けるにあたり、その主人公を正式な称号で呼べな

＊飾り結びをした紐でつくった引っ掛けボタン。

いときも、まるで友だちででもあるかのようにただ「エステル」と呼んでしまうこともあるかもしれないが、読者にはお許し願いたい。でもだからといって、私たちを隔てるとてつもなく大きな階層の距離を、あのころも、そして今も、私が意識していなかったわけではないし、自分の居場所をわきまえていなかったわけでもない。

婚礼を控えた最後の週になってアルトネージ家の花嫁道具の仕事が終わったが、今度は新しい仕事、新しい顧客を見つけなければならなかったから、祖母は少し心配していた。しかし、少しではあるが、お金を貯めることはできた。私はこのお金をミシンを買うための前金にしたいと夢見ていた。ところが祖母は、仕事のないときに備えて一銭も使わずにとっておこうと譲らなかった。実際、まだ新しい顧客は見つかっていなかった。

でも祖母はそう長く心配しないで済んだ。悲しいことだけれど。マルケジーナがまだ新婚旅行から戻らないころだったが、祖母は、私の冬服の裾を伸ばすのに針を動かしていて、頭を胸へと垂れると長いため息をひとつつき、死んだ。「急な発作」、埋葬許可を出すことになっている医師はこう言った。「心臓の過労」と。

ささやかな貯金のほとんどはお葬式とお墓のためになくなってしまった。私の他の家族のように、貧者の墓所に祖母を入れたくなかったからだ。

今度こそほんとうにひとりきりになってしまった。手に職をつけたものの、今のところ仕事の依頼はきそうになかった。住む所は心配しなくてもよかった。建物の所有者は、墓地まで付き添ってはくれなかったが、なきながらとなった祖母に最後の別れをしにきてくれ、祖母が念入りにやってい た建物の掃除を同じように続ければ、このまま今のアパートにいていいと言ってくれた。でも、そ のほかのことはどうすればいいのだろう。貯めておいたお金が終わってしまったら、食べていくの に、石鹸(せっけん)やロウソク、石油、炭を手に入れるのに、どうしたらよいのだろうか。幼なじみの女友だ ちに助けを求めることなどできなかった。洗濯、アイロンかけ、最下層の食堂の皿洗いなどをして いて、みんなとても貧しく、一日十五時間も働いて、やっとこ子どもたちにご飯を食べさせていた のだから。近所のおばさんたちは、自立なんて諦めて、どこかの良家の住み込み家政婦の職を探し たほうがいいのではないかと勧める。十六歳半ではひとりで生きていくには若すぎる、と。オフェ リアの話を知ったのはわりと最近のことだったが、そのことが頭に浮かんだし、私に職を教え込む のに祖母がどれほど苦労したかも考えた。ここで諦めるのは、祖母の願いを裏切るように思えた。

一生懸命にできる限りの節約をして、なんとか数か月もたせることができた。毎日出かけては、 かつての顧客のところを、なにか仕事はないかと聞いてまわった。もうほかのお針子がいるからと 断られるたびに、もしもなにかあったらお願いしたいと食いさがるのは恥ずかしかった。アルトネ ージ家にお願いに行くのはもちろん、エステル嬢がご主人と住む新居に行くのは言うまでもなく恥 ずかしかった。祖母と一緒にあらゆるリネンを何ダースも、何年でも十分に足りるぐらいの量をつ くったあとで、今さら縫い物の必要なんてあるはずがない。不運にも、エステル嬢の英語教師で、 祖母がときどきリネン類を縫っていたアメリカ人の女性ジャーナリストも、妹に会いに何か月か帰 国していて町にはいなかった。

毎日引き出しを開けては、お金がなくなっていくのを見ていた。エステル嬢からもらった服も、自分たちのため、そしていつか私の花嫁道具にするために、祖母が何年もかけて蓄えた少しばかりのシーツ類も、祖母の洗礼祝いの品で私に遺してくれていた金のネックレスとサンゴのイヤリングも、とうに質に入れてあった。もっていたほんの少しの本さえも古道具屋に売ってしまった。エルミニアの子ども新聞、「コルデリア」、状態のいいオペラのリブレットだ。縫い物で目が疲れることもない今、読書は時間をやりすごす助けになったことだろう。でも、わずかな小銭も今は必要だったのだ。これまで通り二部屋の住まいを維持できたのは幸いだった。家から家へと仕事を求めて歩きまわり、郊外の原っぱではフダンソウ、カルドン、チコリなどの食べられる草を探して採ったりしていたから、家がなかったら浮浪者として逮捕されたかもしれなかった。

でも、私は諦めたくなかった。

頑固を通した甲斐があった。なんの味付けもないパスタと野生のチコリだけを一週間食べ続け、もう降参するしかないと思っていたときだった。アルトネージ家の家政婦がやってきて、「マルケジーナが話があるとおっしゃっている」と言うのだ。「すぐに屋敷(ヴィッラ)へお行き。住所は知っているね?」

こちらはぽかんとしてしまった。エステル嬢は一体なにをご所望なのだろうか。

何ダースも何ダースものきれいな肌着や部屋着、シュミーズのほかに、若い花嫁にじきに必要となる衣類一式のことなど、うぶな私は考えてもみなかった。もちろん私だって世間のあれこれを知らなかったわけではない。でも、彼女の愛の物語はとても詩的で理想的なもの、肉体を離れたものに思えたから、デリー*の小説のなかで愛の「成就」と呼ばれている肉体的な面のこと、愛に肉体的な結果があるということを考えるのを、私は心のなかで拒んでいたのだ。王妃がすでに王女おふたりと王位継承権をもつ皇太子おひとりを次々とお産みになったことにもあまり思いをめぐらさずにいた。王妃とレースのお洋服を着た三人の子どもの写真を、どの店も大きく焼いてショーウィンドウに飾っていたというのに。この子どもたちがどのようにこの世に生まれてきたかということよりも、私は子どもたちが身につけているレースやボンネットのほうに関心があった。

実は、愚かなロマンチストの私は、大好きなエステル嬢に赤ちゃんが生まれると知ったとき、少し戸惑った。

本人は、幸せいっぱいで、夫と住む美しく立派な屋敷の応接間で、顔を輝かせて私を迎えてくれた。

「この世でいちばん美しいベビー服一式を縫ってほしいの」と、私に言う。「洗礼式には、リッツアルド家に伝わる服と幼児入れ(ポルト・アンファン)**を使うつもりよ、グェルフォにはとてもだいじなことなの。少し黄ばんでいるから、真っ白にするのを手伝ってくれると助かるわ。グェルフォは、残りの衣類もみなカルメル会の修道女たちに注文したいと言ってね、ほら、刺繡のためよ。それが一家の伝統なの

* フランスの大衆小説家。プティジャンヌ・ド・ラ・ロジエ家のジャンヌ・マリー、フレデリック姉弟のペンネーム。一九一〇年ごろから一九五〇年代にかけて人気を博した。

** 洗礼の時に新生児を入れる布製の袋。

だそうだけれど、私は言ったの、信頼できる自分の裁縫師に頼みたいって……」

　私はぽかんとして見つめ返した。言われたことがよくわからなかったのだ。

「……あなたのことよ、お馬鹿さんね！」エステル嬢はこう言って笑い声をあげ、私を抱きしめた。見た目には変わらずほっそりしていたが、こうして直接触れてみると、コルセットの下でお腹が少し膨らんでいるのがわかった。

「時間があるかしら？」と続けるエステル嬢。「仕事はたくさんあって、すぐに始めてもらいたいの。私ももっとゆったりした、楽な部屋着が必要になるだろうし。明日から始めてもらえるかしら？」

　もう四か月も仕事がなくてひもじい思いをしていたこと、この仕事のおかげで絶望の淵（ふち）から救われることなど、とても言う勇気はなかった。

　縫い物は彼女の家へ行ってすることになった。「これなら、なにかあなたから教わることもできるでしょ？　私も少しは縫えるようになりたい。子どものボンネットとか、ミトンぐらい。グェルフォもきっと喜ぶわ。そういうことでは、今までがっかりさせっぱなしだったから」

　私には願ってもないことだった。なにより、昼食が出るからかなりの節約になる。それに、これならひとりぼっちでいないで済む。女主人は訪問や買い物でしょっちゅう馬車で出かけるから、いつも一緒にいられるわけではないけれども、家の女中たちがいた。屋敷（ヴィッラ）には何人ものお手伝いがいて、何人いるのか正確に数えられたわけではないが、みなきちんとした制服を着て、ぱりっと糊（のり）のきいたエプロンをしていた。さらに、庭師がひとり、馬車と馬の世話をする使用人がひとりいた。

この仕事を自分の家でするとしたら、孤独な沈黙のなかで黙々とやるしかなかっただろう。ひとりで歌いだしたりなんて、できないもの！　祖母と一緒に家で縫うのとはまったく違っていた。祖母は若いころの話を聞かせてくれ、いろいろ教えてくれたし、私は読んでいる本の話をし、祖母はお説教をしたりもする、というふうに、いつもおしゃべりをした。ときには祖母の昔からの友だちが助言を求めて縫い物をもってやってきて、うちで一緒に縫いあげていったりもした。でもそれも今では昔のことだった。

エステル嬢は、屋敷に移って住み込んだらどうかとも言ってくれた。部屋はいくらでもあったから。でもそれは、私の信条から望まなかった。侯爵がよからぬ振る舞いをするのではと恐れたからではない。これほど愛する妻がいるのだ、どうしてそんなことがあり得ただろう？　でも私は、お手伝いではなく、手を使って働く職人と認めてほしかったのだ。確かに部屋を維持するのは一苦労で、夜明け前に起き、毎日二時間もかけて階段の掃除をしなければならなかったけれど、少なくとも「私の家」と呼べるものがあった。

マルケジーナはかつての科学の家庭教師から、手順よく物事を計画する術を学んでいた。チュニジア人のフランス語教師の助けで、子ども服のスタイル画がたくさん載った雑誌をフランスから取り寄せた。子どもに必要なありとあらゆる服が、誕生から二歳まで、三か月ごとに分けられているもので、これを見て作業の計画をたてたのだ。私たちはまず、一番目のサイズの、信じられないぐらい小さな産着を十二枚、用意することからはじめた。「私たち」と言ったのは、彼女もごく簡単な作業を手伝ってくれたからだ。ちょうど私が五歳か六歳ぐらいのころに、祖母にしたように。そして、彼女は滅多に裁縫部屋を離れなかった。雑誌には、産着には新しい布を使ってはいけないとあった。最も薄手の麻上布も、「卵の薄皮」と呼ばれるパーケール*もよくない。唯一産着に適しているのは古い麻のシーツの布で、何年ものあいだに洗濯を繰り返して、ごくごく柔らかくなったものがよいのだそうだ。縫い目も、内側ではなく産着の外側にくるようにしなければならない。新生児の極めてデリケートな肌を刺激してしまうから。刺繍もだめ、ボタンもボタン穴もなし。使えるのはごく薄手の絹地のリボンだけで、それも絶対にしわが寄らないように緩く縫いつけなければならなかった。

エステル嬢は新しい家でもミシンをもっていたが、使い方は知らなかったし、それは私も同じだった。ともあれ、雑誌は一歳までの赤ちゃんの服はみな手縫いにするようにと書いていた。

侯爵もときどき裁縫部屋にやってきて、手に針をもつ新妻を見ると満足そうで、「君も完璧なる若妻になりつつあるね」と言う。「きっと完璧なママになるよ」と。ふざけたい気分のときには、「可愛らしい僕の奥さん、美女桜の香り**」と妻に歌ったりした。この言葉は私を少し嫌な気持ちにさせた。このシーズンの新作、『蝶々夫人』のリブレットを読んでいて、この言葉を言うアメリカの海軍士官ピンカートンの振る舞いが、夫として模範的とは言えないことを知っていたから。

侯爵は、身ごもった本人以上に妻の妊娠を喜んでいた。子どもの名前は、アデマーロにしようと決めていた。自分の父親、さらには大昔のリッツァルド家の始祖の名と同じである。

「もしも女の子だったら?」妻はこう言い返すのだが、夫のほうは微笑みを崩さず、こう答える。

「女の子だったら、僕の母と同じにディアノーラと名付けよう。そして九か月後にはアデマーロも生まれるように、せっせと励もう。そのあとは、アイモーネ、フィリッポ、オッティエーロだ……。ここ何年かは縫い物の仕事には事欠かないだろうよ」と、これは私に向かって言うのだった。「大家族をもつのが僕の心からの願いなんだよ。いや、僕たちの願い。エステル、そうだろう？」

妻のほうは、特にあの「せっせと励もう」という言葉に戸惑い、顔を赤らめたが、私の期待とは裏腹に、名前について抗議することはしなかった。アルトネージ氏だって、孫たちにその名を引き継がれるべきなのではないかと私は思ったのだ。しかし、エステル嬢は以前ほど父親のことを考えてはいないようだった。夫のことしか目に入らなかったのだ。

おとぎ話のようなふたりの大恋愛は少しの陰りもなく、不和も、ほんの小さな言い争いも、苛立(いらだ)ちの気配もなく、続いていた。私にはあまり人生経験はなかったし、結婚生活にいたってはまったく未経験だったけれども、祖母と一緒に多くの家庭の私的な空間に入ったことはあった。でも、これほど完全に夫婦が考えを共にし、互いの熱愛が感じられる空気には触れたことがない。

妊娠五か月が近づいたころ、妻が体調を崩した。軽い不調とはいえ、侯爵は心配し、本人以上に憂慮して、町一番の名医を呼んだ。エステル嬢は妊娠初期から、町の名家の子どもたちをとりあげ

＊ 薄手の平織りの密度の高い綿織物。

＊＊ 一九〇四年初演のプッチーニ作曲のオペラ『蝶々夫人』中のアリア「ある晴れた日に」の一節。ピンカートンの帰りを待つ蝶々夫人が歌う。

てきた老産婆に看てもらっていたが、侯爵としてはそれではまだ十分ではなかったのだ。産婆は、馬車ではなく徒歩で短い散歩をするなど、軽い運動をしたほうがいいという考えだったが、それに反して医師のフラッタ先生は、出産のときまでベッドに寝ているようにと妊婦に指示したのだった。エステル嬢は渋々それに従ったが、ひとりのときは死ぬほど退屈した。なにしろ、ものを読んだり書いたりして頭を疲れさせることも、厳しく禁じられたのだから。それに、背中が痛くて体を動かしたかったし、脚も痺れるのだったが、侯爵は医師の指示に一切の例外を認めなかった。幸いなことに、医師は縫い物は禁じなかった。

「あの医者は藪ですよ！　肺炎を治すのは立派にできるだろうけど、女の病気のことなど、ちっともわかっちゃいない」産婆は侯爵に聞かれないように低い声でこう文句を言うのだった。私とエステル嬢はそういう文句には耳を貸さないでいた。医者と助産婦とはそりが合わないものだと言われていたし、私たちは産婆の妬みだと思っていたのだ。

　私たちは必要な道具、布をすべて、裁縫部屋からダブルベッドのある二階の大きな寝室に移し、そこで仕事を続けた。「あなたが一緒にいてくれてほんとうによかったわ」エステルは言うのだった。身分のある人たちの家での習わしとは異なり、夫が外食するとき――そういうことはかなり頻繁にあったのだが――エステル嬢は私を厨房で食事させたりせず、一緒に食べてほしいと言った。女中たちや庭師には「マルケジーナ」と呼ばれていたが、まるで私の心のなかを読んだかのように、私にはそう呼ばれるのを好まなかった。「あなたには、いつまでもシニョリーナ・エステルって呼ばれたいわ。私たちが小さいころの、父の家でのときのように」

私にはとても親密に接してくれ、ときには冗談を言ったり笑ったりもした。たとえば、取りつけたばかりの新しい鋳鉄のストーブの管が、排煙管との微妙なつながりで一階の応接間の暖炉と通じており、ストーブの通風口の蓋をあけると応接間での会話が筒抜けになることを発見したときである。掃除係のふたりの女中のうちひとりが暖炉の灰をきれいにはらって炭を置き、もうひとりがソファーのクッションをはたき終える頃合いを見計らって、私たちはふたりの打ち明け話に耳を傾けた。花瓶に生花を生けようと部屋に入ってきた庭師に、ふたりが媚びるように話すのを聞いたこともあった。また別の機会には、若いほうの女中が食料雑貨店の店員に好意を寄せられていて、年上の同僚にどのように振る舞うべきか相談しているのを知ったのだった。年上のほうは、羽根ばたきを手に、絵の額縁やたくさんの飾りの置物の埃（ほこり）をはらうのだったが、ひとりきりになると流行りの最新の歌曲（ロマンツァ）を小声で歌い、二、三度はピアノの鍵盤でメロディーをちょっと弾いたりして、私たちを驚かせた。一本指で弾いていたのは明らかだし、ためらいがちではあったけれど、音は正しかった。正直なところ、自分の同僚と言えるひとたちの話を盗み聞きすることに、私は戸惑いを覚えた。私自身、こちらの知らぬ間に話を聞かれるのは嫌だった。でも、若奥様にはまったくなんの悪気もなく、これは残された数少ない楽しみのひとつであったし、一方で女中たちも真面目で行儀よく、信頼できる娘たちで、人前では言えないような無作法なこと、よからぬことを口にしたためしはなかった。エステル嬢や夫君の話をするときは、いつでも敬意ある話し方をした。それにマルケジーナは、彼女らに愛情深い保護本能を抱かせるようだった。女中たちにはとても丁寧な接し方をしていたから、それは当然だと言えたが、このような盗み聞きから彼女らのそういう気持ちを確認できるのは、彼女にとっても嬉しいことだった。やがて私も良心の咎（とが）めのことなど忘れてしまった。それに、盗み聞きも早々におもしろみを失った。マルケジーナは二階の寝室から動けず、わずかばかりの訪問客にもそこで会うようになっていて、一階の応接間には女中以外に入る者もなかったからだ。

　月日はすぎていき、ベビー服もだいぶできあがり、エステル嬢のお腹も大きくなっていった。いや、私には大きいというより、やたらに膨らんでいるように思えた。どこか不健康な膨らみ。産婆は不満げにぶつぶつ言っていたし、医者も少し心配なようだった。ともあれ、マルケジーナはベッドを離れることを許されなかった。

　出産予定日が近づいていた。アルトネージ氏は毎日娘のもとを訪れ、額にしわを寄せて帰路に就くのだった。私は屋敷（ヴィッラ）に泊まり込むのを承諾し、マルケジーナの寝室の隣の衣装部屋で寝ることになった。夫は来客用寝室のひとつに移ったが、日中はずっと妻のかたわらでその手を握り、額にかかる髪をのけてやったり、ごく慎重に口づけし、新聞を読み聞かせたりするのだった。ついに訪れるふたりの愛の結晶の顔を見たくてたまらないのだと、繰り返し妻に言い、これほど大きな恵みを与えてくれたことを、妻に感謝した。「ああ、我が命。君には想像もできないぐらいだよ」こう妻に言うのだった。「君の勇気、君の辛抱、君の精神の力に、僕がどれだけ感服していることか。ああ、我が心、最愛の人。君なしにはどうやって生きていけよう？　君が存在してくれるからこそ、僕の生にも意味があるのだ」

　この言葉を聞いて、妻は喜びに顔を輝かせ、体の不調も、じきに越えなければならない困難のことも忘れた。当然のことながら、それは彼女には不安なことだったのだ。

告白すると、私はふたりのことが心配だった。不運な難産の話は山ほど聞いてきたが、今それが全部いっぺんに頭に蘇るのだ。エステル嬢になにか不幸なことが起きたなら、侯爵はとても生きていくことなどできなかっただろう。拳銃自殺、あるいは崖から身を投げたりしたことだろう。そうなったら、生まれたばかりのアデマーロは両親を亡くした孤児になってしまう。あるいは、難産のために子どもだって死んでしまうかもしれない。かわいそうに。でも、いっそそのほうがましかもしれない……などと、私は勝手にあれこれ思いを巡らしていた。三人ともが同じ墓のなかで、抱き合ってひとつになる。

産婆も毎日やってきたが、こういう心配を漏らすと、笑い飛ばし、それから少し怒ってこう言った。「不吉なことを口にしちゃいけないよ」と。「マルケジーナは大丈夫。調子の悪いところなどひとつもない。そりゃあ、苦しい思いはしますよ、それは当然のこと。けれども、そんなのは赤ん坊を胸に抱いたらたちまち忘れてしまう痛みだからね」産婆は私に出産の兆候を教え、それが起こったらすぐに呼びにくるように言った。医師のほうは、往診にくる回数が少なくなっていた。重要人物の患者——侯爵よりも重要な人物——がいて、今にも容態が急変して臨終を迎えるか、あるいは危機を脱することができるかという状態にあり、その人のもとにつきっきりだったのだ。「初産婦の陣痛は長いものなのです」こう言って父親となる侯爵を落ち着かせるのだった。「初めは助産婦がいれば十分でしょう。経験豊富な人だ。私が必要なときは助産婦が知っていますから、そのときは馬車で呼びにきてください」

ついに陣痛が始まった。二月のある木曜日、夜明けの少し前だった。廐舎(きゅうしゃ)の使用人を走らせると、三十分もしないうちに産婆は妊婦のもとにきていた。「辛抱してください」エステル嬢と、髪の毛を逆立たせて来客用の部屋のベッドを飛びだしてきた部屋着姿の夫に、産婆は言った。「坊ちゃま、あるいはお嬢さまは、夜になるまではお出ましにならないと思いますよ。それも、急いでくれたら、の話です。もっと遅くなるかもしれません。頑張るんですよ、マルケジーナ。日曜の朝の大通りのことを、人でいっぱいのカーニヴァルの舞踏会を、人々の賑(にぎ)わいをお考えになってください。私たちはみな同じ方法で生まれてきたことを、お考えになってください」

エステル嬢はたいそう苦しんだが、陣痛は少しも終わりそうになかった。陣痛の波の合間に、産婆は体力を回復させるために少しでも眠るように勧めた。侯爵は部屋から追いだされた。不安いっぱいにベッドのまわりを行ったり来たりするので、邪魔でしかなかったのだ。やがて昼食の時間になり、そして夕食の時間になった。食事時には産婆は落ち着いて階下の厨房に行ったが、自分がいないあいだにはなにも起こらないから心配しないでいい、私に厨房に降りていく気がないなら、なにか食べるものを運ばせると言ってくれた。私は食べ物など喉も通らない思いだった。激しい陣痛の合間に、エステル嬢には話すだけの気力があり、笑ったりもできるのが、私には不思議だった。タンスから一番小さいサイズの産着と靴下を出してほしいと言うので、それを見せると、「こんなに小さくつくったのは、失敗だったわ」と言う。「お腹のなかを巨人が動いているみたいなのよ。出口を探しているのだけれど見つからない」喘(あえ)ぎ、呻(うめ)き声を出し、シーツを噛んで、少しウトウトする……。金切り声をあげて目を覚まして産婆の手を握りしめ、そして、心配させたことを私たちに詫びた。夫のことも尋ね、「こんなに苦しんでいることは言わないでね」と念を押すのだった。夫はときおりやってきては扉をノックした。落ち着いているときであれば、産婆は室内に入らせたが、それ以外は「外でお待ちを！　殿方の見るものではありません」と命じるのだった。

アルトネージ氏も様子を見にきたが、娘はちょうど眠っていて、汗ばむ額に軽くキスをして帰宅した。夜になり、そして夜もすぎた。産婆も私も妊婦が休んでいるときには短い睡眠をとったが、肘掛け椅子に座ったままで、横になることはなかった。私たちは窓の向こうで日が昇るのを見た。ときどき産婆はシーツをもちあげては様子を見た。「マルケジーナ、もう少しの辛抱ですよ、頑張って」八時に扉を叩く音がし、夫が頭を覗(のぞ)かせた。「まだ生まれないのか？」そのときエステル嬢は叫び声をあげていて、その声を聞かなかった。夫は慌てて頭を引っ込めた。

午前も半ばごろ、馬車の車輪の音が庭の砂利の上に響くのが聞こえた。それは奇跡的に穏やかなひとときだった。マルケジーナは眠っていた。産婆は衣装部屋へ行き、たらいの水で顔をすすいだり髪を直したりしていた。私は窓辺に行き、往診鞄をもって馬車から降りるフラッタ先生を侯爵が迎えるのを見た。叫び声に驚いて、私たちになにも言わずに先生を呼んだのだろうか。それとも、先生自身がくることにしたのだろうか。庭に面したフランス窓からふたりは応接間に入っていった。

どうしてあんなことを思いついたのか。いかなる守護の天使、あるいは邪(よこしま)な霊の囁きに動かされたのか、私自身わからない。ベッドへ急ぎ、水差しに浸して濡らした布巾で額をそっとなでると、エステル嬢は静かに目を覚ました。「しっ！」私は指を口に当てて言った。「聞きましょう」つま先立ちでストーブのところへ行き、通風口の蓋を開けた。ふたりの男の声がはっきりと室内に響き、その大きな声にびっくりして産婆も衣装部屋から駆け戻ってきたが、あたりを見まわしても誰もいないのに驚いていた。私は産婆にもストーブのほうを指差して黙っているように合図した。医者はこう言っていた。「伺ったところによると危険な状態ですから、手を施す必要があります。待っている時間はありません」

階上では、産婆が馬鹿にするように顔を歪めた。ほんの数分前のことだ、私にこう言ったのは。「マルケジーナが眠っているあいだに顔でも洗ってくるよ。まだ時間はある。子どもは正しい位置に、正しい向きで降りてきているけれど、あと一時間、あるいは二時間ぐらいはかかりそうだよ。落ち着いていなさい、すべて正常だから」

今やってきたばかりで、妊婦を見てもいないのに、医者はなにを危険な状態だとしているのだろうか。「伺ったところによると」と言うが、一体誰から、なにを聞いたのか。

「では、急いで上へ！」侯爵が昂った口調で医者を促した。「妻が……」

「そう、奥様のことですが」侯爵の言葉をさえぎり、医者は重々しく言った。「恐れながら、ひとつお聞きしておかなければなりません」

「早く行きましょう！　階段を上りながらお話しください。あるいは部屋に行ってからでも。急ぎましょう」

「いいえ、侯爵。内密にお話ししなければならないことです、私とあなたとで。誰にも聞かれてはなりません。特に奥様には」

この言葉を聞いてエステルはベッドの上に起き上がり、目を見開いた。

「お静かに！」私は目つきで合図した。

「伺いましょう」焦燥した様子で侯爵は言った。

「もしかしたら、と申しておきますが、心の準備はしておかねばなりません。もしかしたら、状況によっては、もはやおふたりともを救うのは不可能なところへきているかもしれません」

エステルはびっくりして、問いただすような目を産婆のほうに向けた。産婆のほうも一言も発さず、しぐさと唇の動きで妊婦を落ち着かせた。「そんなことはありません。あの男は狂っています。すべて正常。落ち着いて」

侯爵は呻きに喉を詰まらせた。

「選ぶ必要があります」医者は続けた。「それができるのはあなただけです。あなたのお決めになることに従います。奥様とお子さんのどちらが生き延びることをお望みですか」

「私が？　私が決めなければならないのですか」信じられないという口調だった。

「あなた以外に誰が決めるのです？」

長い沈黙があった。

エステルは微笑みを浮かべて枕に身をもたせた。夫の答えに少しの疑いもなかったからだ。我が命、我が心、君なしには生きていけない……。その表情にはこの言葉を読みとることができた。

一方、産婆は顔をしかめた。

階下では医者が返事を急(せ)きたてていた。「侯爵、どうするべきかお返事がいただけるまでは、奥様のもとへは行けません。もう一度お聞きします。母親、子どものどちらを？」

「どのぐらい考える時間をいただけますか」これが苦悩に満ちた答えだった。階上の寝室では、マルケジーナの口元の微笑みがやや陰ったが、またすぐに輝きを取り戻した。

「三分。一分たりとも延ばせません」医者が言った。

「すまないが、もうひとつ知りたいことがあります。妻はまた子どもを産むことはできるだろうか」

「恐らく無理でしょう。胎児を取りだすのに何か所か切る必要がありますから。このような出血を伴う出産は生殖器を全体的に損なうことになります」

沈黙。その三分間がどのようにすぎていったか、私には言い表せない。私は医者の鞄のことを、鞄のなかのメスのことを思って恐ろしさでいっぱいだった。階段を上ってくる殺人者の足音がはや聞こえてくるようだった。産婆はマルケジーナの背後にまわり、両脇の下に手を入れて抱え、素早くこう首元に囁いた。「力んで！　時間がないんです。医者が入ってきたら指示に従わざるを得ません」

けれどもエステルは確信を失わず、落ち着いて答えを待っていた。我が命、我が心、君なしにはどうやって生きていけよう？

ついに、コホンと咳をするのが聞こえ、躊躇(ためら)いがちな侯爵の声が聞こえてきた。「もしも子どもが男児だったら、跡継ぎができることになる。もし女児だったとしても、寡夫として再婚することができ、まだ子どもをもつことは可能だ」

「したがって？」

「しかし、もしも妻を選んだなら、今日生まれるはずだった子どもが男児の場合、跡継ぎを諦めることになる。そして、跡継ぎは永遠に諦めることになる。妻はもう子どもが産めなくなるのだから……」

「侯爵、遠まわしな話はおやめください。はっきりしたお返事をお願いします。どちらを救わねばならないのです？　奥様ですか、お子さんですか」

短い沈黙。マルケジーナの顔はシーツよりも真っ白だった。夫の一言一言に、信じられないという不透明な驚きのベールが、彼女の顔に広がっていった。

「子どもを」侯爵は答えた。

「わかりました。ではお部屋に行きます」医者が言った。「私と一緒にいらっしゃらないのですか。奥様にキスをなさりに？　これが最後になるかもしれません」

「とてもそんな勇気はありません。外出します。馬でひとまわりしてきます。晩に戻ります。すべてが終わった後で」

フランス窓が開き、侯爵の足音が馬小屋のほうに向かうのが聞こえた。それから、医者がメスの入った往診鞄をもちあげ、階段へと向かう音も。

エステルは叫び声をあげた。が、階下の応接間にはそれを聞く者はもう誰もいなかった。私はストーブの通風口を怒りを込めて乱暴に閉じると、医者が部屋に入ろうものなら叩いてやろうと、なにか重たいものはないかとあたりを見まわした。産婆のほうはさすがに実際家で、扉まで走ってかんぬきをかけ、ベッドのそばに戻った。私の想像とは異なり、エステルを叫ばせたのは医者への恐怖でも、夫の裏切りへの失望でもなかった。激しい痛みの波が突然、鞭(むち)のように腹部と腰を襲ったのだ。

「深く呼吸して！　力んで！」産婆はこう声をかけた。

扉の取っ手がまわった。私はナイトテーブルの上からユリの形をしたアラバスター*のランプを手につかんだ。そのスタンドの下には重たい黒大理石の四角い台がついていた。扉の外では、医者が取っ手をがちゃがちゃと動かしていた。「一体どうしたのだ？　入らせなさい！」柔らかい木の扉には裂け目が入りはじめた。

「私のお嬢様に近づいたりさせるものか。手を出す前に殺してやる」こう思っていた。

「マルケジーナ、頑張って力を入れて！」産婆は言い続けた。

「開けなさい！　なかに入らせなさい」医者はこう叫んで扉を揺さぶった。かんぬきがはずれた。私はランプを高くもちあげた。医者はメスの入った鞄を抱えて入ってきた。「君たちは気でも狂ったのか？　ええい、小娘、そこをどきなさい！　入らせなさい」

私は医者の道を阻み、今にも大理石のスタンド台を頭に叩きつけるところだった。思うに、ひとをひとり死なせたことが、今も良心にのしかかっていたことだろう、あのとき、産婆の喜びの声が部屋に響かなかったなら。「やった！　出てきましたよ！」そしてすぐに産声。

　私はランプを下げた。医者はまごついて立ち止まった。

「男の子？　女の子？」若き母親が疲れ果てた声で聞いた。

「女の子ですよ」

「リッツァルド侯爵家に男の子の跡継ぎはなしね。今日も、そして今後も絶対に」エステルはこう言うと、すっかり弱り切っていたが、発作的にヒステリックな笑い声をあげ、笑いながら気を失った。

　その直後、部屋のなかは混乱した。産婆は臍の緒を切ると、まだ汚れたままの赤ん坊を布にくるんで私に抱かせ、後産ができるよう、妊婦の意識を戻らせようと急いでいた。医者は鞄を床におき、鞄を開けようと身をかがめたが、私は赤ん坊を抱いたまま、足で蹴って鞄を遠くに飛ばし、「指一本触れさせません！」と叫んだ。そのとき、扉が開き、女中に案内されてアルトネージ氏が入ってきた。私はその両腕に赤ん坊を抱かせると、ベッドに駆け寄った。産婆に揺り動かされ、頬をぴしゃぴしゃ叩かれて、エステル嬢は意識を取り戻した。そこにいるのが父だとわかると、「パパ！」と叫んだ。「グェルフォが戻ってきても、なかに入れないで」

「なんだって……？」

「マルケジーナは錯乱しておられる」医者が言った。

「さあ、この胎盤を見ましょうか」あたりのざわめきを物ともせず、産婆が呟いた。「すべてよし、

＊雪花石膏。大理石に似た白または半透明の石。

と。さあ、そこのあなた」と、今度は女中に向かって言うのだった。「なにをぼやぼやしているの？　すぐ下に行って、もっとお湯をもってきてちょうだい」

「部屋のなかに入らせないで」エステルは繰り返した。「夫には会いたくない。もう二度と会いたくないわ」


　そして、その言葉通りになった。アルトネージ氏は、私たちが赤ん坊に産湯を使わせ、産着を着せ、と忙しくしているあいだに、娘と低い声で言葉を交わした。それから、あからさまに医者を無視して産婆に、「娘はいつ床離れできますかね？」と尋ねた。「家に連れて帰るつもりなので」

「死なせるおつもりですか！」と医者が声をあげた。

「先生には時間が足りませんでしたものね」マルケジーナが言った。産みの苦しみに困憊し、憔悴しきって汗だくになっていてもこんな皮肉が言えるとは、思ってもみなかった。

「数日は起きあがらないほうがいいでしょう」と産婆。

「では、起きあがらせないようにしましょう」と父親。

　それから三十分ほどで移動の準備をととのえた。使いを走らせ、ビール工場の頑丈な男をふたり、工場で使う二頭立ての大型運搬馬車でこさせるように手配した。その間に、断固とした言葉と小切手とで医者を帰らせた。エステル嬢は肘掛け椅子の上にそっと移され、それをふたりの工員が難なくもちあげて階段を下り、運搬車に乗せた。私たちも馬車に乗り込んだ。赤児を腕に抱いた産婆、娘の手をいっときも離さないアルトネージ氏、そしてしんがりに私。レースとリボンで飾られサテンの裏地をつけた、ベビー服一式の籠を手にもって。エステルは実家に戻っても娘時代のドレスや服があったけれど、赤ちゃんはすべて一から必要だった。七か月もの私たちの仕事の成果を屋敷においていくなんて、あまりに惜しいと思ったのだ。

実家に着いて数時間が経っていた。マルケジーナは母親のものだった大きなベッドで眠り、その隣室では産婆が赤ん坊の産着を替え、私は自分のアパートに戻る準備をしていた。突然、道に面した表門を激しく叩く音がした。窓から覗いてみると、私たちの思った通り、侯爵だった。屋敷に戻って寝室が空になっているのを見たときの驚き、信じられない思いについては、後になって馬小屋係から聞いた。一体なにが起こったのか、理解するのもやっとだったが、その理由についてはついに知ることはできなかった。エステルは侯爵に会って話すこと、家を出た理由を説明することを拒み続けた。アルトネージ氏も侯爵の面会を断った。自身の代わりに弁護士を送ったが、これが抜け目なく狡智（こうち）に長けた男で、捨てられた夫の側からの要求をはねつけ、それを相手の不利に向けることに成功した。どうしてそんなことができたのか。悪い結果を招かずに妻が家を出ることなどできなかったし、それにも増して、婚姻によって得た嫡出子を連れて出ることなど不可能だった時代である。しかし、エステル・アルトネージは父親の支援と経済力のおかげで、それに成功した。生まれた子どもが女児ではなく男児であったなら、おそらく夫は諦めずに、断固として粘り続けたことだろう。

侯爵をなによりも苦しめたのは、自尊心を傷つけられたことよりも、若妻のあの限りない愛が、突如これほどの深い憎しみに変貌した理由を知らないことだった。唯一考えられる仮説といえば、出産の苦しみのために正気を失ったのではないかということだった。

真実を知るのは、エステル本人とおそらくは父親のほかは、私と産婆のふたりだけだったが、どちらもこのことを漏らしたりはしなかった。産婆は高齢で、多くのことを見てきていたが、私の失望はとても大きかった。ほんとうの愛など小説にしか存在しない、まやかしにすぎないこと、男というのはみなピンカートンのような身勝手な裏切り者であることを知って、それもあんな風に知ることになって、心に抱いた幻想のすべてを打ち砕かれた思いだった。誰も信用することなどできないのだ。我が命、我が心、君なしにも十分に生きていける。いや、より幸せに生きていける。

すっかり立ち直って自分の生活を取り戻したのは、エステル嬢のほうだった。侯爵には娘に会わせることを決して許さなかった。娘は、父方の祖母にあたるディアノーラではなく、アルトネージ氏の名をとってエンリカと名付けられた。エステル嬢はこの町の噂話から遠く離れ、まだ小さいエンリカを連れて長旅に出て、私には想像もできないような多くのひとたちと知り合った。プロヴェーラ家のパリ製ドレスのスキャンダルが起こったとき、エステルはブリュッセルにいた。そして町に戻ったときに、こんなくだらないことに騒ぐなんて、ひとはほんとうに馬鹿なものだと言うのだった。

至高のエレガンス

「パリ製ドレス」が起こしたスキャンダルの件では、私も小さからぬ役を演じた。それはまったくの偶然のせい、いや、王妃エレナのせいで起こったことだった。あるいは、こう言ったほうがよければ、国王の代わりに妻である王妃が私たちの町を訪問することになったためだった。実際のところ、そのときまで私はプロヴェーラ家の仕事をしたことは一度もなかった。町のお針子の誰ひとりとしてプロヴェーラ家の仕事をしたことはなかった。それはアトリエをかまえ従業員をもつ、町の二店の大きな服飾店も同じだった。町の婦人たちの妬みをよそに、母親とふたりの娘のドレスが季節ごとに贅沢なパリのプランタン百貨店から届けられるのは、誰もが知ることだった。リネン類は弁護士プロヴェーラ氏の親類の貧しい女性が手がけているらしかった。一家が厚意で家に住まわせているシニョリーナ・ジェンマという女性で、刺繍と繕い物に非常に長けているという評判だった。

だから、裁縫材料店の女主人から、テレーザ・プロヴェーラ夫人がじきじきにやってきて、仕事のできる熟練のお針子で報酬の高くないひとを教えてほしいと言われたと聞いたときは、とても驚いた。プロヴェーラ家より質素な家庭のあいだでは、私もすでにある程度の評判を得てはいた。外国旅行をするようになったマルケジーナ・エステルが、はじめのころの旅で見つけ、感謝のしるしにもってきてくれた素晴らしいお土産もあった。ドイツ製の携帯用手廻しミシンで、踏み板やテーブルはなく、持ち手のついた鞄に入っていた。艶のある黒で、金色の模様が飾りについていて、とても美しかった。右手でハンドルをまわさなければならず、針の下で布を送るのに片手、それも左手しか使えなかったので、縫うのは楽ではなかった。古いシーツを使って練習して、やっと使い方を覚えた。肝心なことは、あまり速く縫おうとしないことだった。今では、中産階級の家庭の母親たち、裕福な女店主たちが、リネン類だけではなく、自分と子どもたち用の簡素な服をときどき私に注文してくるようになっていた。布地は、安いもののなかから選んで客自身がもってくる。経済的にそれ以上は無理だということもあっただろうが、高価な布地を私の腕に任せられるか信用していないためでもあった。「もしも台無しにされたら？」と考えるのだ。でも、だいたいにおいて私は祖母と同じぐらいに腕をあげていて、生活するのに十分なだけの稼ぎがあったし、巡回図書館の会員になるなどの小さな贅沢もすることができた。この図書館からは、大好きな小説や、世の中についての情報を載せた雑誌を借りていた。私たちの町のなかだけではなく、国内で、さらには外国で起きていることについても知りたいという欲求は、「私のお嬢様」、マルケジーナ・エステル（町では別居の後もこう呼ばれていた）が旅行をしだしたころに生まれた。せめて思いのなかだけでも彼女についていきたかったし、町に戻ってから旅の話を聞くときに、無知丸出しにびっくり仰天したりするのは嫌だった。ときどき、モード雑誌も借りた。スタイル画のほかに短い裁縫講座を連載する雑誌もあった。そういう記事は貪るように読んで、知らないことはなんでも吸収しようとしたけれど、それらは暇つぶしに縫い物をする裕福なご婦人向けのもので、説明もごく単純な、わかりきったことばかり。私にとって新しいことを学べたためしはなかった。祖母の金のネックレスとサンゴのイヤリングを質屋から出すこともできた。それに、節約して余った小銭を毎週ブリキ缶に入れ、貯まったお金でオペラのシーズン中に一度か二度は天井桟敷の席を取ることができた。針やパスタ、石炭などの日常品を買うのにこのお金を使う誘惑にかられないように、ブリキ缶は寝室の、それも小さな石膏（せっこう）のマリア像の後ろに隠した。これは祖母のもっていた像で、壁の窪（くぼ）みのなかに置いてあり、祖母はこの場所を小さな聖壇のように扱っていた。高い位置にあったので、椅子の上に乗らなければ手が届かなかった。タンスの一番目の引き出しには、ふだんの買い物やいざというときのためのお金が入れてあり、その小さな額は仕事が多いか少ないかで増えたり減ったりした。それでも、今までのところ、どこからも仕事の依頼がないことが短期間あっても、不安なく生活することができた。

婚約者はいなかった。仕事もうまくいっており、倹（つま）しくはあっても経済的に安定していたから、何歳であれ同じ階級の独身男性にとっては、私は最適の結婚相手と言えた。実際、結婚の申し込みは数多くあった。直接的に言われたこともあったし、町のあちらこちらのアパートや農村部、近隣の村までをもまわって私のような階級の人々の結婚をとりもつ仲介人を通して言われたこともあった。

けれども私はまだ純情で、結婚を身のふりかたとしてではなく、愛の夢を実現させることと考えていた。だから、エステル嬢のあの経験は私には痛かった。幼いころから知っている近所の若者が、道で呼び止めて褒め言葉をかけてきたり、優しい眼差しを向けてくることもあったし、私たちの階級の人たちの通う大通りを、日曜日に一緒に散歩しないかと言ってくることもあったが、私はよそよそしく素っ気ない態度で答え、その気のないことをわからせる。仕事に行く途中で良家の若者や学生、若い将校などが跡をつけてきたり、ふつう以上の視線を投げかけてきたりしたら、すぐに道を変えた。彼らからはいいことなどなにも期待できないのはわかっていた。騙され、不名誉な思いをさせられるだけ。それは小説のなかで読んでいたし、実際にそういう例を目にしてもいた。孤独は恐ろしくなかった。私の夢、望み、将来の計画はすべて仕事に関することで、私の頭にあったのは、裁断と裁縫の技術を磨くこと、客層を広げることだった。

ともあれ、プロヴェーラ家に呼ばれることがあろうなど、頭をかすめもしなかった！　おそらく、貧しい親戚の女性が病気にでもなったか、もう目が悪くなったかして、枕カバーの縁縫いや古いシャツの繕いなどをする手がいるのだろうと考えた。先に言ったように、弁護士の主人は妻や娘たちとは異なって、ケチだという評判に忠実に、品のある服装になどまったく無頓着で、袖口のほつれたシャツを着て平気で出歩き、裁判所では物笑いになっていた。

私は仕事を引き受けた。ちょうど注文のないときであったし、なにより好奇心が大きかった。他人は誰ひとり、少なくとも私の知人は誰ひとりとして、この家に入ったことがなかったのだ。プロヴェーラ家には田舎出の若い下女がひとりいるきりで、他に使用人はいなかった。この娘はトンマジーナといって、標準語を話すこともできず、買い物籠や小包みを抱え、暖かい季節には素足で道を歩いていくところに出くわすことも稀にあったが、私たちとはひとことも言葉を交わすことはなかった。たったひとりで掃除、料理、洗濯、買い物とすべての家事をこなしているのだろうか、こう私たちは囁き合ったものだ。あるいは、厚意で住まわせてもらっているという貧しい親戚の女性が手伝うのだろうか。それなら、主人の弁護士が彼にしては稀に見る寛大さで家においているのも納得できた。無給とはいえ食事、住居つきである。その代わり、縫い物の腕をふるい、信頼厚い女中の役も果たす。このシニョリーナ・ジェンマも家から出るのはごく稀で、なにより噂話をすることなどなかった。

それに対して私たち、お針子、帽子職人、アイロンかけ、洗濯女、小さな店の女主人、路地の女たちといった連中は、さかんに噂話をした。おそらく上流階級の家庭だって、貴族の家だって、噂話はするのではないだろうか。プロヴェーラ家はそういった家の多くと親戚関係にあった。いずれにせよ、上流の家のことなど、私たちには知りようもなかった。

裁縫材料店の女主人に言われた通り、私は朝八時にプロヴェーラ家に出向いた。家は中心地のサンタ・カテリーナ広場の教会の向かいに建っていた。二階建ての立派な館で砂利を敷いた広い庭に面しており、庭のまわりは高い塀で囲まれていた。大きな馬車用門があって広場から入るようになっていたが、道行くひとがなかを覗くことのないように、門は昼夜閉まったままだった。

でも、私が館に着いたときには門は開いていた。ちょうどロバの引く農夫の荷車がなかに入ったばかりだったからで、おかげで呼び鈴を押すまでもなく、私もなかに入ることができた。小作人の男が塀に取りつけられた鉄の輪のひとつにロバをつなぎ、アーティチョークの入った大きな籠を荷車から下ろしていると、家から質素な身なりの中年の女性が出てきて、しかめっ面をしたままひとことも言わずに、黒っぽい木の重たい両開きの扉を急いで閉めに行った。「シニョリーナ・ジェンマ、そんなに急がなくても、私が閉めますよ」こう農夫は言った。

「どうしてすぐに閉めなかったんです？」彼女は言った。「通りがけのどこぞの図々しい下女が忍び込んで覗き見するでしょうに」そして、わざわざ少し開けておいた大門を指さして、私にこう言った。「そこの娘、すぐに出ていきなさい！」

「縫い物に呼ばれてきた者ですが」私は、気を悪くするどころか少し愉快な気持ちでこう答えた。実際、私は好奇心いっぱいであたりを見まわしていた。「プロヴェーラ夫人にくるように言われました」

「縫い物！　なら、どうしてミシンをもってこなかったの？」

「ミシンが要るとは思ってもみなかったものですから」私は言った。携帯用とはいえ、そう軽いものではなかったし、縁取りや繕い物には大した役に立たないと思ったのだ。

「じゃあ、明日からもってきなさい」とこの女性は言った。名前からこの人が貧しい親戚なのだとわかった。「手が空いているんだから、ここにある籠を家に運ぶのを手伝っておくれ」

荷車の上にはいくつもの籠のほか、果物、ニンジン、ジャガイモ、ひよこ豆、そら豆、チコリ、フダンソウ、その他の野菜がいっぱいに詰まった背負い袋が載っていた。町から少し離れたところに主人が所有する田舎の土地から、小作人がもってきたものだ。小作人は週に二度、一家の必要とするあらゆるものを荷車に載せてもってくるのだと、後になって知った。プロヴェーラ家の下女が市場の買い物を抱えて出歩くところを見かけないのはこのためなのだ。鶏、仔羊（こひつじ）、仔山羊（こやぎ）などの肉も田舎からもってこられた。その日の朝早くに見た食料の山は六人家族には十分すぎるものに思えた。「いい食事ができるわ」こう私は思った。ところが、シニョリーナ・ジェンマは私のそういった思い込みをすぐさま打ち消した。私が手になんの包みももたないのを見て、不満げにこう言ったのだ。「弁当をもってこなかったの？」

それには私も啞然（あぜん）とした。縫い物のために裕福な家に呼ばれて行って、昼食が出されなかったことなど、一度たりともなかったからだ。私だけではなく、どんなお針子の場合にも。私たちは、それぞれの家庭の食事にどんな料理が出るのか、レシピ、料理の豊富さ、多様さ、あるいは単調さについて、おしゃべりしたものだ。明らかにプロヴェーラ家ではそういうしきたりを守っていなかった。あるいは、そんなこと知りもしなかったのかもしれない。家に働き手を呼ぶという習慣がなかったのだから。

自分の口に入れることのない梨の詰まった籠を手に、階上の住居へと続く階段を私は渋々と上り、シニョリーナ・ジェンマの後について厨房に行った。開いたままの扉から、食堂では一家が朝食を終えるところなのが覗かれた。三人の女性は部屋着姿で、主人の弁護士はもう外出する準備ができていた。厨房では下女が立ったまま、固くなったパンをかじっていた。「まだ終わらないのかい？」シニョリーナ・ジェンマが方言で叱った。「さあ、下へ行って雌鶏（めんどり）にフスマをやってきなさい。それから、私たちが仕事をはじめるまでに、裁縫部屋の掃除をするんだよ」

建物の裏側にある厨房のフランス窓のバルコニーからは、外付けの階段で敷石のない質素な裏庭に降りることができたが、建物正面の庭と同じほどの広さがある裏庭には、オレンジやザクロの木の低い枝に止まり、あるいは虫を探して地面をつつく、ものすごい数の鶏がいた。四十羽、五十羽もいただろうか、田舎や郊外でなければ見られないような大養鶏場だった。奥には、鶏小屋の低い建物が塀の長さいっぱいに続いていた。その当時、町なかの家で雌鶏やウサギなどを飼うことは禁じられてはいなかったが、七、八羽、ウサギの場合もせいぜい十羽ぐらいと、一家で使う分だけを飼育するのがふつうだった。臭いや鳴き声で近所の迷惑にならないようにとの配慮からだ。プロヴェーラ家の養鶏場はとにかく大きくて、こんなにたくさんの卵を一体誰が食べるのだろうと思った。寄宿学校の寄宿生全員に出すにも十分な量だ。

奇妙なことはこれだけではなかった。主人が出かけ、夫人に呼ばれて食堂に行くと、ふたりの娘が朝食の後片付けをしていたが、皿の数からすると食事の量はさほど多くはなさそうだった。

日当についてはもう裁縫材料店の女主人を通じて取り決めてあったので、仕事の内容を説明されるのだと思っていた。ところがプロヴェーラ夫人は、娘たちを退室させ、窓もドアもしっかり閉まっているのを確かめた上で、私の手を取り、目を見つめると、大真面目でこう言った。「私たちの家で仕事をはじめる前に、誓ってもらわなければなりません」

私は面食らって夫人の顔を見た。「なにを誓うのですか」

「この家でなにを見ても、どんな話を耳にしても、どんなことを知っても、外で誰にも話さない、と」

「私はおしゃべりではありません」私は憤慨して答えた。「誓いを立てる必要などありません」それに、一体どんな恐ろしい事実を私は知ることになるのだろうか。町にあって尊敬すべき、そして実際に尊敬されている一家に、一体どんな秘密が隠されているのだろうか。小説でもあるまいし。弁護士の主人がとてもケチであることは秘密などではなく誰もが知っていた。しかし、大変お金持ちであることも知られていたから、泥棒を恐れているのだろうかと考えた。宝石や現金のような貴重品のこと、その隠し場所などを私がひとに話すのではないか、塀を越え、錠をこじ開けたりするような連中に、侵入しやすい場所を教えるのではないか、などと。

「誰にもなにも言いませんから、どうか心配なさらないでください」私はこう繰り返した。

けれども夫人の心は固く、「教会に行きましょう」と、肩にマントを羽織りながら言った。「神の聖壇の前で誓うのです」

貧しい親戚の女性も呼ばれ、私はふたりのあいだに挟まれて、階下に連れて行かれた。正面の庭にはもう人影はなく、大門にはかんぬきがかかっていた。小作人は田舎に戻ったようだった。シニョリーナ・ジェンマはベルトにぶら下げた大きな鉄の鍵で門を開け、また閉めた。私たちは広場を横切り、ほんの数メートル離れたところにあるサンタ・カテリーナ教会に入った。なかには誰もいなかったが、聖壇には聖体の灯明が燃えていた。

「ここで、聖別された聖体の前で、誓うのです。私たちふたりが証人です。誓いを破ると地獄に堕ちるのを忘れないように」

私にはすべてが滑稽そのもので、祖母から聞いた独立戦争中の話やカルボナーリ党*の話のようだ

＊ 十九世紀初期に生まれた自由・愛国を掲げる政治的秘密結社。南イタリアではフランス支配に対し、北イタリアではオーストリア支配に対し、戦った。

った。それに、プロヴェーラ家は、若いころの主人もその父親も熱心なマッツィーニ*支持者であったという評判だ。ともあれ、考えたのは、誓ったところで私には同じだ、ということ。それより昼食を諦めざるを得ないほうが痛かった。

　こうして私は誓いを立てた。一言も間違わずに言えるように、夫人が誓いの言葉を小声で呟き、私はそれを繰り返した。館に戻ると、誓いの言葉を書いた紙を出してきて私に署名させた。私に字が書けるのを見て夫人は驚いた。私のような身分の者は署名の代わりに十字を書くのが常だったから。お役所はどうやって十字から本人を割りだせるのか、いつも不思議に思うのだけれど。証人として署名させるために、ふたりの娘が呼ばれ、それで長女の名がアルダ、次女の名がイーダであることを知った。年の差はあまりなく、まるで同い年のようで、ふたりとも二十歳をすぎていたものの、まだ若く見えた。どちらも可愛らしかったが、特別なところはなかった。輝くばかりの魅力を放つ私のエステル嬢とは比べようもなかった。なにより、母親とジェンマ小母（おば）同様に、ふたりの部屋着は質素で少しくたびれていたし、デザインも何年か前のものだった。道や公園を歩いたり、劇場、パーティ、舞踏会へ行き、知人宅を訪問したりするような際にふたりの娘をこの上ない美女に見せていたのは、パリ製の衣装と、将来の豊かな持参金のためだったのかもしれない、などと考えた。

　テレーザ夫人は書類を引き出しにしまって鍵をかけると、ほっと安堵（あんど）の息をついた。「わかったとは思うけれど」こう話しだした。「あなたを呼んだのはごく特別な事情があってのことです。急な出来事があって。たいがいのことはうちでできるのだけれど、今回は時間がありません。エレナ王妃がひと月もしないうちに町を訪問なさることになったのです」

　王妃にどんな関係があるのかわからず、すべてがますます奇妙なことに思えてきた。「あなたは裁縫だけではなく裁断もできるそうね」夫人は続けた。「それに携帯用のドイツ製ミシンをもっていて使うことができる。これがあればとても速く縫えるのでしょう？」

「ものによります。長いものをまっすぐ縫うのは、もちろん速くできます」こう答えたのだが、この質問には驚いた。今では町の裕福な家ではみなミシンをもっていて――シーツや布巾の縁を縫うだけにせよ――ふつうに使えるようになっていたからだ。最新型の使いやすい足踏みミシンだ。私のはもっと古い型で、マルケジーナ・エステルがこれを選んだのは、サイズが小さいためだった。私の狭いアパートには足踏みミシンを置く場所などないことを知っていた。シニョリーナ・ジェンマがミシンをもってくるようにと言ったのは、手廻しミシンがどのようなものか知りたいからだと思っていた。

　けれども、裁縫部屋に入ったとき、足踏みミシンはもとより、そもそもこの家にはミシンなどないことをこの目で確かめた。その代わり、大きなアイロン台の上にはとても美しい厚手の絹地が三種おいてあった。それぞれトーンや模様こそ違え、鮮やかな色彩の花模様で、どこでも見たことがないような生地だった。固い紙製の巻芯にまだ巻かれたままの、ダブル巾の布だった。ざっと見積もっても、それぞれ十メートルはあった。ちょっとした引き裾に、両脇と腰当てのドレープ、小さ

＊ジュゼッペ・マッツィーニ（一八〇五－一八七二年）。イタリア統一運動時代の政治家・革命家。共和主義によるイタリア統一をめざした。

なマントをつけた、最新流行の優美なドレスをつくるのに十分な長さだ。それにベルトにつけるポシェットまでできそうだ。そういうドレスを縫ったことがあるわけではなかったが、スタイルによってどのぐらいの布がいるかは見積もることができた。三反の布のかたわらには裁縫用のメジャー、裁断バサミ、チャコ、スタイル画からとったと思われる厚紙の型紙があった。

刺繡用の小さなテーブルにはフランス語のモード雑誌が載っていた。

この美しい布地でパリ流行のエレガントなドレスを一着ならず縫いあげるために私は呼ばれたのだと、容易に理解できた。

「私には無理です」信じられない思いで、私はすぐにこう言った。「私の縫える服はもっと簡単なものです。それに、絹地を縫ったこともありません」絹地の縫製がとても難しいことは知っていた。滑ってあちらこちらへと動いてしまい、斜めに縫うことなど至難の業なのだ。「服飾店のベッレダーメかラ・スプレーマ・エレガンツァにお頼みください」こういったアトリエでは客のもち込む布地でも縫ってくれるのだ。「でも、どうしてパリのプランタンに注文しないのですか」と尋ねることはしなかった。あの驚異の泉のような百貨店とLの町に住む貧しい通いのお針子とでは、目眩がするほどの落差があった。

「私には無理です」私は繰り返した。「ほかのひとに頼んでください」

「心配はいらないのよ」シニョリーナ・ジェンマが落ち着きはらって言った。「私たちができるから。あなたは縫製と仕上げを手伝ってくれればいい。幸い今日は裁断と仮縫いをするだけだけど、明日はミシンをもってきてちょうだい」

そして、慣れた手さばきで近くにあった青緑調の反物をさっと開き、桜模様の素晴らしい絹地をテーブルに広げた。下の娘のイーダが型紙と針刺しをもって近づき、母親と上の娘はアイロンを温めはじめた。私は自分の目が信じられなかった。

ここで知ったこと、翌月になって一日一日と頭のなかで再現したこと、つまりは誰にも漏らさないと誓った秘密がなんであったかを以下に語ろう。もう年月も経ったことだし、スキャンダルが暴露された後では町の誰もが知るところとなったのだから、誓いを破ることにはならないと思う。

手短に言うと、プロヴェーラ家は何年ものあいだ嘘をついていたのだ。パリからドレスを取り寄せたことなど一度たりとてなく、すべて一家の女たちが人知れず家で縫ったものだった。ミシンも使わず、すべて手縫いで。ドレスは素晴らしいできだったので、それが自家製であろうとは誰も気づかなかったのだ。それに、祖母だって言っていたではないか。ショーウィンドウの前で足を止め、首都から届く高級服飾店の衣服を眺めながら。「おまえ、天の女神様が縫ったとでも思うかい？これは我々のような女たちが縫ったものなのだよ。ただ、我々よりずっと腕がよくて経験も豊かな」そして、ため息まじりにこう付け加えたものだ。「……もちろん、報酬ももっと多いけど」

プロヴェーラ家には、参考にできる本物のパリ製のドレスは、何年も何年も前のものがあるにはあった。後になってテレーザ夫人から聞いたことだ。私の誓いを信じて、気の落ち込んだときには打ち明け話を聞かされたのだ。それは夫人の花嫁道具の一部で、寛大な父親がヨーロッパじゅうの最も贅沢な店から取り寄せた、お姫様にもふさわしい衣装だった。礼服、舞踏会や観劇用のドレス、夏服、冬服、散歩用の上着にスカート、外套にマント、上質の肌着にブラウス。そしてドレスごとに専用のコルセット、スタイルごとに異なる詰め物があり、服に合わせた帽子、パラソル、手袋、靴がそろっていた。これらすべてを身につけるには、一年が何日あっても、一日が何時間あっても足りないように思われた。こういった衣装は大きな箱に入れられて届いたが、箱はプランタン百貨店の名が金字で型押しされた空色の紙に裏張りされていた。ブリュッセルやロンドンの別の店の名をつけたものもあった。夫人の衣装すべてをしまうには、プロヴェーラ家のすべてのタンスや部屋を使っても足りないのではないかと思われた。当時の若き新郎、弁護士のボニファーチョ・プロヴェーラは、王妃マルゲリータや宮廷の貴婦人よりエレガントな妻を連れて歩くのが自慢だったが、妻が家に帰って手助けをする女中もなく、ホックを外し紐をほどいて服を脱ぐのに奮闘するかたわらで、嫌味たっぷりにこう言うのだった。「流行りがすたれないうちに、せいぜい着て楽しむがいい。新調の服など、無論のこと私は一切買わないから。パリ製はもちろん、この町のものも」

お気の毒に、両親の家での何不自由のない贅沢な暮らしに慣れていたテレーザ夫人は、短いあいだにケチな夫の倹約の暮らしに適応せねばならず、一日の半分ほどをソファーに身を投げ、泣いてすごすのだった。家の使用人に聞かれて恥ずかしい思いをする心配はなかった。ほとんどの時間を厨房ですごす素足の下女がいるだけだったから。主人の小作人の娘で、給与としては住まいと食を、それも決して十分ではない食事を、与えられているだけだった。

ご主人たちの昼食、夕食もとても倹しいものだった。妻の従姉妹、姪たちも、早々に一家の招待を断るようになった。いつも変わることなく出される料理といえば、チコリの葉っぱ二枚にニンニク半かけが浮かぶだけで、パスタもオリーブ油の一滴も入らない水っぽいスープ、一口ばかりの茹で肉と茹でたジャガイモひとつ、最後に出る果物は往々にして古くて皺だらけのものだったのだ。

しかし、若妻にとって何より屈辱だったのは、一銭の小銭さえも自由になるお金がないことだった。「一体なにに使うんだ？　お金なんていらないだろう？」夫はこう言った。ワイン、オリーブ油も含めて、すべての食料は自身の所有する田舎の土地で賄うことができ、お金を払う必要はなかった。ロウソク、石鹸、針、料理道具、塩漬けタラ、その他の些細な必要品については店で買わなければならなかったが、夫は店に勘定をつけてもらい、年に一度自分が行って清算した。買った商品のリストを途方もなく細かく確かめた上でのことだ。そして、消費した針やロウソクの数が少しでも前年より多いようだと、家政がしっかりしていないと妻は厳しいお叱りを受けるのだった。

実家では、手の届くところに小銭でいっぱいの小さな銀の鉢があって、自分も母も外出のときに少しばかりのお金をもって出、施しやチップ、広場の馬車の支払いに使ったり、カフェ・クリスタル・パレスでホットチョコレートを飲んだりしたが、なにに使ったかなど誰にも言う必要はなかった。ところが、プロヴェーラ家ではこういう出費は不必要なもので、一家の財産を損なう浪費とみなされていた。妻の持参金も一家の財産の一部とされて、株や土地に投資された。父親は、自由になるわずかばかりのお金も娘に与えられていないことを知ると、新たに自分が出そうと言ったのだが、婿はそれを認めなかった。気に障ったのだ。「妻の面倒ぐらい、自分で見られます」こう言って抗議した。「なにひとつ不自由はさせません」

もちろんのこと、織物店につけ買いを申し込むこともしなかったし、洗練された服飾店を使うことを許しもしなかった。「お前の父親が買ってくれたレースやリボンの山で一生分に足りるだろう。手袋に靴、何百枚ものシーツやもろもろのリネンも、十分すぎるぐらいだ」こう妻に言うのだった。

ふたり目の娘が生まれ、若い母親には下女の助けだけでは手が足りなくなったとき、弁護士ボニファーチョはシニョリーナ・ジェンマに家に住むよう申し出ることにした。両親を失った貧しい又従姉妹で、そのときまでまったく気にもかけなかったのだが、修道女の施設にいて、住と食を得る代わりにあらゆる種類の骨折り仕事を山のようにこなしていた。シニョリーナ・ジェンマのほうでは、とにもかくにも家族の一員となれることは喜びであり、「小母さん」と呼んでくれるふたりの子どもたちを溺愛した。厳しい生活には子どものころから慣れていたから、又従兄弟の課す貧乏暮らしには文句も言わず順応できた。テレーザ夫人とはまるで気のあった姉妹のような仲だったが、夫人とは異なり、苦しい暮らしをなんとか補えないかとあれこれ考え、精力的に動いた。オレンジの木のある庭では雌鶏を飼っていたが、卵をよく産む雌鶏を選んでその数を次第に増やしていき、卵の買い手も見つけた。買い手は二日に一度こっそり受け取りにきては、市場で売った。家で使う分は、農夫が野菜や果物といっしょに荷車でもってくるもので十分だった。農夫がもってくるオリーブ油やワインの幾分かも、闇取引で売る術を見つけた。主人は、自分の決めた規則をきっちりさせた後は、このささやかな闇商売のことなど気にかけなかった。あるいは、気づかないふりをしていた。月を追うごとに、年を追うごとにこの商売は大きくなり、管理の目の届かないちょっとした蓄えを、一家のふたりの女性につくることとなった。

衣服については、テレーザ夫人の嫁入り道具の衣装が無尽蔵とも言える宝庫となった。ふたりの娘は、町の裕福な家の娘たちの例に漏れず、小さいころに白いザンクト・ガレンのレース地のワンピースと小マントを着ていた。ただし、ふたりの服は、母親の部屋着とコルセットカバーからつくったもので、シニョリーナ・ジェンマがもとの服をほどいて縫い直したのだったが、誰ひとり見抜けないような優れた技で仕上げられていた。夫人のドレスも流行遅れになると、同じくこの熟練の手がつくり直し、あるいは寸法を小さくして娘用に直した。布地は高級品であったし、飾り紐やボタン、リボンは別の服に移して使ったので、夫人の古着とは誰も気づかなかった。シニョリーナ・ジェンマは優れた帽子作り(モディスタ)でもあり、趣味もよく創意もあった。流行遅れになった帽子は解体し、熱いアイロンをあててかたちをつくり直し、新しいリボン、絹地の花、ロウ細工の果実、剥製(はくせい)の鳥の翼や羽根で飾った。パラソルの場合も同じで、新しいレースやリボン、衣服からとってきた造花などを縁に飾りつけた。絹地の端切れで造花をつくるのもものすごく上手で、炭火で温めた小さな鉄ゴテで花びらにきれいな窪みをつくり、溶かしたロウで葉にツヤを与えたりした。ボニファーチョ弁護士もこのことは知っていて、これで節約できることにも、一家の女性たちが町の人々の前に美しく装った姿を見せられるのにも、ご満悦であった。出費を求めさえしなければ、それでよかったのだ。

年月とともにテレーザ夫人も、義理の又従姉妹ほどの腕ではないが、裁縫を覚え、ふたりの娘も成長するにつれて小母にその技術を教わっていった。

家にミシンがあったなら、縫製もよりきれいに、速く楽にできただろう。だが、ミシンはタンスのなかに隠すには大きすぎたし、主人にその必要性を認めさせるには高すぎた。いずれにせよ、卵とオリーブ油から得るお金では一括払いはできなかったし、まわりに知られずに分割で買うことなど不可能だった。

娘たちはすくすくと育っていったが、一家に小さな悲劇が起こったのは、長女が十二歳になったときのことである。

市当局は市役所のホールにカヴール*の大理石の胸像を建立することを決定した。その除幕式には、楽隊の音楽に合わせて白服の少女たちが踊りながら像のまわりに花を撒き散らす演出を考えた。この式典には、町の名家の少女たちが参加することとされたのだが、そのひとりにアルダ・プロヴェーラが選ばれたのである。

一家の主人は共和制の支持者ではあったものの、これを誇りに思ったが、アルダは行きたくないと言い張った。絶対に嫌だと泣きわめく娘の大声は、サンタ・カテリーナ教会のなかまで聞こえるほどであったと私に語ったのは母のテレーザ夫人である。

「新しいお洋服がなければ、行きたくない」

「縫ってあげますよ、いい子だから安心なさい」

「違うの。ほんとうに新しい服がほしいの。うちのタンスにある服の白い布地はもうくたびれているのが見てわかるもの。古い服のつくり直しだって、みんなにばれるわ」

実際のところ、ほどいては縫い直し、ばらばらにしては別の形につくり直すということを十三年も続けて、テレーザ夫人の嫁入り道具の衣装はもう使い尽くされていた。生地は上質であったから、厚手のものはまだ使えたものの、薄手の布地はハリを失ってくたっとし、なかには穴の開いたものもあったが、繕うことなどもう不可能だった。保存状態のよい布だって、もうつくり直して着ることなどできないと、アルダは粘った。パーティ、劇場、おやつの会、公園、子どものカーニヴァルなどで、布の模様が何度も見られていたからだ。

「卵で貯めたお金で白い麻上布かモスリン、ザンクト・ガレンのレース地なんかを三メートルほど買えばいいわ……」ジェンマ小母さんは戸惑いながら、こう言ってみた。

「でも、どこで?」テレーザ夫人が悲しげに聞いた。町には生地の店は二店しかなく、どちらも主人のプロヴェーラ弁護士の顧客であったから、布を買ったらすぐに主人の知るところとなり、お金を浪費して無駄な買い物をしたと騒ぐだろうし、自分たちが貯め込んだお金のことにも首を突っ込んで、それが少額ではないことを発見し、これも取り上げようと考えるかもしれない。

アルダは泣きじゃくり、それにつられてイーダも泣いた。まだ十歳だったが、姉以上の見栄っ張りであったから、新品の服を友だちに見せびらかせないことは姉以上に辛いのだった。母親も泣いた。ふたりの娘がいずれは社交界に出なければならないことを考え、将来を憂えた。良家の娘たちは舞踏会やパーティに行って、王子様とは言わないまでも、同じ階級に属する財力のある夫を獲得するために、その姿をアピールしなければならないのだ。ふさわしい衣装もたずに、アルダとイ

＊カミッロ・カヴール(一八一〇‐一八六一年)。政治家。イタリアの国家統一に貢献し、イタリア王国首相を務めた。

ーダはどうやって好印象を与えることができるだろうか。
シニョリーナ・ジェンマだけは泣かなかった。泣く代わりに頭を働かせ、解決法を探した。

卵、ワイン、オリーブ油の「不法取引」のおかげで、シニョリーナ・ジェンマは、正当とは言えない小さな商売に携わるさまざまな人物と接触することとなった。ぎりぎり合法かという取引を行うこれらの人物は、警察当局にはよく知られた顔だったが、富裕層にはまったく知られていなかった。行商の小間物屋だけではなく、回収した物品を貧しい家庭に売ったり、ありとあらゆる余り物を質素な職人に売ったりするひとたちで、肉屋から出る肉の骨からボロボロになったマットレスに詰められた馬の毛、壊れた古い家具、ぼろきれ、くず鉄まで、なんでも扱っていた。あれこれとひとに尋ねて、シニョリーナ・ジェンマはこういう怪しげな商売をする憐れな人々に君臨する人物がいることを知ったのだが、これは憐れとは言えない人物だった。年月とともに商売を拡大し、私たちの町から三十キロほどのB町に広大な地下倉庫を購入することができたぐらいなのだから。そこは木の棚がいっぱいに並ぶ薄暗い洞穴のようなところで、棚にはありとあらゆる品物が詰め込まれていた。さまざまな種類の店や工場が倒産して放出した商品、そして特に解体された建物、役所、ホテル、産業設備、一級・二級の売春宿、さらには使われなくなった汽車の車両などからくる品々だった。家具の部品や建物の一部もあった。壁紙や室内装飾の布、手すり、取っ手、ガス灯、窓、テラスやバルコニーの欄干、階段の一部、窓台、敷居、大理石に黒い石版、と。彼は四頭立ての大型馬車をもち、常に近郊の七、八十キロをまわっては新たに商品を増やしていた。沿岸地まで馬車を進めることもあり、Pの港で困難に陥った商船の輸送品を丸ごと買取りもした。顧客の要望に応じて外国から商品をもってくるよう船員に頼んだりもした。それもすべて、当局の管理を受けることも記録されることもなく、関税を払うことも、商工会議所を通すこともなく、である。この人物はその名をティート・ルミーアといった。

大胆で才覚のあるシニョリーナ・ジェンマは、彼がこの町をいつ通るかを調べると、ぼろの服を着込み、頭をショールで覆って、直接話しに行った。彼の「商品」には織物もあるかと尋ね、期待通りの答えを得ると、できれば外国製の、一級品の布地を求めていることを説明した。それをこの町の自分の住所とは異なる場所に、目立たぬように届けてほしいこと、布は自分が実際に見て選び、気に入らなければ返したいことも。そして、このことは誰にも、何人(なんぴと)にも、知られてはいけないのだと念を押した。その沈黙に対しても報酬が払われることも保証した。ティート・ルミーアは変わった要求だと思ったかもしれないが、これを受け入れた。なにか隠しごとがあろうが、そんなのはどうでもいいことだった。もともと彼の商売はほとんどがいかがわしいものであったから。

こうして、プロヴェーラ家は年に二度、この町では見たこともないような絹地、ブロケード、*ダマスク織、**ビロード、オーガンジー、刺繍入りのモスリンを手に入れることができたのだ。なかに

＊　多彩な模様を浮織にした豪華な厚手絹織。
＊＊　絹、羊毛などのパターン化された模様のある織物。

は服地ではなく内装用の布地もあったが、シニョリーナ・ジェンマは重曹その他の家事に使う粉末とアイロンを使って、布地を柔らかくする特殊な技術を心得ていた。ときには、地方の伝統衣装でするように、植物の汁で布を染めることもした。町の中心にある上流のプロヴェーラ弁護士邸がこのような工房を有していようとは、誰ひとり想像もしなかっただろう。

白いモスリンのドレスも式典に間に合い、アルダはバラの花びらを撒き散らしながらカヴール像のまわりを踊ることができたのだった。

町に二店ある服飾店のどちらでつくったのかと尋ねられるのを避けるために、シニョリーナ・ジェンマはこれまた巧妙な案を考えついた。幸いなことに館は広く、タンスも物置もたくさんあったので、テレーザ夫人は嫁入り道具の衣装が届いたときのいくつもの箱をとっておくことができた。埃やカビで傷めないよう丁寧に保存していて、ことに夫人の大好きなプランタン百貨店の空色の箱はまだ新品のようだった。

そのなかからアルダの新しいドレスにふさわしい大きさの箱を選び、何重もの薄紙に包んでドレスが収められた。当時の下女は秘密を守ることを義務付けられ、私と同じように教会で誓いをさせられた。地獄堕ちのほかに職を失う恐れもあったから、きっと私以上に懸命に誓いを守ったことだろう。標準語で言うべき言葉を教え込まれ、はっきり聞き取れるように発音するよう練習させられた。下女の役目は、黒いショールに包んだ空色の箱をもって、まだ暗いうちに館を出、上流階級の人たちは絶対通らないような薄暗く細い路地を通って駅まで行くことだった。ここで、マルセイユ発の船がPの港に着くのと連携してPを出発する、最初の夜行列車の到着を待つ。そして、列車から荷物を降ろす運搬人たちにまぎれて、ショールのなかから空色の箱を取りだし（ショールのほうは自分がまとった）、箱を頭上に高く掲げて、ようやく目覚めつつある表通りを通って町を横切っていくのだ。朝の最初の客たちが朝食をとるカフェの前を通り、ちょうど開けるところの店々、タバコ屋などの前を、理髪屋、薬屋、学校の門の前を通っていく。空色の箱がよく見えるようにし、好奇心で彼女のほうを見るひとにも見向きもしないひとにも、よく響く声で「お嬢様のお洋服がパリから届きました！」と叫びながら。通る道々、ずっとそう叫び続け、館に帰り着くと、温かい牛乳とささやかな心づけを受け取った。

もちろん、下女が表通りを通るのを見たひとにはそのことを話す者もあり、町にはこういう声が広がった。テレーザ夫人は父親の例にならい、この重要な機会に娘のために、なんとパリにドレスを注文したのだと。

良好な結果に力を得て、この試みは夏と冬とに繰り返された。テレーザ夫人は最新の服装を知るためにフランスのモード雑誌を定期購読した。ティート・ルミーアには、正しく布を裁断するのに役立つ、型紙つきのスタイル画まで探してもらえることがわかった。仕事は、シニョリーナ・ジェンマが主導した。彼女自身が裁断して仮縫いをし、あとの三人が縫っていくのだが、彼女らも縫製、仕上げ、飾りつけの腕を上達させて、できあがったドレスはまるで専門の職人が働く本物のアトリエがつくったもののように見えた。もちろんのこと、すべて早くから時間をとって計画する必要があった。ルミーアのもってくる布地が求めに合わないこともあり、そのときは新しい布地を待たねばならなかった。新しく届いたスタイル画も、流行遅れになっていることもあったし、つくるには難しすぎる場合もあった。けれども、シニョリーナ・ジェンマの優れた企画力のおかげで、この家内工房は、新しい季節の訪れに遅れたことはなかった。

六か月ごとに下女は、「奥様とお嬢様のお洋服がパリから届きました」と叫びながら表通りを通るのだった。

だが、今度は運ぶ箱は三つになっていた。頭上に重ねて平衡を保とうにも、とくに布地の厚い冬場には、頭当てを使っても下女にとって難しく苦労の多い役目となっただろう。だが、シニョリーナ・ジェンマはまたも名案を思いついた。箱に服など入れなくてもいい、駅から家までの短い道中に、箱を開けて中身を調べるひとなど誰もいないだろうから、と。少しばかりの薄紙を丸めて箱に入れ、空のまま運べばいいのだと。

地獄堕ちと解雇という二重の脅威に、下女は秘密を明かしたりはしなかった。成長して、別の家の奉公に出てからも秘密を守った。内陸部の村から別の娘が新しい下女としてやってきて、彼女もまた誓いを立てさせられた。そしてトンマジーナの番になったのである。トンマジーナは口の堅い娘だった。なにしろ、通りを叫んでいく言葉以外は、標準語は一言も話さず、理解もしなかったから。彼女が話すきつい方言を理解できるのはシニョリーナ・ジェンマだけだった。

そのときまで、ことは順調に運んでいた。町の誰ひとりとしてごまかしを疑う者などなかったし、季節ごとにパリから届くドレスの評判はそこいらじゅうに、近隣の町にまで広まり、あらゆる婦人たちに「プロヴェーラ家の猫かぶり」への感嘆と羨望をかきたてていた。

こう呼ばれていたのはふたりの娘たちだった。思春期の反抗期のあとは、内気に従順に育ち、気まぐれな考えをもつこともなく小説など読んだりせず、社交界の催しに出ても、いつでも伏し目がちにして若い青年に媚を売ったりしなかったし、趣味や好みを覗かせることもなかった。ふたりの生活は家と教会がすべてだった。それに、教会はごく近くにあったから、ほとんど歩くこともなく行くことができた。唯一の「気晴らし」といえば、町から数キロ離れたところにあるベネディクト会女子修道院で精神修行の二週間をすごすことだけだった。そこまで行くにも娘ふたりだけということはなく、必ず母親か小母が付き添った。このような非の打ち所のない振る舞いに加えて、父親の富、かなりの持参金が期待できることから、良家の青年たちには多くの求婚者がいて、ボニファーチョ弁護士は、内々にいくつもの申し出を受け取っていた。適齢にもかかわらず長女も次女もまだ婚約者がないのは、父親の望みがとても高かったからである。

町で結婚相手として最高とされる男性は、メダルド・ベラスコだった。司教の最愛の甥っ子で、司教自身の家で信心深く育てられ、神学校に進学して聖職者になろうと考えたぐらいだが、それをあきらめたのは、一家の唯一の後継者になってしまい、家名を絶やさないよう両親と伯父から跡を継ぐことを課されたからだった。その次にくるのが、ヴェッティ男爵家の長男ドン・コスマで、Mの陸軍士官学校を出て大尉の地位を得、町の同年代の誰よりも世界を知っていた。プロヴェーラ弁護士の心算ではこの青年はイーダの婿にふさわしく、そしてベラスコはアルダの理想の夫と思われた。体面を汚さないよう慎重に探りを入れ、障害も異論もないのを確かめた。しかし、ことを急いではならなかった。若い四人がごく偶然に出会うようにして、娘たちがそこでいい印象を与え、同時に父の選んだ相手を嫌がったり不愉快だと思ったりしないようにするのがだいじだった。何年か前のことだが、ビッフィ技師の娘が親の決めたアギアーティ公爵との結婚から逃げるために家出し、大変なスキャンダルになった。一体どこへ、誰と行ったのかも知れず、どうやって生活しているのかもわからないのだ。

アルダとイーダはふたりの青年を知っていたが、何度か遠くから見たことがあるだけだった。バルコニーから、教会、あるいは劇場、公園で。そして青年のほうにもその姿は目に入っていた。ふたりは青年たちと話したことはなく、声を聞いたこともなかった。ほかの娘たちと彼らについて話したこともなければ、噂話や陰口を聞いたこともなかった。姉妹の暮らしは世間から遠く離れたもので、お互いがいればそれで十分であったので、友だちをほしいとも思わず、同じ階級の同年代の娘たちとのつきあいもなかった。両親に結婚相手について尋ねられると、ふたりは父親の選択に同意を示し、こうして父も安心して交渉を進めることにしたのである。

ことがこういう時点にきていたときに、富裕層、貴族などの上流社会のご婦人たちを興奮させる知らせが届いた。王妃エレナがわが町をお訪ねになるというのである。政府監督官庁（プレフェットゥーラ）*のフレスコ画をほどこした大広間で盛大なるレセプションと舞踏会が催されることになった。町の名家はみな招待を受けたのだが、招待状で「貴婦人、令嬢」と呼ばれるご婦人方は、まだ世間の目に触れていない新調のドレスを披露するというのが不文律だった。町のふたつの大きな服飾店には客が殺到した。

どちらの店も、臨時の働き手を雇ったにしても短い時間にすべての注文を受け入れることなど不可能だった。

汽車に乗ってGの町まで行ったご婦人たちもいた。私たちの町より大きく、上品なものを扱う大きな店や服飾店もたくさんあって、たとえ短期間に新しいドレスを縫いあげることはできなくても、トリノやフィレンツェから取り寄せるドレスの寸法を直すことはできた。

プロヴェーラ家の四人の隠れた縫い子たちはパニックに陥った。ひと月とちょっとばかりの短いあいだに、生地を調達し、王妃と宮廷の貴婦人たちの前に見せられるようなドレスを三着もつくることなど、できるはずがない。

いつもの如く、シニョリーナ・ジェンマは力を落としたりしなかった。緊急の連絡を受けたティート・ルミーアは、独創的でとても美しい柄の絹地を三反、奇跡的にもほんの一週間で取り寄せてきた。それは厚手の生地で、衣服ではなく、おそらくもともとはカーテン用のものだと思われたが、適切な裁断とシニョリーナ・ジェンマの軟化加工をほどこせば、柔らかくなることだろう。

問題は時間だった。「昼も夜もなく働いたところで間に合わないわ」テレーザ夫人は肩を落としてこう嘆いた。「ならば、今回は熟練した手伝いを頼みましょう。それに、ミシンも使いましょう」又従姉妹のほうはこう言った。

それで私が呼ばれたわけなのだ。私が館に出入りするのが人目につかないはずはなかったので、

＊内務省に属し、地方において政府を代表する機関として県に置かれた。現在の政府地域局。かつての政府監督官は権限も大きく、各地方の権威であった。

テレーザ夫人は、夫が気まぐれでミシン縫いの寝間着を二ダースほしいと言いだした、という声を広めた。はじめは新しいシャツをほしがっていると言おうと考えていたのだが、でもそうすると、ほんとうに新しいシャツを着ているか裁判所で同僚たちが見るだろう、と又従姉妹が指摘した。寝間着なら、見ることができるのは妻と家族だけだった。

その日は、シニョリーナ・ジェンマが言ったように、一着目の夫人のためのドレスの裁断と仮縫いに費やされた。裁断されたパーツをピンで留め、しつけをした。シニョリーナ・ジェンマほどに素早く、熟練した確かな手さばきで仕事をするひとを、私は見たことがなかった。裁断では、一センチの布も無駄にしなかった。ピンタックやプリーツが見込まれる部分では、それに必要な余分の何センチかはミリ単位で計算されていた。裁断した布は端がほつれないようとても慎重に扱われた（絹地は他の生地よりもほつれやすく、いちばん目が詰んでいるのはパーケールだ。これぐらいは私も知っていた）。端はあとでまたきれいに切断されるのだが、その前に、まずはそれぞれのパーツ——袖、襟、ボディスとスカートのそれぞれの身頃のひとつひとつ、ドレープをよせる飾り帯——をテレーザ夫人の体の上に当てて寸法を見、しつけ縫いをし、もう一度試し着をして、最後に縫いあげる。この本縫いのために、最も細いミシン針をつけた、私の手廻しミシンが必要だったのだ。シニョリーナ・ジェンマはタックとプリーツにもミシンを使いたいと考えていたのだが、ハンドルに片手を使うので、二本の線をまっすぐ平行に縫っていくのは不可能だと私は答えた。足踏みミシンなら両手を使って布地を送れるのでできるだろうが、いずれにせよ絹地ではとても難しい、とも。物差しとアイロンを使いながら、今までしてきたように手縫いをするしかないと、彼女らも諦めざるを得なかった。

　昼食の時間になったが、他の家庭での習慣とは異なり、仕事は中断されなかった。トンマジーナが紅茶ポットと焼いたパンをもってきた。四人の縫い子は交代にちょっと作業台を離れると、紅茶一杯で急いでパン一枚を飲み下し、たらいの水で手をすすいで素早く仕事に戻る。私にはなにも出されなかった。「夕食をいっぱい食べればいいでしょう」とシニョリーナ・ジェンマが言った。「明日からはなにか急いで食べられる物をもってきなさい。五分以上の休憩はあげられないから」

　暗くなると、天井に吊（つ）るしたピンクの乳白ガラスのきれいな石油ランプが、机の上へと降ろされた。ほのかな弱い光だったが、ここでは布地の色合いが明るいか暗いかでランプの芯を調節していた。この生地は色も明るく色彩も鮮やかだった。ボニファーチョ弁護士の命令で、ほんの少しばかりの石油さえ節約しなければならなかった。

　サンタ・カテリーナ教会の晩禱（ばんとう）〔日暮れの祈り〕の鐘が鳴ると、私は帰りを許された。目が痛かった、指先も痛かった。指ぬきに守られていた指は一本だけだったから。終禱（しゅうとう）〔就寝前の祈り〕の時間まで縫い続けなければならないのかと心配になったくらいだった。少しばかりのガス燈に導かれてやっと家に帰り着いたときは、もう真っ暗だった。料理をするにはあまりにも疲れていた。パンとチーズをかじって、牛乳を少し温めた。こんな仕事は投げ出したい、明日はもう行かないで、向かいに住むアイロンかけを仕事とする友人の娘アッスンティーナを館にやって、別のひとを探してほしいと言わせようか……こういう思いは強かった。だが、それができないこともわかっていた。信頼できない人物だという噂が広まり、私を仕事に呼ぶひとなどいなくなることだろう。それに、なんとも奇妙な状況で、仕事の負担もあまりに重く、昼食すら出してもらえない屈辱的な条件ではあったけれど、この新しい経験からはとても多くのことが学べるのは確かだった。裁縫をきちんと本格的に習ったこともない私にとって、祖母が唯一の師だったが、大きな服飾店のもつ技術とはまったく次元の違うものだった。ウィンドウに飾られたドレスを見ればその技術のほどが想像できたし、モード誌のイラストからもそれは理解できた。私はかなりの数のモード誌を見ていたので、そういう雑誌があることも知らなかったのではないだろうか。祖母はおそらく、シニョリーナ・ジェンマの腕前が私たちお針子よりはるかに優れていることは見てとれた。完璧な技術、磨かれたセンス、そしておそらくは特別な、天賦の才も有していると思われた。もしも服飾店を開いたならば、ラ・スプレーマ・エレガンツァからも、ベッレダーメからも、最良の顧客を奪ったことだろう。ともあれ、私のプロヴェーラ家での仕事はひと月ほどのことだったから、若干の飢えと苦労を忍ぶだけの価値はあると考えた。

眠気に瞼（まぶた）がおりてきたが、力をふりしぼってアイロンかけの友人のところへ行った。彼女はとても貧しくて、一銭でも余計に稼ぐ必要があった。ささやかな報酬の代わりに、ポレンタ*を薄切りにして焼いたものを油紙に包み、明日の朝もっていけるよう用意しておいてくれないかと頼んだ。それから夕食を少し、ひよこ豆と小さなウイキョウのスープでもつくって、晩にコンロのそばに置いておいてほしい、と。そしてなにより、その月については、私の住む建物の階段と玄関広間の掃除を代わりにやってくれるようにお願いした。仕事があってできないときには、これまでも彼女に頼んでいたのだ。戸棚のいちばん上の引き出しのなかの封筒は、そのときほとんど空だった。缶の中身に手をつけなければならないのは、はじめてのことだった。今年は劇場には行けなくなるが、しかたがない。一時的に掃除を代わってもらっても、大家さんになにも言われなければいいのだけれど。毎朝四時半に起きて晩禱の時間まで針仕事をするなんて、私には不可能だった。

ようやくベッドにぐったり横になった。深くぐっすり眠り込んで、朝にはどんな夢を見たかも覚えておらず、ぱっと閃くような光景だけが記憶に残っていた。色彩模様の絹、だが形は私たちの国の流行のドレスではなく、去年劇場で見たのと同じ、桜の花咲く枝の模様の蝶々夫人の着物。実際、翌日その絹地と模様をもう一度見たとき、日本の風景やひとの姿を描いた絵や版画を思い浮かべた。雑誌やエステル嬢の家にかかる額で、私はそういう絵を見ていた。マルケジーナが語ってくれたところでは、外国では少し前から日本がとても流行っていて、その流行りのことを「ジャポニスム」というのだそうだ。

私のミシンは、大きな好奇心をもって迎えられた。シニョリーナ・ジェンマはすぐに使い方を覚え、私のリズムに合わせてハンドルを回すことをふたりのお嬢さんたちに教え込んだので、私は両手を使って布を送りながら縫うことができた。このやり方で、仕事は速く進んでいった。仕上げにはもっと時間がかかった。飾り紐、リボン、詰め物、ホックやボタンなどをつける作業は、急がず丁寧に手でしなければならなかったから。私たちは分業で仕事を進めた。母親と娘たちが一着目の

＊トウモロコシ粉を湯で練りあげたもの。柔らかいまま、または冷えて固まったものを食べる。

仕上げをしているあいだに、シニョリーナ・ジェンマと私は二着目を裁断して縫い、そして三着目に進んだ。私は、彼女が無駄のない確かなしぐさでてきぱきと服をつくりあげていくのを見て、驚きと感嘆でいっぱいだった。大きいものから中ぐらい、またごく小さいものまで、布のパーツを合わせてピンで留め、しつけをして当人に試着させ、本縫いのために私にまわし、注意深く針の動きを見守る。そして、縫い合わせたパーツを私の手から受け取ってデリケートに揺りうごかすと、そのとたんに、合わせた布切れが変身を遂げてひとつになり、三次元の優雅な形をとるのだ。そのときの驚異の思いを表すのに、当時の私にはこういう言葉など使えなかったけれど、確かに奇跡に立ち会っているかのような感触があった。

手順としては、まずボディスの身頃を縫い合わせた。そして、袖、襟を縫いつけて確かめた後で、スカートの縫いつけに入る。ふたりのお嬢さんの体に合わせてピンで留め、ウエスト位置にしつけ縫いをして、ミシンの針で縫っていく。優美な布地であったためかもしれないが、私にはまるで花の蕾が、一枚また一枚と花びらを開いていくかのように思えた。そして私の空想のなかのシニョリーナ・ジェンマは、魔法の杖でぼろをお姫様のドレスに変える、シンデレラの魔法使いの代母のように思えた。私は自尊心から、この驚きを決して外に表したりはしなかった。手順のすべてを心得ていて遂行できるふうを装った。けれども、このひと月のあいだに、祖母が何年もかけて教えてくれたこと、雑誌を見て勉強したことの何倍もの仕立ての技術を、私は学んだのだった。

毎晩、ミシンを抱え、へとへとになって家に帰り着いた。ミシンをプロヴェーラ家に置いておくのは心配だった。誰かが、トンマジーナなどが、好奇心で手を触れて、ハンドルを逆にまわしたり、軸や針抱き棒を曲げてしまったりして、壊されるかもしれない。いつでも自分で管理するに越したことはなかった。家に帰ると、アイロンかけの友人が炭火コンロの端っこに置いて温めておいてくれたスープとパン、少しばかりのおかずを貪った。プロヴェーラ家の四人の仕事仲間が、どうして少しばかりの薄切りパンで何時間も辛抱できるのか不思議だった。急いでかっ込むポレンタとチーズのお昼の軽食など、私にはほんの少しのエネルギーにしかならなかった。けれども、やり遂げた仕事の満足感のおかげで、どんな不自由さも取るに足らないものになった。

シニョリーナ・ジェンマは三つのとても似通ったデザインを選び、特に脇のドレープ、襟ぐり、レースやリボンなどに少しずつ違いをつけた。ふたりの娘のドレスは、腰当てが膨らみすぎないようにした。流行にしたがい、袖は肩のあたりが膨らんだパフ・スリーブで肘に向かって細くなっていた。ボディスは下の先が尖(とが)った形で、スカートは釣鐘形に裾が広がっていた。ようやくできあがったドレスは、誰が見ても家でつくったとは思わなかっただろう。予行としてドレスを身につけ、シニョリーナ・ジェンマに髪を馬毛のローラーでふっくらとセットしてもらって羽根やリボンの飾りをつけると、思った通り、お嬢さんたちはとびきりの美女のように見えた。母親のドレスは、年齢にふさわしく、少しばかり地味にしてあった。

この試着を見るため裁縫部屋にやってきたボニファーチョ弁護士も、ご満悦だった。私がいることを気にもかけず、あるいは誓いを立てたことを知っていたのか、若き将校、司教の甥との交渉がうまくいったことを妻と娘に知らせた。あとは、アルダとイーダが王妃歓迎パーティで、夫、司教とともに出席する未来の姑たちの承認と好意を獲得できればよかった。そして無論のこと、未来の夫たちの称賛を獲得しなければならない。ふたりの若者は、この機会にはじめて娘たちを近くから見るわけだが、ダンスのときには、礼にのっとったものであれ、体に触れ、その香りに触れることにもなるのだ。「ミントかスミレ味のドロップをもっていくのを忘れないように」父親はこう言った。「男にとって口臭ほど嫌なものはないからな。そして、なるべく話さないように」ふたりの若者は、その頬で娘たちの髪をかすめ、柔らかい手を、くびれたウエストを、白くしなやかな首を好もしく思うことだろう。「おまえたちを気に入らないはずはないよ」

お嬢さんたちは父の言葉に顔を赤らめた。最初の出会いの魔法を想像して、惹かれ合う気持ちのはじまりを、愛の芽生えを、私だって夢見るのがふつうだったかもしれない。けれども、エステル嬢とリッツァルド侯爵の一件で、愛の幻想の裏にどれだけの嘘が潜んでいるかを私は教えられていた。日本風の絵柄の美しいドレスに身を包んだふたりの姉妹を眺めながら、私は蝶々夫人のことを考えていた。誘惑され、騙されて捨てられ、自害した、かわいそうな蝶々さん。エステル嬢は父に助けられたが、蝶々さんにはもう父がなかった。父は名誉を守るために自害したのだ。そして、離縁された娘も同じように。結婚後、婿たちが娘のアルダ、イーダに非礼な振る舞いをしたならば、プロヴェーラ弁護士はどう反応するだろうか。

このようなことを、その晩私はアイロンかけの友人と話した。手を上げる飲んだくれの夫がいるにもかかわらず、彼女は私のことを悲観的にすぎると言うのだった。ふたりのプロヴェーラ家令嬢の婚約話がどのような結末を迎えることになるかなど、私も彼女も想像できなかった。

ドレスが完成したときには、王妃の到着まで三日を残すばかりになっていた。シニョリーナ・ジェンマは取り決め通りの金額を、一銭の心付けも足さずに払い、誓いを忘れないようにと言って私を帰した。大仕事に比して稼ぎはささやかなものだったが、それでも私は満足だった。ここで私が学んだことには計り知れないほどの大きな価値があったから。

その翌朝は、疲れ切っていたにもかかわらず、早くに起きだして大通りまで下りていき、理髪屋の扉のところで足を止めた。ほどなくして、素足で通りの歩道を上ってくるトンマジーナの姿が見えた。空色の箱を頭上に重ね、こう叫んでいた。「奥様とお嬢様のお洋服がパリから届きました！」私のそばを通ったときに視線があうと、こちらはおかしくて笑ってしまったが、彼女のほうはぴくりともせず、私を知る素振りも見せなかった。

いつものように、「パリのドレス」到着の噂はあたりに広まり、いつものように、王妃歓迎パーティに出席する婦人たちは好奇心と羨望でいっぱいで、弁護士の陰口をたたいて鬱憤（うっぷん）を晴らした。あれほどケチなひとが、家族の虚栄心のためにこんな浪費を許すなんて、妙なものだと。

けれども、私はもちろんのこと、そう言うご婦人の誰ひとりとして、アルダとイーダがパーティで最も優雅なご令嬢であろうことを疑うひとはいなかった。二組の縁談がまとまったという噂も上流階級のサロンでは広まっていて、このパーティの際に婚約が発表されるのではないか、王室の規則でそれができなければ、パーティ直後の数日のあいだだろう、と囁かれた。

王妃と従者の一行は汽車で到着した。首都からは大変な長旅だった。沿線の各地で地元の人々の歓迎を受けるために、何キロか進むごとに汽車を止めなければならなかったからだ。人々は小さな駅のプラットホームに並び、花束を贈り、国旗を振った。私たちの町ではすべての店が、小さな王女たち、水兵服を着た跡継ぎの王子に囲まれた王妃の写真をショーウィンドウに飾っていた。私たち女性はみな好奇心でいっぱいだった。貴婦人、富裕層の婦人たちから路地の女たちにいたるまで、そして特に、立派な裁縫師や私たち日雇いのお針子ら服をつくる者の誰もが、王妃がどんなドレスをまとうのかと興味津々だったのだ。王妃が若き花嫁としてローマにやってきたとき、野暮で洗練されていないと評され、親戚となったサヴォイア家の女性たちは馬鹿にして「牧女」と呼んだ。けれども、王妃は庶民からは敬愛されていて、私たちの町でもプラットホームに大勢の群衆が並んで、敬意を込めてお迎えした。実をいえば、私もその群衆のひとりだった。無邪気なことながら、誇りに思ってもいたのだ。私も仕立てに協力し、私の手廻しミシンが縫いあげた三着のドレスが王妃の目に触れるのだ。もしかしたら、その手が触れ、称賛の目が向けられるかもしれない。牧女などと言われていたかもしれないが、イタリアの、ヨーロッパの最高の服飾店で衣服をあつらえることに慣れているお方なのだ。

王妃と従者の一行は、町で最も豪華なホテル、アルベルゴ・イタリアに滞在した。初日、王妃は休息をとられ、町の当局の代表者と私的に面会した。大舞踏会はその翌日の予定だった。

その舞踏会で起こったことを私が知ったのは、三、四日後のことである。当初、このスキャンダルが表沙汰にならないようにと画策されたが、もはや阻止できなくなって噂がそこらじゅうに広まりだしたとき、それは曖昧で不正確な、混乱した話となって伝わった。プロヴェーラ家の女性たちの三着のドレスがパリ製ではなく自家製であることが発覚して、彼女らが面目を失うのはわかるにしても、どうしてそれが王妃への、さらには出席していた貴婦人たちへの重大な無礼となるのか、そこがさっぱりわからなかった。「不敬罪」の企てだという声すら出たのだが、結局、ボニファーチョ弁護士に対して、なんら法的措置がとられることはなかった。しかし、一家の名声、そして特に娘たちの評判は、取り返しようのないほどに台無しになったという噂だった。

しばらくのあいだ、この話は噂話としてヒソヒソと流された。サンタ・カテリーナ広場のプロヴェーラ家の大門はしっかり閉ざされたままだった。親戚、一家の友人だったひとたちは、その話題になると顔を赤らめて話すことを拒んだ。あるひとによようやく言わせたコメントといえば、「わけがわからん！」の一言だった。だが、王妃が町から出発すると、舞踏会に出席したひとたちが前ほどはばかることなく、話しはじめた。妻に弁解する必要もなく、むしろ女性との冒険を自慢する独身男性たちは、より大胆な細部にも触れるなどし、やがて政府監督官にもその他の権威にも、報道を封じておくことは不可能になってしまった。その一件が起こって十日がすぎると、未婚の娘がいる家には絶対入ってこないような、とりわけ大胆なある風刺新聞が、ことの顚末を語る長い記事を掲載した。一体なにが起こったのか、ようやく私が知ることができたのは、この新聞からだった。びっくりしたものの、家で縫製したドレスについては記者はついでに言及する程度で大して気にもせず、「日雇いのお針子の助けを借りて縫った」と言うだけで私の名前はなかったので、少しほっとした。エステル嬢が帰ってきたら見せようと新聞はとっておいたが、今も記事の切り抜きをもっている。匿名とはいえ、私がスキャンダルに巻き込まれたのははじめてのことだった。そして、これが最後ではなかった。でも、二度目についてはまた後で語ろう。ここでは、あの晩、政府監督官庁のフレスコ画の大広間で起こったことを語って、読者の好奇心に応えようと思う。

　さて、当日の式次第によると、庁舎内に入るや、まずご婦人たちはエスコートの紳士たちといったん別れ、部屋を飾るフレスコ画の題材からニンフの間と呼ばれている広間に入る。広間は鏡、櫛(くし)ケースを運び込んでクロークとして使われ、そこでご婦人方はマントを脱いでドレスや髪をととのえることができた。招待客が全員到着して庁舎の門が閉められると、婦人たちは海辺の風景を描くフレスコ画の広間にて夫、父、兄弟らと合流してみなで軽食をとり、王妃が招待客の挨拶を受けるために大広間の主賓の席に着くのを待つ。招待客は列になって進み、地位の高い順にひとりずつ王妃に紹介されることになっていた。そしてこの儀式の後に舞踏会が始まるのだった。

　記事によると、クロークの広間でテレーザ夫人と娘たちがマントを脱ぐと、「パリ製」の三着のドレスを目にして、貴婦人たちは感嘆、驚きに息を詰まらせた。それには隠しきれない羨望もあったと記者は意地悪くほのめかしている。高齢の尊大な貴族の婦人たちは遠くから手持ち眼鏡(ローネット)を通して侮蔑の目で見ていたが、ほとんどの婦人たちはよく見ようと近くへ寄り、およそ偽善的な褒め言葉をかけた。私の想像では、縁談のことを知る親戚や一家の友人の女性たちは、アルダとイーダを抱擁して、それぞれに「きっと彼も虜(とりこ)になる。幸運を祈っているわ」などと囁いたのではないか。

未来の姑である司教の妹とヴェッティ男爵夫人もプロヴェーラ家のふたりの令嬢の控えめな振る舞いを評価しただろうか、優雅なドレスがお気に召しただろうか、そしてふたりに好意を示しただろうか、などと私は思いをめぐらせた。

さて、ようやく貴婦人たちが海辺のフレスコ画の広間に入り、紳士たちと会う段になった、と記者は話を続ける。プロヴェーラ家の女性たちは、最後のほうから控えめに入ってくる。司教の甥はアルダの姿を見て目を輝かせ、彼女のほうへ向かおうとする。が、伯父がその腕を厳しい態度でしっかと押さえ、自分の脇に止まらせた。猊下は顔を真っ赤にさせ、信じられない、という様子だった。ヴェッティ大尉、ドン・コスマも嬉しそうにイーダのほうへと向かったが、道半ばで立ち止まった。紳士たちのあいだで口から口へと、侮蔑、憤慨の言葉がひそひそと囁かれた。プロヴェーラ家の三人を含め、貴婦人たちはどういうことなのかわからない。わかるわけがなかった。そして記事が続けるに、紳士たちも憤慨の理由を説明するわけにはいかなかったのだ。

ここまで読んで私も大いに驚き、疑問に思った。その妻たちも気づかなかったのに、手に針をもったこともない紳士たちが一体どうしてドレスが自家製であることに気づいたのだろうか。なぜここまで憤慨し、その理由を説明することができないのだろうか。祖母がよく言っていたものだ、地位の高い人々はまったくわけがわからない。

しかし記者は、読者の好奇心をくすぐった後で、すぐにその理由を説明していた。私が考えたのとはまったく異なる、もっと重大な理由だった。

ドレスがパリではなく家内でつくられたことに気づいた者はいなかった。むしろ、フランスの首都で縫われたのだと信じたことが、このスキャンダルの信憑性を一層高めることとなった。

紳士たちに憤慨を起こさせたのはドレスの縫製ではなく、その布地だった。丸々ひと月ものあいだ、私たちの指がその上を動いて懸命に働いた、異国情緒豊かな模様の美しい絹地が問題だったのだ。しかし、一体なぜなのか？　それは、ある有名な罪深い場所からくるものであることに、多くのひとが気づいたからだ。彼らの清らかな妻たち、そして無論のこと王妃など、その存在すら知らない名高い売春宿である。

これは後になってわかったことなので、記者には知りようもなく、記事に書けなかったことだが（でも私はすぐに、そうではないかと思ったのだ）、気の毒に、プロヴェーラ家の女性たちの知らぬ間に、そしておそらくは、ほとんど字が読めず、よって新聞など読みもしないから彼自身も知らずにいたことと思われるが、ティート・ルミーアがフランスの船舶から買ったのは、パリの最も豪華な、記事の切り抜きから名前を書き写すと、ル・シャバネという娼館の誇る「日本風の部屋」が数年前に使っていた内装の生地の残りだったのだ。イタリアの、ヨーロッパの、文明世界の男性はみな、少なくともその名声は知っていた。私たち女性は、今はじめてその存在を、際どい細部とともに、風刺新聞の記事から知ったのだ。それはヨーロッパで最も有名な売春宿で、億万長者や王族、世界中のもてはやされる芸術家たち、あるいは、私の町の住民の幾人かがそうであったように、たとえ一度だけでも好奇心から行ってみたいと思う、五百フランもの最低料金を払うことのできるひとたちの通うところだった。イギリス王の後継者はル・シャバネに自分の部屋をもっていたが、専用につくられた美しい家具で飾られた部屋には、船首像のついた船をかたどる金メッキのブロンズの湯船があり、それをシャンパンで満たして、ひとり、あるいはそれ以上の宿の「住人」と裸で湯浴みするのだった。「ふつうの」客にあてられるその他の部屋は異なるテーマの内装が施されていた。ムーア風の部屋、インド風の部屋、中世風の部屋、ロシア風、スペイン風、そして日本風というように。日本風の部屋の内装は非常に優美で素晴らしく、一九〇〇年のパリ万博に出展されて装飾美術部門の一等賞を獲得し、その写真は、厳格な家のなかには入ってこないものだが、著名な雑誌に掲載された。垂れ幕、カーテン、家具の布張り、大きなベッドの天蓋、すべてが微妙に異なる色合いの、桜の花咲く枝を描いた美しい絹地でできていた。プロヴェーラ家の三着のドレスと同じ生地である。万博の出展者が言うに、それは特許付きの唯一独自の模様の絹地だった。

紳士たち、そして新聞記者にとっても疑問だったのは、我が町にあって最も尊重される名家のひとつである一家が、どうしてこの布地を手に入れることになったのかということである。ボニファーチョ・プロヴェーラ弁護士はル・シャバネと関係をもち、あるいは株を有していたりしたのだろうか。また、ふたりの令嬢は、精神修行といって家を離れると、パリへ行って世界で最も古い職業と言われるものを一時的に行っていたのだろうかなどとほのめかす者もあった。そして、どうしてこの罪に彩られ、体面にもかかわるドレスを、よりによって王妃の前に見せようとしたのか。王国に対する侮蔑を表してのことなのか。プロヴェーラ弁護士がその共和主義、マッツィーニ信奉ゆえに王妃を公然と冒瀆(ぼうとく)しようと故意に仕組んだことなのか。

水色のフレスコ画の広間で紳士たちが言っていたのはこのようなことだと、記者は書いていた。彼らのほとんどは、この布地を見てすぐにどこのものかわかった。パリ旅行の際に自分の目で見たものだからである。この手の気まぐれを満足させようとした、いとも尊き司教猊下も含めて（風刺的、反聖職者的なこの新聞は、この細部にこだわるのをたっぷり楽しんでいた）。同じ事情で、都から王妃とともにやってきた高官たちもこの布を見てそれとわかった。娼館の存在もその内装もまったく知らなかった人物は、神父になりそこねたメダルド・ベラスコひとりだった。司教である伯父とは異なり、モーセの十戒の第六戒〔「姦淫してはならない」〕を真面目に守っていたので。しかし、彼もドン・コスマ・ヴェッティ大尉も、かくも怪しげな疑惑をもたれた女性を婚約者として受け入れることはできなかったし、同様に、宮廷の高官たちもこの恥知らずの貴婦人たちが王妃に近づき、その威厳を傷つけることを許すわけにはいかなかった。

　正装したふたりの軍人がテレーザ夫人とふたりの娘に近づき、目立たぬように広間から外に連れて行こうとしたが、やはり人目に立ってしまった。プロヴェーラ弁護士は事情がわからないままにその後を追った。彼らの屈辱は激しいものだったが、幸い王妃は別室の大広間にいて、この一連の動きに気づかなかった。そのあとは、予定通りに会は進んだ。

　しかし、想像に難くないことであるが、裏では大騒ぎになっていた。王妃が出発するや、政府監督官と警察署長はプロヴェーラ弁護士を呼び、このような無礼を働いた理由を尋ねた。弁護士は呆然（ぼうぜん）とした。彼の知る限り、問題の生地はスキャンダラスなものなどではなく、妻の嫁入り道具の衣装の一部だった。確かにパリからきたものだが、それはほぼ四半世紀も前のことなのだ。それに、この生地の素性を知ることなどあり得なかった。最近、確かにひとりでパリへ行くことは何度かあったが、妻への貞節のためというよりも吝嗇（りんしょく）ゆえに、ル・シャバネのように高価な堕落の場に通うことなどなかったのだ。ティート・ルミーアのことも、自分の知らぬ間に家族が企んだ取引についても、まったく知らなかった。ドレスを家で縫製して箱に入れ、嘘をついていたことは認めた。弁護士であるから、世論を騙し、からかうことが犯罪ではないことは知っていた。赤っ恥をかいたのは確かである。ともあれ、政府監督官も警察署長も、彼の妻と娘たちのドレスが他のどの婦人のドレスよりも美しく優雅で、よく仕上げられていたことは認めざるを得なかった。弁護士は頑固に、あの生地にはなんら無礼に当たるものなどないことを主張し続けた。ふたりの官吏はさらなる審議を行うこととし、証人として他の紳士たち（司教は別として）を召喚することとした。そしてこれらの証人の前で、政府監督官自身、やや自慢げに、彼自身パリのその娼館に通ったことを認めたのだった。それだけではなく、万博で賞を得た「日本風の部屋」の写真を掲載する雑誌、そしてこの独占的な生地の模様がはっきりわかる、理髪屋の香りが染み込んだカレンダーがボニファーチョ弁護士に見せられた。

　新聞の記事はここで、大学生のつくったものとされる嘲(あざけ)りの歌を紹介して終わっていた。町の富裕者、貴人の夫たちが、とりすました妻たちに、自分たちの裏切りと浪費を告白せざるを得なくなり、その家庭の気まずい場面を韻文の寸劇にして歌ったものである。

　それからふた月ほどして、私は葬式に参列するためにサンタ・カテリーナ教会に行くことがあった。祈禱席のひとつにシニョリーナ・ジェンマが座っていた。厳格に喪に服するかのように黒い服に身を包み、痩せて蒼(あお)ざめ、手の震えを抑えきれないようだった。あれほど確固としてしっかりとハサミを扱い、貴重な布を裁断していた手であったのに。私に気づくと挨拶を寄越し、葬儀の後にテレーザ夫人とお嬢さんたちにも会いにこないかと家に誘った。

「あなたまで、他のひとたちのように私たちを蔑んだりしないわね?」こう尋ねた。「あなたははじめから私たちの秘密を知っていたのだから、加担者だと非難されるかもしれない。誓いを守って、おしゃべりなどしなかったことに感謝するわ。あなたはことの成り行きを知っている。私たちが布の出どころを知っていたなんて、ひどい濡れ衣（ぎぬ）だわ。調達人がどこで生地を仕入れてくるかなんて、私たちにわかるわけがないのに」

一緒に館に行くと、奇跡的なことに、テレーザ夫人がコーヒーとビスケットを出してくれた。夫人もふたりの娘たちも喪服姿だったが、シニョリーナ・ジェンマほどやつれては見えなかった。部屋着ではあったが優雅な、黒い衣服の生地をよく見てみた。町の最高の布地屋のショーウィンドウで見かけたような、柔らかいがしっかりとした、美しいシャンタン〔張りのある絹織物〕だった。黒の色は濃く均一で、緑の光沢などは見られなかった。無論のこと、裁断は最良で仕上げは完璧だった。一緒に仕事をしたひと月のあいだ、母親も娘たちも擦り切れた粗末な部屋着を身につけていて、私もすっかりそれを見慣れていたが、これはまったく異なる衣服だった。けれども、一番の驚きはボニファーチョ弁護士だった。このことは巷（ちまた）には知られていなかったが、町の当局との二度目の会合から数日して卒中を起こし、全身が麻痺し口がきけなくなって車椅子生活を余儀なくされていたのだ。しかし、理解するには支障はなかった。彼のほうも私のことがわかったが、こちらが挨拶すると、なんとも無礼にフンと顔を壁のほうへと向けた。テレーザ夫人が私にコーヒーとビスケットを振る舞っていた裁縫部屋に、下女に車椅子を押されて入ってきたのである。トンマジーナは清潔できちんとしたエプロンをつけ、足にはがっしりとしたブーツを履いていた。今は、主人にスプーンでコーヒーを飲ませようとしていたが、弁護士のほうはしっかりと口を結んで開かず、怒りの目をあたりに向けていた。財布の紐を妻に譲らねばならなくなったのが我慢ならないこと、妻が私にかくもささやかなもてなしをするのを見るのも彼には地獄の苦しみであることを、私は理解した。窓の下に鎮座する美しい新品の足踏みミシンに視線が落ちたときにも、目には怒りの炎が燃え盛った。

家の外まで私を送りながら、シニョリーナ・ジェンマは夫人の浪費が激しいことをこぼした。こんなにも長いあいだお金のない生活をしてきたために、お金の価値がわからず、無駄遣いをしている、と。肉屋からはとても食べきれやしない大量の仔牛肉を買い、鶏小屋の卵は孤児院に寄付し、教会では募金箱に何枚ものお札を差し込む。一家の金庫を開け、銀行の行員たちと預金や証券を確認すると、大喜びで娘たちにこう言った。「私たち、大金持ちよ。町の陰口なんてどうでもいいわ」と。そして今は、自動車を買おうと考えているところなのだ。馬車でも馬でもない。自動車。

「それで、車の運転も習うおつもりなんでしょうか」びっくりして私は聞いた。

「とんでもない！　雇うんですって、ええと……フランスではなんと言ったかしら？　整備工ではなくて、そう、運転手（ショフール）」

マルケジーナ・エステルがはじめのころの旅のひとつから戻ると、私はこの訪問の話をした。彼女は、婚約者の若者たちは約束を守るべきだったのだと言って、このスキャンダルに憤慨した。もしも道徳を口実にするとしても、プロヴェーラ姉妹はなんら罪を犯してはいない。パリ製のドレスの嘘などは、ただのいたずらとも考えられるもので、誰を傷つけるものでもないし、四人の女性たちは、他の自惚れた気難しい婦人たちに劣るまいと、身を粉にして働いたのだ。あのドレスこそ、アルダとイーダが模範的な花嫁となったであろうことを保証するものなのだ、と。罪深いひとがいるとしたら、それは売春宿の顧客である町の紳士たちである。無論のこと、政府監督官、司教も含め。「でも、ここで言っているのはほんとうの道徳のことではなく、偽善のことよ」私のだいじなエステル嬢は、男女平等について突飛な考えをもっていたものだ。それに男は、自分ではする意思もなく、実際しもしないことを、女性に求めてはならないのだ、とも考えていた。新聞の最後のページの連載小説に、「道を失った」女性とか「贖（あがな）われた罪の女」などとあったりすると、とても憤慨した。エステル嬢はとても有名な『パリの秘密』*という本を貸してくれた。分厚い本で、読み終えるのに一年近くかかってしまった。いろいろと本について聞いてくるので答えなければならなかったが、私と一緒にこの小説について話すのをエステルは楽しんでいた。私がフルール・ド・マリーの死に心を揺すぶられたことを知ると、こう言うのだった。「泣いてはいけないわ、怒るのよ。彼女があの仕事を選んだわけではないのよ。結婚してふつうの生活を送ることができなかったのはどうして？」私はこの言葉をよく考えてみた。再び父親のもとで暮らすようになってから、エステル嬢は恋愛のことを口にしなくなっていた。自分の人生から消し去ったようだった。一方では、まだ若いとはいえ、夫と別れた女性には恋愛のことなど考えられもしなかった。法律上はまだ夫と結婚していたのだし、できることといえば、許されることを願って夫のもとに戻ることだけなのだ。

だが、決してそんなことはしないだろうと、私にはわかっていた。

　ボニファーチョ弁護士が二度目の卒中を起こして亡くなったということが知れると、マルケジーナはこう言った。「もしもこの世が正しい世界であったなら、どういうことが起こるべきだと思う？」彼女自身が小説を書くかのように、自分の主義にしたがってつくりあげた話はこういうものだった。

「さて、弁護士が死んで、妻、娘たち、又従姉妹は遺産を受け取り、姿を消す。海の向こうのどこか遠い国へ行ったのよ。不当にも自分たちを蔑んだ町になんて、いたくないもの。何年ものあいだ、彼女らの消息はまったく知れなかった。

　それから、アメリカ人のジャーナリスト、ミス・ブリスコーが、ほら、町に住む私の英語の先生のミス・ブリスコーが、あるときアメリカ合衆国の旅から戻って、ニューヨークの有名なフランス服飾店の話をするの。世界じゅうの王族や億万長者の妻たちが、法外な額を払ってまで、独創的な素晴らしいドレスをつくってもらいたくて行列をつくる店。服飾店を経営するのは熟年の女性で、その名を……そうね、ジェンマ〔「宝石」の意〕をフランス語に訳すと……マダム・ビジュー。彼女を助けるのは娘か姪と思われる若い裁縫師（クチュリエール）。イーダよ、もちろん。イタリアの服飾店なのだけれど、フランスだということにしたほうがシックなのよ。イーダはハンガリー人のパタンナーと結婚した。夫は服飾店で働いていて、暇なときにはバイオリンを弾く。三人の可愛くて優秀な子どもがいて、

＊ ウージェーヌ・シューの小説。一八四二年から一八四三年にかけて新聞に連載された。

ニューヨークの名門校で勉強している。で、アルダは？　アルダは情熱的な恋愛の末に、若いカタロニア人の画家と結婚したのよ。彼は一文無しだったのだけれど、アルダに励まされて素晴らしい布地をデザインするようになり、秘密の技術でプリントし、特許もとる。この真似のできない布地の模様が、ビジュー服飾店の成功の秘密なの。

アルダとマリアーノも子どもたちに恵まれた。いえ、娘たちね。四人の女の子。どの子も創造力旺盛で、父のように絵を描く子、叔父のように音楽をする子、それからダンス……そうね、イサドラ・ダンカンのところで勉強させましょうか？……一番下の子は天使のような声で歌うんだわ。

あとは、誰がいたかしら？　マダム・テレーズ？　マダム・テレーズはトンマジーナとブロンクスに住み、貧しい子どもたちのための裁縫教室を開く。女学生たちが裁縫の技術を学ぶほかに、そのほかの教育も受けられ、暖かい衣服と美味しい食べ物も受け取って寝泊まりできる寄宿学校のようなところ。企業家のシンガー氏がこの事業に感銘を受けて最新のミシン七百五十台を学校に寄贈してくれた。待って待って。学校は女の子だけのためではないの。ときどきマダム・ビジューがレッスンをもつ部門もあって、そこでは売春をやめて真っ当な生活に戻りたい女性たちが、裁縫の手ほどきのほかに、保護を受けて食事と寝るところを得ることができる」

私はこの話を聞いて笑った。「エステルお嬢様は楽観的すぎます。それに、失礼ですが、ロマンチックすぎるのじゃないかしら。残念ですが、現実の生活はこういうふうにはならないのです」

実際、シニョリーナ・ジェンマが私に漏らした懸念は現実のものとなった。

実践的な感覚をもたないテレーザ夫人は、結婚当初から比べるとインフレのためにお金の価値が変わっていることに気づかず、莫大なものに思えた遺産は、確かに多額ではあったが無限ではないことを考えないままに、二年と少しほどで、夫が吝嗇の限りを尽くして貯めた財産をすべて使い果たしてしまった。ろくな管理もしなくなって、小作人たちはたやすく作物をくすねていたし、もはや田舎の作物を家に届けさせることをせず、調理用の材料は市場や町でも最も高価なデリカテッセンへ買いに行かせた。家具もすっかり新しくした。けれども、家にいることはあまりなかった。毎朝、遅めの時間に娘たちとクリスタル・パレスへホットチョコレートを飲みに行くのだ。自由で気後れしない気性の数少ない婦人たちも、女性だけで店に入ると店内の小部屋に席をとるものだったが、彼女らは歩道に面した最も目立つテーブルのひとつに座る。そして、ガラス張りの囲いに守られたこのショーウィンドウのような席で、新聞を読み、葉巻を吸い、政治の話をしたり、町でも最も富裕で暇をもて余した紳士たちに布地をあてて裁断したりして、一日をすごすのだった。娘を目につく場所において、ふたりに新たな貴族の婚約者を探すつもりだったのかもしれない。けれども、名家の若者といっても町にはそう何人もいなかったので、町の外で探そうと思った。夫人は娘ふたりを連れて、あちらこちらを旅した。パリに行き、本物のプランタン百貨店で豪華な嫁入り用の衣服一式をひとりひとりに買ってやった。まだ町にはほんの数台しかなかった自動車を購入し、運転手を雇って、制服と紐飾りのついたひさし帽を身につけさせた。女中をふたりも雇って、空色の制服と白いエプロン、頭飾りをつけさせた。女料理人も雇った。トンマジーナは弁護士の世話に専念し、その最後まで献身的につくした。先に言ったように、主人は二度目の卒中で亡くなり、テレーザ夫人と娘たちは、優雅な温泉地へと保養に行った。だが、こういった費用を賄うために、少しずつ財産を売らねばならなかった。田舎の土地、所有していたアパート、倉庫、国債、と。財産は次第に痩せ細っていった。なにしろ、働いて収入を得る人間もいなかったのだ。トンマジーナは、銀の匙十本と、娘たちの真珠のネックレスを二本、絹の端切れをいっぱいに詰めたプランタンの空色の箱一個をもって、家を飛びだした。娘は数日後には見つかったが、もちだしたものを誰に売ったかは言おうとせず、取り戻すことは不可能だった。テレーザ夫人はこのコソ泥娘に平手打ちを与え、罰としてパンと水だけの食事で部屋に閉じ込めたが、警察に訴えることはしなかった。今ではトンマジーナが可愛くもあったし、教護院に送られ、お決まりのコースで売春宿行きになったりしてほしくなかった。

ここに至って、またしてもシニョリーナ・ジェンマが、手の震えに悩まされながらも、事態をその手で収めることとなった。義理の又従姉妹である夫人、そしてその娘たちに真剣に状況を話し、途方もない出費を抑えることを納得させたのである。サンタ・カテリーナ広場の家は担保に入っていて、じきに家を出なければならなかったが、プロヴェーラ家にはまだ、町から少し離れた田舎の小さな家が残っていた。家具は大したものではなかったが、必要なものはすべて揃っていた。彼らはミシンを携えてその家に引っ込んだ。シニョリーナ・ジェンマの助言で、優美な新しい家具を売り払ったときにも、売らずにとっておいたものだ。テレーザ夫人は、無念をこらえて女中たち、料理人たち、そして運転手を解雇し、トンマジーナだけを女中として手元においた。この町のひとに自動車や娘たちのパリ製の嫁入り道具の衣装を売るのは恥ずかしかった。そこでシニョリーナ・ジェンマが呼んだティート・ルミーアが、いつもながらのやり方で、すべてをひとまとめにして買っていった。それで得たのは、これらの贅沢品を買うのに使った金額より、ずっと低い額ではあったけれども。それでも、なんとか娘たちにささやかな持参金を用意することはできた。無論、姉妹とも、今では結婚相手を見つけるのはとても難しかった。同年代の良家の娘たちはふたりを避けていたし、その兄弟たちも近づこうとはしなかった。結局、アルダは結婚仲介人がもってきた申し出を受けて、近くの村の粗野な商店主と結婚した。夫は、妻がその家族を客として受け入れることも援助することも許さず、妻の品のある趣味や持参金の少なさに文句を言っては、絶えず嘲り、屈辱を与えた。

　イーダは母とシニョリーナ・ジェンマと暮らし続けた。自尊心がそれほど高くなければ、町にあるふたつの大きな服飾店のどちらかで、「若い職人」としての仕事を求めたことであろう。けれども、かつては賓客として社交サロンでもてなされ、劇場にもつボックス席を互いに訪れ合って挨拶を交わした婦人たちに、メジャーを手に寸法をとる姿を見られたくはなかった。

　母娘が自分たちの仕事として裁縫を始めたと知ったとき、私は、他のお針子たち同様に、その優れた腕前から手強い競争相手になるのではないかと恐れた。でも、プロヴェーラ家のふたりは「以前」同等の者としてつきあった家へ日雇いで行くことを恥じていたうえ、質素な田舎の家に富裕な客たちを呼ぶことなどできなかったし、したくもなかった。それで、田舎の慎ましやかな客を相手にするしかなかった。村の農家のひとなどで、繕い物や直し、前掛け、縞柄（しまがら）木綿の肌着、厚い布のシーツからなる貧弱な嫁入り道具、刺繍なしの簡素な縁縫いなどを頼んでくる。ティート・ルミーアの依頼で、乾燥豆の卸商のために大量の分厚い麻の大袋を縫う仕事まで引き受けたと聞いた。金模様で飾られたあの美しい足踏みミシンは、これほど分厚く固い布を針で縫い進むことができただろうか、針が折れてしまったりしなかっただろうか、あるいは私の知らない頑丈な針があるのだろうか、などと考えた。思えば、スキャンダルとなったあの絹地のためには、私の手廻しミシンにごく細い針をつけなければならなかった。それはでも、どの裁縫材料店にもあるふつうの針だった。

胸に一撃

私には信じられなかった。エステル嬢の英語教師、アメリカ人のミスが、フィロメーナの言うような決意をしたなど、とても信じられなかった。そんなことをする理由などなかった。これから旅に出るのだと言って、私に新しい、特別なコルセットを縫ってほしいと言ってきたとき、ミスは喜びでいっぱいだった。ボーン*とボーンのあいだにお金を隠しておけるポケットをつけた、旅行用のコルセットである。ここしばらくの毎日を嫌なものにしていた、重苦しい関係からようやく自由になれたことを喜んでいた。それがどのような関係であるかは知らなかった。ミスは私に打ち明け話などしなかったが、最近ミスの機嫌がよくなっていたことは私も気づいていた。ニューヨークの妹に、会いに行くことを手紙で伝えたことは知っていた。郵便局まで手紙を出しに行ったのは私だったから。リヴァプール行きの船の切符と、イギリス到着から三か月後にアメリカへ行く大西洋横断船の切符を買っていたことも知っていた。これも私が旅行会社まで受け取りに行ったのだ。ミスの家へ行ってリネンを整理する仕事をしていたときに、私はこういう小さな雑用も任された。お手伝

＊ コルセットの形を保つために入れた、鯨の髭や鋼を材料とする硬い棒。

いのフィロメーナは、駆け出しの下女がするようなこういう雑用であちらこちらへと行かされるのを好まなかったのだが、日雇いで仕事をする私にはそんなことどうでもよかったたし、むしろこうして体を動かし、あれこれ見ながら町を歩くのは楽しいことだった。フィロメーナは偉そうにしていたけれど、字も読めなかったし、自分の主人の仕事について、見下さないまでも無関心を装っていた。私には、ミスがジャーナリストであることは好奇心や興味をかきたてられることだった。巡回図書館で借りてくる雑誌にミスの書く記事が載っていないのは残念だった。ミスの記事はアメリカで出ていて英語で書かれていたから、この町では誰ひとり、おそらくはエステル嬢をのぞいては誰も、読むことはできなかった。私が自分の仕事に興味をもっているのを知ると、ミスは、寄稿しているフィラデルフィアの雑誌に十二回の連載で記事を書く契約をしたのだと、とても嬉しそうに語ってくれた。この町の田舎にあるいくつかの教会で見つけた、金地に描かれた古い絵画についてのものだった。

私はミスのことがとても好きだった。少し変わったところのある女性で、町の良家のひとたちは家に招きもしなかったし、その品行を疑ったりもしていたけれど。もっとも、イタリア人であれ外国人であれ、実家を離れて世界をめぐり、仕事をして生計を立てる未婚の女性はみな、そうみなされていた。貧しい女性であったなら、私のようなお針子、女工、お手伝いなどであったなら、許されることであっただろう。自分の分をわきまえ、対等の扱いを求めさえしなければ。けれども、彼女はこういうひとたちを自分と対等だとみなしていたし、あるいはアメリカ人であったから、イタリアでは階級間、家の違いの距離は埋めようもなく深いものであることが、わからなかったのかもしれない。そして、男性には許されるような自由な振る舞いが女性には許されなかったことも。ミスはパスポートに「プロフェッショニスタ」と記入させていた。無論、ジャーナリスト、美術批評家としての専門的な職業人という意味であるが、それを警察署長があたりに言いふらすと、紳士たちは笑っていた。エステル嬢が説明してくれた。彼らにとって女性で「プロフェッショニスタ」といえば意味するものは唯ひとつ、「世にあって最も古い職業」と言われる娼婦を指すのだと。

エステルもミス・リリー・ローズのことがとても好きだった。十年ほど前に私たちの町に住むようになったとき、この若いアメリカ人女性を家に招き入れたのはアルトネージ家だけだった。エンリコ・アルトネージ氏は娘に英語のレッスンを受けさせるためにこのひとを家に呼び、こうして私も彼女を知ることになったのだった。

そのころはまだ祖母もいて、ふたりでアルトネージ家に通って縫い物をすることがよくあった。そして、完璧なイタリア語を話したミスは、リネン類の整理のために週に一度うちにもきてくれないかと、祖母に言ったのだった。それには私もときどき一緒に行った。ミスは新市街のアパートを借りて住んでいた。簡素な内装の部屋だったが、いつでも色とりどりの絵でいっぱいだった。自分で描いたものもあったし、田舎や内陸部の村をまわり、教会、教会の聖具室を訪ね歩いて買ったものもあった。画家としてはアマチュアだけれど、美術批評を仕事とし、コレクターでもあるのだと、私たちに説明した。フィラデルフィアの雑誌に郵便で送っていた記事は、イタリア絵画、特に私たちの地方の絵画についてのもので、古い絵のことが多かったが、もっと新しい絵についても書いていた。ときどきではあるにせよ何か月かミスの家へ通うと、祖母はこう言った。「噂好きの連中がどんなことを言おうと、ミス・ブリスコーはきちんとしたひとだよ。あのひとこそ、ほんとうの貴婦人だよ」アパートや服装は質素であったけれど、ミス・リリー・ローズはその外見以上に裕福なはずだとも、祖母は言った。高い交通費も気にかけず、この地方を、そしてイタリアじゅうをよく旅した。劇場にも行っていた。イタリアや外国のたくさんの雑誌を定期購読していて、天気のいい日にはクリスタル・パレスへ行き、ガラス張りの席に座って金持ちの暇人たちのかたわらで雑誌を読んでいた。ご婦人たちはふつう、前にも言ったように店内の小部屋の席をとり、しかも必ず誰かと一緒だったが、ミスはひとりで行って読書に勤しむのだった。ガラスの外で足を止め、なかの紳士たちが葉巻を吸ったりアイスクリームを食べたりするのを眺めるひとたちの、好奇の目など気にもしなかった。ある蒸し暑い日に、ボロを着た男の子がガラスに鼻をくっつけて覗いているのを見て、彼女はその子をなかに呼んだ。毎朝籠をしょって市場の屋台のあいだをうろつき、家までの買い物運びで小銭をくれる紳士はいないかと待ち受ける、路地の腕白小僧たちのひとりだ。ミス・ブリスコーはその子に自分のアイスクリームをやろうとしたのだが、給仕が飛んできて少年をさっさと追いだし、彼女には厳しい非難の目を向けた。

フィロメーナは自分の主人は毎日肉を食べる、カトリックではないので金曜日だって肉食をするとあたりに言いふらしていたが、このことも町では批判と噂のもとだった。ミスは高価な写真機をもっていて、使うこともできた。彼女がアメリカに送る記事にはどれも教会、絵、景色などの写真がついていたが、それは自分で撮ってアパートにある専用の小部屋で焼いたものだった。それから自転車ももっていて田舎を走りまわり、美術品を探すだけではなく、ありとあらゆる種類の草を集めに行っていた。これを二枚の紙のあいだに挟んで乾燥させ、大きな帳面にきちんと整理して、その下にラテン名を書いた。私たちの町では、どんな階級であれ、自転車に乗る女性なんていなかった。エステル嬢も許してもらえなかったことだ。自転車に乗れる歳になったとき一台ほしいとねだってみたが、駄目だったのだ。

ミスがこういう遠足のときに身につける服を私は好奇心いっぱいで見つめた。ふんわり膨らんだスカートで、中央の折り目は歩くときに男性のズボンのように開く。丈は短くて足首がすっかり見える長さだ。その後、縁縫いや単純な裁縫を卒業して、簡単な服が裁断できるようになったとき、このスカートのことが気になってしょうがなかった。手にとってテーブルの上に広げ、どんなパーツからできているのか、ダーツはいくつでどこにあるのか、見てみたかった。布地に写せるような型紙があるのだろうか。私の好奇心に気づいたミス・ブリスコーは、紳士・婦人用のサイクリングに必要なすべてのものを売っているパリの百貨店で、買ってきた既製品なのだと言った。よかったら、一枚を広げて見てもいいと言った。どうなっているかわかるように、裏側を見たり触ったりしてよい、と。私は恥ずかしくなって、「いえ、いいえ」と答えた。そもそも、庶民の女でもご婦人でも、一体この町の誰がこんな変わった服を頼んできたりするだろうか。

ミスは優雅な身なりにも流行を追うことにも無関心で、春には帽子をかぶらずに外に出ることも多かった。パラソルで肌を守る姿など、誰も見たことがなかったし、実際、夏には農婦のように、手までも日に焼けていた。手袋は冬にしかしなかったのだ。同じ服を何年も着続けていたが――生地は最高のもので、擦り切れることもなかった――彼女にとってだいじなのは着やすさだった。下着類ばかり注文して服を頼まないことを半ば詫びるかのように祖母に言ったところでは、服はみな外国で買ったりつくらせたりしていた。さっき言ったようによく旅をしていたし、それもイタリア国内ばかりではなかった。二、三年に一度はイギリスに行き、そこから大西洋横断船でアメリカに帰った。そしてほんの二か月ばかりで戻ってきた。彼女にとって大洋を渡ることなど、パスクエッタ*に城門の外の野原までピクニックに行くようなものなのかと思われた。エステルの旅行熱は彼女の影響かもしれない。

なぜミスがいつまでも帰国せずにこの町に住み続けているのかは、私たちにはどうしてもわからなかった。誰か気持ちを通わせるひとでもいるのではないか、祖母はこう考えていた。でも、ミスは仕事のためにほんとうに大勢の男性――貴族、富裕階級、芸術家、田舎の教区司祭、職人、絵のモデルに使っていた貧乏人たち――とつきあいがあったから、そのなかに誰か特に気になるひとがいるのか、見極めるのは難しかった。付添人（シャペロン）があるかないかも気にせず、そういう客を家へ迎え入れていた。彼女のお手伝いさんは結婚していて、夜は家へ帰って寝ていた。このフィロメーナというひとを、私はあまり好きではなかった。羨ましかったのかもしれない。実際、スキャンダルの種には事欠かないミスは、オペラのシーズンになるとボックス席を借り切って、毎晩、昼間と同じ適当な服を着たまま、お手伝いと連れ立って観劇に行くのだった。ミスがはじめてこの付き添いを連れて劇場にきた晩、人々は、帰りは暗くなるのでついてこさせたのだろう、一階の外套預かりの部屋ででも待たせておくのだろうと考えた。ところが、フィロメーナはボックス席のご主人の隣に現れた。庶民の服を着てビロード張りの長椅子に座り、気おくれもせず手すりの後ろからオペラグラスであたりを見まわしていた。ミスのこういう振る舞いがふさわしくない無礼な行為であること、それに、劇場には上品な服装でこなければならず、昼間の、仕事の服装では不適切であることを、直接言う勇気のある者はいなかった。それに、そんなに音楽好きなお手伝いがいるなら、主人のほうで天井桟敷の切符を買ってやればいいのだということも。彼女のボックス席には、旦那様、奥様方の誰ひとりとして足を踏み入れた者はなく、休憩時間に挨拶にきたりもしなかった。好奇心で行ってみようというひともいなかったのだ。「ああ、ほんとうにアメリカ人というのは！　なんと品のない」こう誰かが、劇場の出口で声を低めもせずにぼやいた。それはおそらくミス・リリー・ローズにも聞こえただろうが、気にもかけなかった。フィロメーナのほうは、音楽にさほど関心があったとは思わないが、紳士淑女の世界へのこういう「飛び込み」をするものだから、他のお手伝い仲間の前ではきどっていた。とても野心的な女性で、贅沢に憧れ、できることなら贅沢をしたいと思っていた。振る舞いはかなり自由で馴れ馴れしかったが、それは女主人がアメリカ人だからこそ許されたことで、良家の奥方だったら誰も許しはしなかっただろう。

祖母の亡くなった後は、私がその仕事を受け継ぎ、ミスのリネン類の管理をした。まず洗濯女の

＊ 復活祭の翌日の月曜日で祝日。「天使の月曜日」ともいう。

ところへ、それからアイロンかけの友人のところへもっていくのだ。ほころびがあれば繕い、必要があればボディスや肌着のボタンをつけ直した。週にほんの数時間ばかりの仕事なのに、支払いはとてもよく、町のご婦人たちが朝から晩までの繕い仕事二日分にくれる額の三、四倍はあった。フィロメーナは、金銭感覚がないのだと言っていた。毎日出向いて一日じゅう仕事をするフィロメーナにも、けた外れの額を払っていた。

ある日、ベッドのシーツを取り替えようとしていたとき（それはフィロメーナの仕事だったけれど、彼女はやろうともせず、ふた月だって平気で放っておいたりしていた）、マットレスの縁の縫い目がほころびて、なかの羊毛の房が出てきているのに気づいた。きちんと直すのはマットレス職人の仕事だったが、ほんの小さなほころびだったので、自分でできると思った。そこで翌週は、祖母の予備の裁縫箱をもっていった。ふだんは使わないが備えておいたほうがいい、変わった形や大きさの針や特別な糸などを、祖母はそこにしまっていたのだ。暑い日で、私は上着なしのシャツ姿で、袖を肘の上までたくしあげていた。ミスは自転車で植物採集に出かけており、フィロメーナは市場に買い物に行っていた。扉には鍵をかけず、掛け金がついているだけだったので、家のなかに入ってくるのは簡単だった。だから、応接間を通ったときにひとがいるのを見ても驚きはしなかった。葉巻をくわえ、片眼鏡をつけた紳士で、イーゼルに載せて乾かしていたミスの描きかけの絵を、近くから見つめていた。見たことのあるひとだと思った。家を訪れるひとのひとり、中年の美術通のサライ男爵。裕福で町でも一目（いちもく）おかれる人物で、前にもミスの家で何度か会ったことがあった。あの絵を買うつもりなのだろう、たぶん仕事のはかどり具合を知りたかったのだろう、と思った。

特に気にすることもなく、礼儀正しく挨拶をして、私は寝室に向かった。部屋の扉を閉めようとは思いもしなかった。マットレスの縫い目のほどけた部分からシーツをのけ、布地の厚さと固さを見て、裁縫箱から大きな針穴のついたまっすぐの、一番長くて太く、先の尖った針を選んだ。カーブのついた針もあり、そのほうが仕事がしやすかっただろうが、細すぎるようで、一方から一方へ縫い通すだけの強さがないかもしれないと思った。それに、どうやって針を押せばいいのだろう？私のもっている指ぬきはこの種の針には向いていなかった。いくつもの糸巻きのなかから丈夫なしっかりした糸を選んで針穴に通し、ベッドの上に身をかがめた。ほころびから飛びだしている羊毛の房を指で押し込み、布の両縁を合わせた。これから布に針を突き刺そうというときだった。背後から腰の両脇をつかまれたかと思うと、整髪料で固めた口髭（くちひげ）がざらっと首をくすぐって、葉巻の臭いのする温かい息を感じた。それがサライ男爵であることはすぐわかったが、男はひとことも言葉を発しなかった。私のスカートをまくりあげて、それで私の頭を覆おうとした。それは、ご主人様から身を守らなければならない家政婦の友人たちに、なんども聞かされたしぐさだった。後ろをむきだしにするためでもあったが、このスカートで腕を押さえて相手を動けないようにし、目隠しをしたままこちらの顔を見られずに自分は好きなことができるというわけである。でも、私のほうが速かった。男爵に上から覆いかぶさられ、その重みで動きがとれなくなる前に、私はぱっと立ち上がり、その勢いで、意図したわけではないが、頭で相手の顎（あご）を強く打った。そして、その手からスカートの端をもぎ取ると、私は振り向いた。このような攻撃に直面したのははじめてだった。私に用心させようとしていた祖母に、ものを知らず大胆にも言った言葉を思いだした。「自分のことぐらい自分で守れるわよ！」と。私はマットレス職人用の大針を男の胸のほう、喉のすぐ下に向けた。「離れてください！」興奮と恐ろしさに嗄れた声で、私は言った。「馬鹿なことはよしなさい」ひとをからかうような声で男は言った。相手の抵抗を押さえ込まねばならないことも、一体どれぐらいあったのだろうか。彼は私の両腕をつかみ、胸のほうに押さえつけようとしたが、手は自由だったので、私は針を突きだした。それほど大きく突きだしたわけではないが、ネクタイとシャツを突き通して肌に押しつけるには十分なぐらいに。「離れてください」私は繰り返した。彼は、鋼鉄の針先が喉元に押しつけられたのを感じたが、まだ笑っていた。「こんなもので一体どうしようと言うんだね？」さらにもう少し針を押しつけると、小さな血の染みがシャツの胸元に現れた。男爵は罵倒しながら身を後ろに引き、そのときはじめて、短剣ほどの長さのある針の全貌を見た。「私に触らないでください」私は言った。彼は侮辱の言葉を投げつけてきたが、その下品な言葉は書きたくない。

家の扉のバタンという音がして、私たちははっとした。そうでなかったら、一体どうなっていたことだろう。からかって言葉を交わすふたりの声が聞こえた。フィロメーナと、これは後で知ったのだが、配管工の声だった。流しの蛇口が故障して、その修繕のために一緒にきてもらったのだった。サライ男爵は落ち着いた態度に戻った。素早くネクタイで血の染みを隠し、片手で髪をさっととととのえて、一言もなく応接間に戻った。私は手に針をもったまま、後を追ったが、すでに立ち去っていた。フィロメーナは台所の入り口にいて、「何をしているの？」と聞いてきた。その向こうから配管工がガンガンなにかを叩く音が聞こえていた。

「なんていやらしい男……」声も途切れ途切れに私は言った。

するとと彼女は、「あなたにも手を出してきたのね」と笑って言ったが、すぐに真顔になった。素っ気ない愛撫のように私の頰に手をあてると、「いいこと？」こう言った。「あなた、ミスのこと、だいじに思っているわよね？」私は戸惑い気味に彼女を見つめた。ミスに一体なんの関係があるというのだろう？「ミスのことがだいじなら」フィロメーナは続けて言った。「今日あったことは絶対に言ってはだめよ」

「でも、あのいやらしい男は」私は食い下がった。「好き勝手に出入りして、家のなかを思うように歩きまわるのよ。ミスにだって手を出しかねないわ」

「おめでたいことは言わないでちょうだい。私の言うことを聞くのよ。ミスにはなにも言わないこと。苦しませるだけだから」

そのきっぱりした口調には、もうなにも言う勇気はなかった。彼女は私をぐるりと眺めると、頭の上にまとめてあった三つ編みのほどけをピンでととのえた。「さあ、寝室へ行って仕事を終えなさいな」

でも、その次の週、ミスとふたりきりになったとき、私はすべてを打ち明けた。驚いたことに、ミスは憤慨を見せたりしなかった。ため息をつき、悲しげな風だった。「注意するのよ」こう言った。「決してあのひととふたりきりにならないようにね。ふたりきりになりそうだったら、帰りなさい。その日の仕事のことは心配しなくていいから。支払いはちゃんとするわ」

私にはわからなかった。ほかのときには、女性の自由と尊厳を守るために、女性は、特に貧しい女性こそ、敬意をもって扱われる権利があるのだと、あんなにも戦うひとなのに。

この出来事について、そしてミスの不可解な反応について、エステル嬢と話したかったが、あいにく旅に出ていた。

いつでも扉の開いているあのアパートに入っていくのが怖かった。私が入れるのと同様に、誰だって入ることができたのだ。家にミスがいるのか、フィロメーナがいるのか、あるいは誰もいないのか、前もって知ることなどできなかった。殺人犯や泥棒がいるかもしれないし、防御の術もない貧しい娘の貞節など犯せると信じる紳士がいるかもしれない。でも、どうしてミスは、扉に鍵をかけて、信頼のおけるひとだけに鍵を預けるということをしなかったのだろう。


私はあれこれ心配していたものだから、そのひと月後、カーテン、シーツ、ベッドカバーなど洗濯屋にもっていく洗濯物を入れた重い籠をもちあげるときに、隣室の物音を聞いてびっくりし、籠からはみでていた布に引っかかって転んでしまった。そのときに右手首を捻挫した。これには参った。どのぐらいのあいだ縫い物もできず、包帯で押さえていなければならないのだろうか。それに、住まわせてもらっている建物の掃除はどうする？　またお金を払ってアイロンかけの友人に頼まなければならないのだろうか。貯めておいたお金も使い果たすことになるのだろうか。

指を動かしてみたが、腫れてしまっていて痛みが辛かった。恥も外聞もなく言ってしまうけれど、私はそのとき、あまりの絶望に泣きだしてしまったのだ。そこにちょうどミスが帰ってきた。「どうしたの、何をされたの？」誰にとは言わず、ミスは心配してこう聞いてきた。誰のせいでもなく転んでしまったのだと知ると、安心したようだった。そして、手際よく私の手首を包帯できつく縛ると、荷車の氷売りを探しにフィロメーナを使いに出して大きな氷の塊を買ってこさせた。ミスは氷を細かく砕き、捻挫した手首に当ててくれた。「洗濯物のことは考えなくていいのよ。洗濯屋にはフィロメーナにもっていってもらうから。あなたは腕をこうして首から吊って、明日来なさい。また氷を当てるから」

　私はもう泣きやんでいたが、ミスの母親のような心遣いにまたも涙ぐんでしまった。

　実際、毎日氷の湿布をして手首を動かさないようにしていたら、思ったより早くよくなった。一週間もすると、重いものをもちあげることはまだできなかったが、再び針がもてるようになった。

　でも、私は焦っていた。水道建設のために外からこの町にきている、カッレーラ技師の家での仕事があった。夫人に、七歳の娘のためにカーニヴァルの衣装を縫ってほしいと頼まれていたのだ。技師の家にはミシンがなかったから、自分のをもっていかなければならなかった。

　左手でもてるだろうと心配もせず歩きはじめ、頭のなかでは、光沢のあるタフタ地のズボンを裁断するのに、どうすれば本のデザインのように膨らませることができるのかと、考えをめぐらせていた。膨らみを保つのに芯素材（スパルトゥリ）やターラタン〔薄くて目の粗い綿織物〕を裏地につけなければならないかもしれない。

　技師の娘の女の子は不思議な雰囲気の子だった。少し華奢（きゃしゃ）だったが、繊細で可愛らしく、北方の妖精のような明るい金髪をして、エステルがエンリカのためにロンドンで買い求めたおとぎ話の羽のある妖精のようだった。母親は、モード雑誌にあるモデルからどれがいいか娘に選ばせようとした。私はお姫様の衣装をつくってほしいと言われるだろうと思っていた。ところが、この風変わりな女の子は父親の読む『マレーシアの海賊*』という小説の表紙しか目に入らないようだった。それも、「ラブアンの真珠」の衣装を着る気はなく、サンドカンの衣装がほしいと言うのだ。ターバン、体にぴったりしたダブル・ボタンのサテンの上着、ピストルと短剣を差し入れる腰布、膨らんだズボン、つま先が反り上がった平たい靴。もしも私の娘だったなら、子どものカーニヴァルとはいえ男の扮装をするのはよくないと言っただろうけれど、この子の両親はなんでもやりたいようにさせていた。母親はズボンと腰布の生地を買ってきた。ターバンと上着は、母親の古い部屋着を使ってつくるのだった。

やっとのことでもっていた携帯ミシンの重みで、左に傾いて歩きながら、私は自分の子どものころのカーニヴァルを思いだしていた。シーツをつまんで小さな結び目をふたつつくって耳にするだけで、猫に扮装した気分になれたのだ。祖母も猫の扮装をして、私を連れて広場に行き、紙吹雪をばらまき、吹き戻しを吹いたりしたものだ。祖母もまるで子どものように笑っていた。これが私たちの唯ひとつの社交の場、唯ひとつの贅沢だった。

昔の思い出にすっかり浸っていたので、ミシン鞄の持ち手に触れる手が私の重荷を軽くしたときはじめて、若い男性が目の前に立っているのに気づいた。真っ先に頭に浮かんだのはミシンが奪われるという思いで、衝動的に持ち手をぎゅっと握りしめた。優しく礼儀正しい声が、きちんとした標準語でこう言った。「お嬢さん（シニョリーナ）、驚かせてしまってすみません。運ぶのをお手伝いしようと思っただけなのです」お嬢さん？　私に？　顔を上向きにしなければならなかった。そのひとは背が高かったので。彼のほうこそ「お坊ちゃん（シニョリーノ）」だった。流行の服装の学生。仕立てのスーツにダスターコート、帽子をかぶり、絹のスカーフを巻いた、いかにも名家のご子息。私と同じぐらいの年恰好で、もしかしたら少し年下かもしれない。髭はなく、爽やかな頬にふっくらした唇、褐色に澄んだ、大きく美しい目。一瞬にして、エステル嬢が読ませてくれたペルシャの詩人の一句を思い出した。「薔薇の頬、カモシカの目」。でも、その詩は若い女性のことを謳（うた）っていた。それでも、この見知らぬひとが男らしさに欠けるわけではないことは認めざるを得なかった。学生というより、私服の軍士官学校生、あるいは若き将校かもしれなかった。

　私はなんと答えてよいかわからず戸惑っていた。鞄の持ち手を握りしめ続け、ふたりの指が触れ合った。

「自己紹介をさせてください」そのひとは言った。「グイド・スリアーニと言います。なんなりと言ってください」こちらも名を名乗るのを待って、私の目を見つめた。でも、私は黙っていた。気を許したくなかった。誰だか知らない相手なのだ。この町では聞いたことのない苗字だったが、ある程度の家といえばそうたくさんはなかった。スリアーニ。よそ者ということか。それに、どうし

＊　イタリア人作家エミリオ・サルガーリ（一八六二－一九一一年）の大人気を博した冒険譚のひとつ。マレーシアを舞台に、冷徹な眼差しの紳士的な海賊サンドカンが主人公として活躍する。「ラブアンの真珠」はサンドカンの愛する女性。一八九六年刊行。

て私をまるで同等の者のように扱うのだろう。私がただのお針子だというのがわからないのだろうか。私のことをからかうつもりなのか。不審な思いでいっぱいの私は、ぶっきらぼうに言った。「放っておいてください。助けはいりませんから」

「そんなことはありません」こう言って相手は諦めない。それを示そうと、いとも軽々とミシンをもちあげてみせた。「お嬢さん、私がおもちしますよ。どこへいらっしゃるんですか」

私は黙ったままだった。ミシン鞄をその手から奪い取ることなどできなかった。やろうとしても無理だった。腹立ちに涙が出そうだったが、ぐっと堪(こら)えた。「返してくれなければ、警察を呼びます」こう脅してみた。彼は笑ってミシンをおろした。でも、そのときにはもう、私にはもちあげることができなかった。腕がぐんにゃりとして力がなく、妙に弱っていた。しかたなく、またもってもらわざるを得なかった。苛立って、口を閉じたまま技師の家のほうへと歩を進め、彼は私の荷物をもって後ろからついてきた。

家の表門で出会った夫人は、私のお供を知っているようすで、「こんにちは、グイド！」と親しげに言った。「休暇でお戻り？　トリノのほうはいかが？」

私はこれ以上聞きたくなかった。そのときには、ミシンももてるぐらいに力が戻っていたので、手をミシンに伸ばすと、彼はミシンから手を離した。私は表門のなかへと身を滑り込ませ、階段を上っていった。

その日の午後じゅう、海賊の衣装を裁断したりしつけをしたりしながら、私はこの出会いのことを考えていた。クラーラは父親の本を手に、私のそばにくっついて離れず、衣装が表紙の絵の通りになるよう見守っていた。ピンが落ちたらさっと拾いにいき、ミラノで見習いさん（ピッチニーナ）と呼ばれる小さな助手のようだった。古いカーテンでつくった、黄色いサテンの房付きの飾り帯（サッシュ）をクラーラの体にあてて寸法を見ながら、私は一緒についてきた青年のことを考えていた。素敵な若者であることは否定しようもなかったし、優しく礼儀正しく思われた。振る舞いも丁重だった。でも、私の読んだ小説にも、あるいは友だちや年長の女性から聞いた話にも、良家の若者が庶民の貧しい娘に言い寄って誘惑する話など、いくらでもあった。山ほどの約束をして娘を騙し、苦境に陥らせた挙句に、娘は捨てられるのだ。カロリーナ・インヴェルニツィオ*の小説に『あるお針子の物語』というのもあって、こういう危険があるのだということを語っていた。私は当惑していたし、怖くもあった。若い男性にこんなにも強い印象をもつなんて、生まれてはじめてのことだったから。幸い、トリノで勉強している、こう私は思った。カーニヴァルの休暇が終わったら、トリノに帰るのだ。

　ところが、その日から何度も道で出会うこととなった。私はもうミシンをかかえて歩いてはいなかった。右手首はまだすっかりよくなってはいなかったし、技師の奥さんに衣装を縫いあげるまでミシンを彼らの家に置いておくように言われて、そうすることにした。誰も触ったりしない、戸棚のなかにしまって鍵をかけるから、心配しないでいい、と。グイド・スリアーニは私に会うと、帽子を少しもちあげて軽く会釈をしてきた。本気でやっているのか、からかっているのか、わからな

＊著書百三十作とも言われる大衆文学作家（一八五一－一九一六年）。特に新聞の連載小説を中流家庭や労働者階級の女性たちが夢中になって読んだ。『あるお針子の物語』は一八九二年刊行。

かった。私は目も向けずに、挨拶を無視してそのまま進む。けれども、私はどうしても彼のことを考えてしまうのだった。

マルケジーナ・エステルは旅から戻ったが、それを話す勇気はなかった。だいたい、エステルにどんな助言ができただろう？　私と良家の子息のあいだにはなにもあり得ないことなど明らかだった。妙なことを考えはじめたなどと、思われたくなかった。実は、はじめはあまりの憤慨に話そうとしていたものの、サライ男爵のことも話す勇気がなくなった。まるで自分のせいでもあるかのように、自分が引き起こしでもしたかのように、あの出来事のことを恥じていた。それに、男爵は町で最も重要な名家のあれこれと親戚関係にあり、町では重んじられていた。最も裕福な類の家ではなかったが、由緒ある古い爵位を誇っていた。彼が一家の唯一の跡取りだったが、ふたりの未婚の姉は高慢でお鼻が高く、弟の結婚も邪魔してきた。いつだって、弟の選ぶ令嬢は、姉たちの判断ではサライ家の一員になるには身分が低すぎるのだった。非常に裕福な伯爵令嬢でも、侯爵令嬢でも、である。男爵自身は、孤独に悩むようではなかった。女のお尻を追いかけ回していることは誰もが知っていた。だが、多忙でもあり、町の行政に携わっていたし、孤児院の理事会の一員、政府監督官顧問、裁判所専門家でもあり、長年にわたって町の博物館の館長を務めたこともあった。

私もミスの家で会うことが頻繁にあった。頻繁すぎるぐらいに。私に向ける厚かましい目つきは、あたかも「いずれ、つかまえてやるからな」とでも言うようだった。他に誰もいないときには、私はすぐにその場を立ち去った。ミスがいるときには、ミスを扱う態度が上から見下ろすような無礼なもので、命令したり批判したりしているのに、気づかざるを得なかった。どうして自分の家でおとなしくしていないのか。ミスはどうしてこんな人物を受け入れるのか。いずれにせよ、私は例のマットレス用の針を針入れにしまったりせず、ボディスの紐の結び目に忍ばせて、いつも身につけていた。たとえ、針先は紐に守られていたとはいえ、いつでも手の届くところにあった。男爵から身を守るために、それに、もしも必要とあれば、あの学生からだって自分を守れるように。

それから数日で、クラーラのためのサンドカンの衣装を縫い終えた。つくるごとに部分的には試してはいたけれど、まだ衣装全部をクラーラに着させたことはなかった。その日の午後は、最後の試着をして、それでよかったら支払いを受け、ミシンをもってお暇（いとま）することになっていた。

母親と一緒に娘を食卓の上に立たせ、花柄の服を脱がせてつなぎの肌着だけにした。他の肌着同様に、これも私の縫ったものだ。ヴァランシエンヌ・レース*に縁取りされたパーケール地の袖なしの肌着で、急いでいるときにはウエストにつけたボタンで短いパンツを素早く外せるようになっていた。私たちは、サッシュと同じ房飾りのついた、裾の広がったダブル・ボタンのサテンの上着を娘に着せた。それから、膨らみのあるズボンと同じ色の靴下、そしてズボンを穿かせ、ウエストにサッシュを巻き、これまたサテンの、つま先が反り返った靴を履かせた。靴には綿を詰めてあり、二連のガラスのビーズを飾りつけた。最後に、金色の髪を頭の上にまとめてターバンを巻いた。クラーラは嬉しそうに、私たちが衣装を着付けるあいだおとなしくしていた。私は仕事の仕上がりに満足していた。華奢なお人形さんのような金髪の女の子が、恐ろしい海賊の服装でいるのを見るの

* フランドル地方ヴァランシエンヌ（現在はフランス）のレース。

は、やはり変な気分ではあったけれど。すっかり用意がととのうと、母親は娘の両脇に手を入れて抱き上げ、床におろした。タンスの大きな鏡で全身を見せようと、私たちは一緒に両親の寝室へと行った。

「どう、気に入った？」母親は尋ねた。クラーラは鏡を一目見ると、大声で泣きだし、私たちを仰天させた。

「違う、違う！」こう叫んでいた。「私はこういうのがよかったの」と言って、手にもっていた本の表紙を見せた。

「まあ、でも、そういう、の、にな、っているのよ」驚いて母親は答えた。「あなた、縫っているあいだも見ていたでしょう。同じにつくってくれたのよ」

クラーラがあまりに大声で泣くので、技師も書斎からやってきた。驚いたことに、例の青年、技師に会いにきていたグイド・スリアーニも一緒だった。けれども、娘は大声を張りあげて泣きじゃくるので、私たちは他のことにかまっていられなかった。父親は娘の前にひざまずくと、「さあ、一体どうしたんだい？　パパに言ってごらん。なんでも解決できないことなんてないんだよ」と言った。

「私はこういうのがよかったの」クラーラはしゃくりあげながら本の表紙を指差して言った。

「そういうのになっているのよ」母親は繰り返した。

グイドは娘の指を目で追って、服装ではなく、海賊の顔を指しているのだと気づいた。笑いそうになるのを抑えると、「ああ、そうだね」と言った。「でもお父さんが言うように、なんとか直せるよ」こう言って、今度は母親のほうに言葉を向けた。「コルク栓とロウソクを使わせてもらえますか」

化粧台の前に座ると、泣きやんで顔の涙を拭ったクラーラを膝の上に座らせた。「さあ、これでよくなるからね」安心させるようにこう言った。子どもとの接し方がとても感じよくて、好ましかった。コルク栓を何に使うのかわかった母親は、ロウソクの火で栓を黒焦げにした。グイドは丁寧に、煤で子どもの顔に口髭、頬髯と顎髭がつながったカヴールふうの髭を描き、眉を太くした。それからクラーラを鏡の方に向けると、「これでいいかい？」と聞いた。

「違う！」子どもは叫んだ。そして、乱暴に頭からターバンを取ると床に放り投げた。靴も脱ぐと鏡に向かって投げつけ、残りの衣装も荒々しく脱いでいった。金髪の巻き毛は肩の上に乱れ、肌着だけになったクラーラはサルガーリの本をしっかり胸に抱きしめていた。白くデリケートな肌の上で口髭や頬髯が涙に滲み、なんとも不思議な様相になっていた。

「クラレッタ！　一体なにが気に入らないのかい？」父親は仰天して娘に尋ねた。

グイドは思い至ったようだった。子どもの近くへ行くと、その手から本を取り、このシリーズの例に漏れずテンペラで描かれた、表紙の海賊の顔を指差した。褐色のこけた頬、鷲鼻に瞳がきらきら光る顔、大人の残忍そうな顔。

「これになりたかったんだね？」

「これなの」クラーラは言った。

「つまり、サンドカンの衣装を着れば、顔も同じようになるって思ったのね？」

子どもは黙ってうなずいた。母は言った。「でも、これはひどい顔の大男よ。あなたが似ることなんて、できるわけないでしょう？」

「カーニヴァルの衣装にはこういう奇跡は起こせないんだよ」父親も言った。「それに、おまえはもっともっと可愛いだろう？　おまえはパパのだいじな宝物だよ」

クラーラは再び泣きはじめた。私たち大人は、今度は、癇癪ではなく、失望の涙だった。グイドは黙って子どもを胸に抱きしめた。私たち大人は、戸惑ってお互いの顔を見た。子どもの考えること、その望みや悲しみを、どうすれば理解できるのだろうか。

「ほら、元気を出して。パーティではきっとみんなが見惚れるでしょうよ。きっとあなたがいちばん素敵な仮装よ」母親が言った。

「仮装じゃ嫌なの。私は海賊になりたい」クラーラはグイドの胸に向かって囁いた。

「僕の描いた髭が気に入らなかったかな？　少し辛抱してくれれば、もう少し上手に描くよ」

「海賊の顔をしたいんじゃないの。海賊になりたいの。サンドカンみたいな。本物の海賊。これからずうっと」

「大きくなったら海賊になれるよ。約束する」

私たち大人には理解の難しい、けれども深く激しい子どもの悲劇に一緒に立ち会った後では、帰りに彼が送ってくれるというのも自然なことと思われた。紳士的にミシンの鞄を手にもって。住んでいる場所を彼に見せることに、もう恐れはなかった。「明日、トリノに行きます」歩きながらこう言った。「トリノの大学で勉強しているんです。工学です。でもお嬢さん、戻ってきたときには、またお会いしたいです。いえ、お許しいただければ、向こうから手紙を書いてもよろしいですか」

「それは、なさらないほうがいいわ」咄嗟(とっさ)にそう答えた。文法を間違えて恥をかくのが怖かった。それに、将来不幸しか見込めないような関係はすぐに断ち切ったほうがいい。私にも自尊心はあった。でも同時に、私が手紙を書くことを承諾しないのは字が書けないからではないかと、読み書きができないからではないかと思われることを恐れもした。なんと矛盾だらけかな。彼はそれ以上言ってこなかった。私の名前を尋ねたりもしなかった。でも名前なら、その気になれば技師の妻に尋ねることができたはずだ。

私の住む建物の表門の前で、別れの挨拶をした。私の頭のなかを、さっと新たな幻想がよぎった。建物は立派な館だったから。半地階などではなく、館の上の階のアパートに住んでいると思ったかもしれない。ああ、一体なにを考えているの！　私がお針子であることは見てすぐわかる。着ている服からもわかるし、私は帽子ではなくスカーフをかぶって顎の下あるいはうなじで結んでいる。出会いのきっかけをつくったのは私のミシンだった。良家の令嬢だと思わせることなど、どうしてできようか。それに彼も、私に対して真剣な気持ちなど、どうしてもち得ただろうか。

違う、違う！　クラーラが叫んだのと同じだ、私のほしかった愛の物語はこういうものではない。嘘、ごまかし、失望、そして捨てられる。その瞬間に、私は心のなかで諦めた。このひとの優しさはこれからもずっと思い出としてとっておこう。

「どうもありがとうございました」私は少しよそよそしくこう言った。そして鞄を手にとると表門の扉を背後で閉めた。

その後、クララが説得されて、マスカーニ劇場のロビーで毎年カーニヴァル時にある子ども舞踏会にサンドカンの衣装を着ていったのかどうか、知ることはなかった。私には急いで終えなければならない仕事があった。四月に生まれる予定の新生児のベビー服一式を、その祖母となるひとが出生日に贈りたいというのだ。それには、脚に巻く正方形のメルトン地*も含まれていた。アルトネージ家のようなモダンな一家で、起毛したピケ地を合わせ縫った固い布は、新生児の背中を支えるために胴まわりだけに巻きつけることにしたのだ。家での縫い物で一日じゅうひとりきりだったので、考える時間はたっぷりあった。小さな産着、幼児入れ（ポルト・アンファン）、幼児に巻く布に刺繡をしながら、私自身の子どものことを想像しているのに気づいて、自分でも驚いた。薔薇色のほっぺたをして、カモシカのような褐色の優しい目の子ども。でも、すぐにそういう思いは振り払った。

そうこうしながらも、一週間に一日は、いつものようにミス・リリー・ローズのリネン類の仕事にあてていた。噂好きのフィロメーナからは、最近ミスはとても機嫌が悪いのだと聞いていた。部屋に閉じこもっては泣き、薬を飲まないと眠れないというのだが、これをフィロメーナは「ミスの麻薬」と呼んでいた。私も、家にいるミスに会うことがあったが、力なくもの憂げだった。かなり痩せてしまったので、スカートのウエストを詰め、上着のボタンの位置を直さなければならなかった。食事はほんの少ししか食べなかった。自分の活動にはいつもながらのエネルギーを傾けていたけれど、まるで病気にでもなったようだった。

ある日、右の頬骨のところに青痣の色が薄れたような、黄色っぽい痣ができているのに気づいた。私が見ているのを悟ると、彼女は慌ててこう言った。「自転車のブレーキよ。前の車輪に木の枝が絡まって、倒れてしまったの。あなたみたいに手首を捻挫しなくて幸いだったわ」それはほんとうに幸いだった。そのころミスは、空色をふんだんに使った大きな宗教画の仕上げにかかっていて、へらと絵筆とを素早く動かして仕事をしていた。「Gのカテドラルの司祭の依頼よ」こう説明してくれた。「新しい礼拝堂の献堂式に間に合うように渡さないといけないの」彼女にも、私のように締め切りがあったのだ。

彼女の家には、いつものようにひとが出入りしていた。ときどき、サライ男爵も姿を現し、世界の主のような顔でありとあらゆることを批判した。片眼鏡で絵を近くから眺め、遠近法がすっかり間違っているとか、色合いが悪いなどと言った。でもミスは、いつもとは異なってそういう批判を受け入れず、自分の作品を擁護し、ある日など私の目の前で男爵を罵った。

絵が完成すると、郵送せずに自分でGまでもっていくことに決め、その町で短い休暇をすごすことにした。Gに住む友人の夫が馬を育てていた。「少し屋外で乗馬を楽しむのは体にいいわ」荷物をつくりながら、こう私たちに言った。

結局、休暇は短いものではなくなった。ミス・ブリスコーはひと月以上家を空け、戻ってきたときにはすっかり変わっていた。痩せているのは同じだったが、乗馬のおかげで日に焼け、背筋もぴんとして気分も落ち着いているようだった。とても優雅な新しい帽子を買ってきた。絹のバラ、ク

＊紡毛織物の一種で厚みがあり柔らかい。

ジャクの羽根、サクランボウなどのロウ細工の果実で飾られた、まだこの町では見たことのない帽子だった。フィロメーナの話では、眠るのに薬を飲むのもやめたという。このあたりにも春が訪れ、毎日自転車に乗って長い散歩に出るようになった。でも、いつものように草花の束を抱えて帰ってくることはなかった。それより、小さな行李に植物標本の収集帳や、何冊かの古書、写真機と焼き付けに必要な道具を詰めるのを手伝ってくれと言われた。それから、行李を郵便局にもっていって、イギリスの自分の銀行宛てに送るよう頼まれた。フィロメーナと私は、ミスがなにを考えているのかとあれこれ話した。ミスの寝巻きから取れたボタンを探していて机の引き出しを開けたとき、ボタンどころかピストルを見つけたときには、私たちはますます驚いた。ポケットにも、あるいは婦人用バッグにも入る、小さなリボルバー。

　啞然として私たちふたりがこの危険なものを手で触っているところへ、急にミスがやってきたが、私たちの心配とは裏腹に怒ったりはしなかった。鍵をかけておかなかった自分が悪い。幸い弾は入っていないが、またどこかで見ることがあっても、絶対に触ってはならない、と言った。ちょっとしたことで弾が発射してひとを殺してしまうこともあるのだから、と。

　私より図々しいフィロメーナは、「でも、どうして家にピストルなんておいておく必要があるんです？」と聞いた。

「確かにそうね。私も今までピストルなんてもったことなかったわ。Gで買ったの。友だちとそのご主人とあたりの森へ出かけたのだけれど、山賊に出くわす恐れもあるって言われて。ばかな話！」こう言って笑った。「少し粗野ななりのひとたちに出会ったけれど、羊飼いだった。彼らのつくるものすごく美味しいチーズを味見させて買わせようというだけよ」

「でも、使えるんですか」とフィロメーナ。

「ええ、娘時代から使えたわ。アメリカでは誰でも、旅行にはピストルをもっていくのよ。鉄砲携帯許可証ももっているわ。そうでなければ、Gでも売ってはくれなかったでしょう。でも、これは銀行の金庫にあずけたほうがよさそうね」

結局そうはしなかったのだと、それからさして経たないうちに私たちは知ることとなった。


ピストルを見つけてから何日か後のこと、ミスは私を脇に呼んで、自転車はほしくないかと言った。「フィロメーナにはあげられない。自転車に乗ることなど彼女のご主人が許さないだろうから。でも、あなたには夫もないし、仕事先に行くのにずいぶん歩かなければならないこともよくあるようじゃない？　きっと役に立つ。しっかりした荷台もついているのよ」

ああ、とんでもない、私は思った。町じゅうから笑い者にされるだろう。きちんとした娘ではないと思われる。それに、あのおかしなズボンのようなスカートを穿かなければならないのだろうか。でも、こんなことは言えなかった。ミスの寛容な申し出に無礼な言葉を返すことはできない。「乗れないんです」私は言った。「転んで怪我をしそうです。お言葉に感謝します。でも、どうしてひとにあげることにしたんですか」

「まだ誰にも言わないでね。来月、出発するの。アメリカに行くわ」

「二年前みたいに、妹さんに会いに行くんですね？　でもお戻りになるのでしょう？　自転車も下の倉庫でお帰りを待っていますよ」

「今度はもう帰らない。アパートを空けなければならないの、契約を解消したから。もっていけないものはみんな誰かにあげるつもりよ」

私がすっかりしょんぼりしてしまったのを見て、ミスは私の手をとり、自分の隣に座らせた。

「長くいすぎたぐらいよ」と言った。「十年以上。意味なかったわ。いずれは決意しなければならなかったことよ。Gの友だちが潮時だってわからせてくれた。でも、私は満足よ。ここを去るということは新しい生活をはじめること、嫌なこともみんな捨てていくことだから」

どんな嫌なことがあったのか聞けるほど、打ち解けた関係ではなかったし、彼女もはっきり言いはしなかった。

「とても残念です。寂しくなります」私は口ごもった。

「仕事のことは心配しないでいいわ」ミスは私の手を握りしめて言った。「今払っているのと同じ額が毎月あなたに届くよう、ここの銀行に頼んできたから。変わらず、私のリネンの手入れをしにきてくれているみたいにね。額を丸めて四十リラにしたわ。そうすれば、銀行にとっても勘定がしやすいから」

それは今もらっている額の倍以上だった。なにもしないでそんなにたくさんのお金をもらえるなんて！　私は信じられなかった。そんなこと、今までに一度もなかった。

「どれぐらいのあいだでしょうか？」思い切って聞いてみた。

「ずっとよ。ささやかな年金みたいなものよ。フィロメーナの分も頼んできた。私のいい思い出になるでしょう?」

私は言葉もなかった。そして、祖母が言っていたことを思いだしていた。ミスは見かけ以上にお金持ちで、そしてほんとうに立派なご婦人であるのだと。

それから、ミスはこう言った。「お金や証明書を隠しておく旅行用のコルセットがもう古くなっているの。隠しポケットも破れていて……」

「繕いましょうか?」

「いいえ、新しいのをつくって。もっと頑丈で、中のポケットもたっぷりしたものを。今回は、金庫にある現金のドルもポンドも全部もっていかなければならないから」

この言葉には驚かなかった。このような下着は(これを下着と呼んでよいのかわからないが)、旅をする習慣のある年配のご婦人たちの依頼で縫ったことがあった。バッグは簡単にひったくられてしまうから、小銭やハンカチ、芳香塩、すぐにとりだす必要のある高価ではないもの以外は、バッグに入れておかないほうがいい。貴重品を入れておくにはコルセットは理想的だった。隠したものを盗むには、体ごとぶつかって襲いかかり、被害者を裸にしなければならない。けれどもこれは、人気(ひとけ)のない場所にひとりきりにならないように気をつけていれば、起こらないことだった。

ミスの古いコルセットは、何年も前に祖母が縫ったものだった。タンスの引き出しのなかを整理するときに目に入ることがあったが、確かにもうぼろぼろだった。ミスが前もってくれたお金で、しっかりした布地と布テープ、ホック、クジラの髭を買ってきた。ほかの型紙と一緒にとってあった型紙をとりだし、裁断してしつけ縫いし、ミス・ブリスコーのところへ寸法を確かめに行った。

「ちょうどいいわ。でも、ポケットを増やしてほしい」

「いっぱいにつけすぎると、鎧（よろい）のように固くなってしまいます」私は答えた。

ミスは笑い声をあげた。「戦士の鎧ね。今回はそれが必要だわ。身を引き離すというのは厳しい戦いだもの、この土地からも、それに……」

こう言いかけて黙った。そして立ち上がると、神経質に部屋のなかを歩きまわった。「もうたくさん！」私にではなく、家具や壁に向かって言った。「もうたくさん！　もう終わりよ。私の辛抱がなにになったっていうの？　私とは結婚できないって言う。でも、どうして？　一体どんな障害があるの？　私がふさわしくないというわけ？　できないのなら、したくないのだと、私のことが恥ずかしいのだと言う勇気ぐらいもってちょうだい。でも、私のほうよ、彼のことを恥じるのは。中世に生きているとでも、まだ奴隷制度の時代だとでも思っているの？　秘密にしておく妾（めかけ）がほしいわけ？　私は自由よ。あんな嫉妬には耐えられない。ここにいて侮辱を受け続けるなんて、もっとましなことはいくらでもできる。世界は大きいし、私もまだ若いんだから、まだまだたくさんの素晴らしいものが見られるし、いろいろなことができる。私の翼をもぎりとったとでも思っているの？　ああ、見ていてごらんなさい、私はまだまだ飛べるのだから！」

私はコルセットを手にしたまま、目を丸くしてミスを見ていた。やっぱり、祖母は正しかったのだ。男がいたのだ。でも、誰なのだろう？　この何年間もまったく気づかないほど、私は間が抜けていたのだろうか。フィロメーナはきっと知っていたに違いない。

ミスは、私の隣に座り直した。思いを吐きだしたことで落ち着いたようだった。目が笑っていた。

「やりたいことはたくさんあるのよ。ずっと後まわしにしてきたことや、長いこと会っていない友だちに会うこと。アメリカに向かう前にスコットランドに行きたい。それから、ホワイト島にも。そこには独特の光があって、エレンという友だちが写真のラボラトリーを見せてくれることになっているの。新しい技術や絵画のような肖像写真を私も勉強したい。すっかり時間を無駄にしてしまった……」

「ここでもたくさんの素晴らしいことをしました」私はおずおずと言った。

ミスは私を抱きしめた。こんなことをするご婦人は今までなかった。エステル嬢だけが何度かしたぐらいだ。このふたりは特別な女性だった。

「いいこと？」ミスは重々しく言った。「あなたはまだ若いし、恋をすることもあるでしょう。でも、決して男に、あなたに対する尊重を欠くような振る舞いを許してはだめよ。あなたが正しいと思うこと、必要だと思うこと、あなたの好きなことを邪魔されてはだめ。人生はあなたのもの。あなただけのもの。覚えておいて。自分自身に対する以外は、義務なんてないのよ」

難しい言葉、アメリカ人の言葉。女は自分を犠牲にしなければならない、我慢しなければならない、背後でそしられてはならない。私はいつもこう教えられてきたし、女性はみなこうしてきた。あの青年グイドを夢見るのを諦めることだって、私にとっては大きな犠牲ではなかったか？　今では、祖母を思うようにグイドのことを思っていた。慈しみと愛惜を込めて。天国というものがあるのなら、そこでやっと会えるひとのように。

ミスに言われたようにコルセットを補強した。ポケットをさらに加えたのだ。近ごろすっかり痩せてしまっていたので、お札や硬貨をぎゅうぎゅうに詰め込んでも、ほっそりしたスタイルは変わらなかった。私たちは何度も試着を繰り返した。上着を着れば、大金を身につけていることなどまったくわからなかった。ミスは銀行からありったけの現金を下ろしていたが、それはかなりの額だった。これだけのお金を家に置いていて扉に鍵をかけず、身の安全を守るのに掛け金だけを使い続けているのには驚いた。

毎日毎日、ミスは知人のもとを訪ねては、自分のものを贈った。ミスがこの土地を去るというニュースは町じゅうに広まった。今までミスとつきあいのあったひとたちは、別れの挨拶にやってきた。サライ男爵もやってきた。ちょうど私が、縦長の大きな行李に旅にもっていく服を入れるのを手伝っているときだった。部屋には他のひとたちもいたが、男爵が偉そうに話しはじめると、気を遣って口をつぐんだ。みなが聞いているのを承知の男爵は、役者のように言葉をはっきり区切って話した。ミスは仕事の手を休めず、上の空で聞いていた。

「では、もう決められたのですね?」絵が取り除かれて跡が残るばかりの裸の壁を非難の目で見ながら、彼はこう言った。「正しい決断とは言えませんな。後悔されるでしょう」

「そうは思いません」ミスは落ち着いて答えた。「家も懐かしいし、妹や友人に会えるのが嬉しいわ」

「最良の友人たちをここに残して行くのですぞ」と男爵。

「そうではないことがはっきりしましたわ。ようやく私にもわかりました」

「なにもおわかりにならないのですね。あなたは愚かです」

「そうお考えなら、私がいなくても寂しくありませんわね」

「実際、おっしゃる通りです。今日挨拶に伺ったのは、私も旅立つもので。あなたのご出発の三日前に。パリに行きます」

「どうぞお気をつけて。お楽しみあそばせ」

私はル・シャバネを思い浮かべずにはいられなかった。プロヴェーラ家のスキャンダルのあとは、この種の話題に対して私ももう世間知らずのままではなかった。もちろん、男爵にとって基本料金の五百フランなど問題ではないだろうし。

男爵が出て行くのを目で追い、私たちは服をしまい、帽子を帽子入れに入れる作業を続けた。

ミスの出発も翌日に迫った。荷物はすべてもう駅に送ってあった。アパートには、家主がほしいと言った少しばかりの家具が、寝室と応接間に残るばかりだった。私と一緒に空っぽになった部屋の床の掃き掃除を終えると、フィロメーナは帰宅した。夜明けに夫と一緒に馬車を借りて戻り、ミスを駅まで送って行くことになっていた。私はもう少し残って、すべてがきちんと片付いているかを確認した。ミスはなんとしても、入居したときと同じきれいな状態で家を返したかったのだ。最後にお暇するときには、しっかと抱擁され、十分すぎるぐらい寛大な心付けとニューヨークの住所を書いたカードを手渡された。「いつか、移住したいと思ったときには手紙を書いてね」こう言うのだった。私は少し涙を流した。彼女は泣かなかった。喜び、興奮でいっぱいで、しんみりしたりはしなかった。旅行用のスーツの用意もできていたし、お金のいっぱいに詰まったコルセットも準備万端だった。

「約束してくださいますか。今晩ぐらいは扉の鍵を閉めてくれるって」私は懇願した。

「わかった、約束する。でも、今日はもう帰りなさい、遅くなったから。幸運を祈るわ」私は前掛けで涙を拭きながら階段をおりた。ミスはしないでと言ったけれど、翌朝は最後のお別れをするために駅で待つつもりだった。


その晩は眠れなかった。少しうとうとして夢を見はじめ、はっとして目が覚める。祖母の夢を見た。心配そうに私を見つめ、なにかの危険を私に知らせようとしているかのようだった。「わかってる、わかってる」私はこう答えたかった。「心配しないで、グイド・スリアーニのことはもう考えていないから」でも、そう言う前に目が覚め、結局起きることにした。ロウソクを灯して本を手にとった。家のなかはひんやりしていた。私はショールにくるまって窓辺に座り、夜明けの光を待った。そして心に決めた通り、着替えて家を出るつもりだった。

ところが、まだ夜が明けないうちに、道に面した鎧戸を静かに叩く音がした。フィロメーナだった。

「早く！　くるのよ！」低く不安げな声で言った。「大変なことになったのよ。警察がきてる。あなたと話したいって」

「なんなの、一体どこへ行けって？　なにが起こったの？」

「ミスの家よ。ミスが死んだの」

胸に一撃を受けたように感じた。すぐさま寝間着の上にスカートとボディスをつけ、動揺のあまり凍りついた身をショールで固めて、フィロメーナの後を追った。

警察の調書によると、ミスは旅行用の服装で発見された。グレーのギャバジンの上着を着、その下の風変わりなコルセットには、イタリアや外国の紙幣、とくにドル札がいっぱいに詰まっていた。その内ポケットのひとつ、しかも左側にあったものには、かなりのポンド銀貨が入っていた。少しばかり運がよかったら、銀貨一枚が心臓を撃った弾丸を止めることができたはずだった。が、残念ながら、そうはならなかった。ミス・リリー・ローズ・ブリスコーはまったく不運だった。生においても死においても。

私が家に着いたときには、警察官が何人かと向かいの家に住む医師のボネッティ先生がいた。いちばん年配の警察官に連れられて、私は寝室にミスの姿を見に行った。寝室のベッドの上にきちんとして横になり、髪もととのい、顎のところまでシーツがかかっていた。まるで眠っているようだった。そのかたわらの肘掛け椅子には、ギャバジンのスーツ、コルセット、シュミーズがおいてあった。

「このひとを知っているかね?」警察官は優しく聞いた。私が気を失った場合に支えられるよう、私の肘に手を当てて。整理ダンスの上の鏡に映った私の顔は、シーツよりも真っ白だった。でも、気絶しはしなかった。ガラスの泡に包まれているかのような、どこか別のところにいて遥か遠くから、私自身もいるこの場面を眺めているような思いだった。

「もちろん知っています」私は言った。「ミス・リリー・ローズ・ブリスコーです。もう十年ほどミスのために仕事をしていますから。していましたから」

「家政婦は、あなたが昨日彼女に会った最後の人物だと言っている。その通りかね？　何時にこの家を出たのかね？」

「八時半です。でも、一体なにがあったんです？　とてもお元気でした。発作でも起こったのですか。まだこんなにお若かったのに。心臓ですか」

「心臓？　まさに。だが、家政婦からなにも聞いていないのか？　ピストル自殺をしたのだ」

私は、肘掛け椅子のミスのスーツの上にへなへなと座りこんだ。背中に、お金でいっぱいのコルセットの膨らみ、硬貨の硬さを感じた。

「あり得ません」私は言った。「そんなことは信じません。泥棒でも入ったのでしょう。家には大金がありましたから」

「大金は今もある。盗まれたものはなにひとつない。家政婦はそう言っている。あちらに行って、君も見てくれたまえ」

私は後にしたがって応接間へ行った。そこは言葉に尽くしがたいほど混乱していた。旅行用のバッグは口が開き、ミスの持ち物が散らばっていた。床にも、椅子にも、そこいらじゅうに。本のページが引き裂かれていた。大小のお札。ひっくり返った椅子。いつもはテーブルを覆っていた房飾りのついたビロードの布も、黄水仙の入ったクリスタル・ガラスの花瓶も床にあって、小さな水溜（みずたま）りができていた。そして、肘掛け椅子の脚のそばには、ピストルが落ちていた。

「触るな！」警察官が命じた。「署長を待っているところなのだ」床に、白墨でピストルのまわりの輪郭が記されていた。

「でも、誰かが入ってきたのは明らかです。格闘したんだわ」私は言った。自殺をする前にミスが、ひとりで、こんなにもあたりを滅茶苦茶にするなんて、あまりにおかしなことに思えたのだ。

「扉には鍵がかかっていた。窓にも押し込みの跡はない。我々はすべて調べたのだ」警察官は言った。

「ミスはよく発作を、ヒステリー発作を起こしていました。なんでもあたりに投げ捨てて、本を破いたりコップを割ったりしていました」扉のかたわらで両手を揉み合わせながらフィロメーナが言った。私はびっくりして彼女に目をやった。長年のあいだに、そんな発作など見たことも聞いたこともなかった。「あなたには言わなかったの。ミスは後になっていつも恥ずかしがっていたから」

彼女はこう説明した。「あの麻薬を乱用すると起こるのよ」

「そんな風に言うのはやめなさい。あれは眠るための薬よ。それにもう何か月も飲んでいなかったわ」

「あなたになにがわかるの？　使ったコップと栓の開いた瓶を、警察はナイト・テーブルの上に見つけたのよ」

そのあいだ、医師は口を開かなかった。この先生のことは知っていた。祖母のいたころ、何度か奥さんのところへ行って、外套を裏返す仕事をしたことがある。ボネッティ家は品のいいひとたちだったが、子沢山でそう頻繁に服を新調することはできなかったのだ。

「昨日、君がこの家を出たとき、このアメリカ人女性は落ち着かない様子だったかね？　なにか嘆いたりしてはいなかったかね？」警察官たちが聞いた。

「いいえ。落ち着いていました。喜んでいました。自殺するような理由なんてなにもありませんでした」

「たとえあっても、あなたに話したりしなかったでしょうよ」フィロメーナが私の言葉を遮った。なんでこんなに突っかかってくるのか、私にはわからなかった。頭がくらくらした。誰かがコップに水を入れてもってきてくれた。

そうこうするうちに、署長が警察の写真担当を連れて到着した。どのような経緯だったのか、説明を繰り返させた。ミスを発見したのはフィロメーナだった。彼女の話では、女主人との約束は朝六時だった。汽車は七時の出発だった。ところが、彼女は四時ごろ悪い夢を見てはっと目を覚ました。夢のなかでミスが泣きながら呼んでいたのだ。「いつもなら、夢を信じたりしません。迷信なんて信じませんから。でも、とても奇妙な夢だったのです。目が覚めてからも現実のようで。私は夫を起こさないように起き上がって、ようすを見に行ったんです。このすぐ裏に住んでいますから」同じ時刻に見た、心配そうな祖母の顔が頭に浮かんだ。私のことを心配して、あの学生に気をつけろと言いにきたのではなかったのだ、ミスのために夢に現れたのだ、こう考えた。でも、自分でも恥ずかしく思った。こんな空想は署長に話すことではない。

フィロメーナはミスの家まで走っていったが、いつもとは違って扉に鍵がかかっていた。合鍵をもっていたので、扉を開けてなかに入ったが、すぐに家のなかの混乱に気がついた。衣装部屋の入り口の床に、主人の一方の靴がひっくり返って落ちていた。ミスは応接間の肘掛け椅子に座っていたが、意識がなく、目を閉じたまま頭をぐったり後ろに反らしていた。苦しそうに息をしていた。

「寝間着姿でしたか」署長が聞いた。

「いいえ。旅行用スーツを着ていました」

「夜中の四時にまだ就寝していなかったということか⁉ あるいは、すでに起きだして服を着ていたということか？」

フィロメーナは肩をすくめた。ミスの習慣が風変わりなものであっても、それは彼女の責任ではないのだ。風変わりなことはこれまでもいくらでもあった、こう言いたいかのようだった。彼女はびっくりして、主人を助けようと駆け寄ったりせず、外へ走って出てボネッティ医師の家の扉を叩いた。そして医師と一緒に戻ってきた。

医師が言うには、ミスはもう息をしていないように見えたが、あたりに血など見られなかったので、気絶か心臓発作かと考え、まだ尽くす手があると考えた。ふたりで体をもちあげてベッドまで運び、呼吸を楽にするために医師が上着の前を外すと、なんと驚くことに胸の左側に弾丸の穴が空いていた。その留め金も外すと、コルセットをつけていた。医師は一枚の羽根をミス・ブリスコーの口元に近づけた。羽根はぴくりとも動かなかった。しかし、遺骸はまだ温かく、硬直してもいなかった、と言った。だからこそ、はじめは気絶しただけかと考えたのだった。アメリカ人は死んでどのぐらい経っていたのか？ それに答えるのは難しい。五分？ 十分？ 二十分？ 三十分は経っていない、だがこれも確かではない。応接間には陶器製の大きなストーブがついていて、部屋はとても暖かかったから。

「私が見つけたときにはまだ息をしていました。苦しそうに」フィロメーナが繰り返した。「先生がいらっしゃるのに五分以上かかっていません」

「しかし、血がでていないのはどういうことだろうか」署長が尋ねた。

「それはあり得ます」医師が言った。「もしも銃弾が肺をも横切ったのだとしたら、肺のなかに血液が集まったことも考えられます。解剖でわかることでしょう。しかし、これで解決するわけではありません」

フィロメーナは自殺だと確信していて、ミスをスキャンダルや教会の非難から守るため、ひとには言わないほうがいいと粘ったが、医師は、最寄りの警察署にフィロメーナをやって警察官を呼んだ。警察官たちが応接間に入ってきて、そのときはじめてそのうちのひとりが、黄水仙の散らばる肘掛け椅子の足もとにアメリカ人女性のリボルバーが転がっているのを見つけた。署長に問われて私とフィロメーナは、このピストルを見たことがあること、ミスが最近このピストルを買ったこと、それをナイト・テーブルの引き出しにしまっていたことを供述した。「その気になったら自殺できるようにもっていたんだわ」フィロメーナの非難じみた口調に、私は不快になった。彼女のご主人さまがまだ生きていたならば、こんなことを言ったりはしなかっただろう。どうして自殺だとこれほど自信をもって言えるのか。扉に鍵がかかっていたというだけで？

医師にはそういう確信はなかった。署長を寝室に案内すると、肘掛け椅子から上着とコルセットを手にとって署長に見せた。後ろからついて行った私も見ることができた。服には傷ひとつなかった。穴もなければ血痕も、小さな焼け焦げ跡すらなかった。弾丸はどうやって衣服を通り抜けて心臓に達することができたのか。

「ミスはその上着がお気に入りだったんです」フィロメーナが割って入った。「きっとボタンを外して、銃を撃つ前に前を広げたんだわ」

「そして、撃った後でボタンをかけ直したと？　それにコルセットは？　固くて留め金がずらりと並んでいる。私は開けるのに苦労したのですよ」と医師。

「あのひとは慣れていましたもの。それに、すぐに死んだわけではない。私が発見したときにはまだ息をしていました。自分で締めたのかもしれません」フィロメーナは言うことを曲げなかった。

署長はすべてを書き留めた。それから、あたりをよく見て、なくなっているものがあったら言ってほしいと私たちに聞いた。他に誰が合鍵をもっているかも知りたがった。なくなっているものはなかった。そして合鍵をもつのはフィロメーナだけだった。

しかし、服がきれいなままであるのはあまりに奇妙なことだった。医師は死因を自殺とする証明書に署名することを拒否した。署長は調査を行うこととし、アパートは封印された。フィロメーナは、ミス・ブリスコーの評判にかかわる、変な噂が立つと言ってこれに抗議した。この要求を受け入れるためではなく、犯罪であった場合の警戒として、ミス・ブリスコーは出発の直前に心臓発作を起こしたのだという情報を流すことにし、私たちには黙っているようにと言った。

このおかげで、なにより教会での葬儀の許可を得られ、これには町のすべての名士が、上流階級の人々が、実際にミスをよく知っていた者も見たことがあるだけの者も、参列した。ミスへの愛情からというよりも好奇心のためだったと思う。そして、誰がきていて誰がいないかをお互いに確認するために。無論、サライ男爵はきていなかった。だが、誰もがパリに旅立ったことを知っていた。ミスの家に最もせっせと通う訪問客のひとりだったが、葬式のためにそんな遠くから帰ってくるなど誰も思っていなかった。葬儀の行列の最後に、私のような下層階級の者が多数参列していた。ミス・ブリスコーのために仕事をした貧しい人々。「距離を保って」扱う他のお金持ちとは違い、ミスが真心を込めて親しく接してくれた庶民の者たちだった。気の毒なミスは私たちの町の墓地に埋葬された。

今ではミスのお墓を訪れるひとはいない。私と同じく毎月ミスの年金を受け取るフィロメーナさえ。それは、私のような少額ではなかったはずだ。もう家政婦の仕事をしてはいなかったし、ベッレダーメ服飾店であつらえた服を着ていた。服装は立派でも、本物のご婦人ではないことは、はるか遠くからでも見てとれたけれども。実際は、彼女の受け取る年金がどれほどの額なのか知らないし、ミスがどのぐらいの月給を払っていたのか、遺言でなにか遺産を遺したのかも知らない。でも私は、祖母に会いに行くとき、必ずミスのお墓にもお花をもっていく。墓標の前でミスに心を込めた思いを捧げ、こう思う。「ああ、死者に言葉を話すことができたなら！」ミスが自殺をしたなんて、年月の経った今でも私は信じていない。

ミスの死から二か月が経って、調査は打ち切られた。最も重要な証言者はフィロメーナと私だった。それから、重要度は少し下がるが、医師のボネッティ先生がいた。ミスの死以前にはあまり会ったことがなかったので、ミスをよく知っていたとは言えなかったのだ。

私の供述とフィロメーナの供述とは食い違っていた。私は、確かにミスは一時期ふさぎ込み、意気消沈して苦しんでいたことがあり、そのときには眠るのに睡眠薬を必要としていたが、私の前で動揺を見せたりヒステリー発作を起こしたりしたことなどない、いつも理性的な振る舞いだった、と言った。いずれにせよ、その苦しい時期はもう過去のものとなっていた。Gから戻ってからのミスは元気で落ち着いていた。落ち着きどころか、嬉しそうにいろいろな計画でいっぱいだった。この帰国の旅を、故郷で妹を抱擁することを、熱い想いで待ち望んでいた。神に誓って、自殺の考えなどまったくなかったと確信している。私が思うに、繰り返し言ったが、ミスは誰かに殺されたのだ。誰かが寝間着姿のミスの前に突然現れ、発砲し、それから服を着せたのだ。寝巻きは見つからなかった、と反論された。丸めることなど簡単だ、と私は答えた。薄い麻上布だったから、難なくポケットに入れてもち去ることができる、と。

しかし、扉には鍵がかかっていた。彼女自身が開けたのかもしれない。知っている相手だったのだ。あるいは、頻繁に訪問する信用のある相手で、合鍵をもっていたのかもしれない。

「これはみな仮説であって、事実ではない。確実に知っていること、見たことだけを話しなさい」

こう注意された。

フィロメーナは宣誓のもとに、ミスは常にヒステリックな気性であった、よく喚(わめ)き立てたりしていた、最後の日まで麻薬を常用していたと供述した。ほんの小さな問題で、彼女の目の前で自殺すると騒いだことが何度もあった。それは特に恋愛関係が原因だった。よく不倫関係をもっていた。この国の婦人のようなきちんとしたご婦人ではなかった。アメリカ人だもの、あちらでは道徳観が違う。ミスは自分にふさわしくない、下層の男たちによく恋をした。お金を払ったりもしたし、たくさんの贈り物もした。でも後になって後悔したり、裏切られたように感じたり、恥ずかしく思ったりして、死にたくなる。そのためにピストルを買ったのだと打ち明けた。「わかっています、ピストルを取り上げるべきだったんです。どこか手の届かないところにやってしまうべきだったのでしょう。でも、自殺するなんて言葉、信じなかったのです。それに、私の雇い主でしたから」この情夫たちの名を知っているかと聞かれると、こう答えた。「全員ではありませんが。いずれにせよ、否定するでしょう。でも、合鍵をもっていたひとはいません。確信をもって言えます」さらに、ミスは衣服の清潔さにはとてもこだわっていて、染みをつけたり汚したりするぐらいなら、どんなことでもしただろうと供述した。服を脱いで銃を撃ち、もう一度服を着ることだって。そして、私にはミスのことをよく知ることなどできなかった、とも。私はミスのすべてを知ることなどできなかった。週に一度しか会わなかったのだから、彼女のように毎日そばにいて生活していたのとは違う、と。

　どうして取調官たちにはわからないのだろうか、フィロメーナが嘘をついていることが？　それに、一体全体なんのための嘘？　誰かを守るため？　でも一体誰を？　私自身、それが誰なのか、仮説を立てることもできなかった。ひとつだけ確かなことがあった。あの男たちの話、ミスが男たちにお金を払っていたという話がでっち上げであること。今となっては自分の名誉を守ることもできないひとに、こんなにも卑劣な非難を向けるなんて、どうしてそんなことができるのか。しかも、いつだって厚意を示してくれたひとに対して。でも、どうすれば彼女の言葉を否定することができただろうか。

医師は、自分が到着したときにはミスはもう死んでいたと供述した。死亡時間がそのどれぐらい前だったか、正確に言うことはできなかった。そして、上から下まで衣服に身を包んでいた。旅行用スーツを着込み、首元まできっちりボタンを締めてあった。上着と下着は、弾丸の跡もなくきれいなままだった。コルセットに詰め込まれた紙幣にもなんの跡もなかった。弾丸が心臓を貫いたあとで、服を着替える、あるいはただボタンをはめるだけでも、彼女にそれだけのことをする時間と力があったとは考えにくい。しかし、絶対に不可能であると言い切ることはできなかった。ひとは死の間際になると信じられないようなことでもできるのだ。それは経験から知っていた。

取調官たちは、フィロメーナの言葉と医師の呈した可能性を信じた。信じることにした。そして私には、「少し大袈裟すぎる、あなたについても情報を集めたのだ」と言った。私が小説を読むことを知っていたのだ。そして想像もほどほどにするようにと忠告した。

自殺ということで調査は打ち切られた。これについて司教は寛大な対応を見せ、ミス・ブリスコーの亡骸を納めた墓を墓地から移すことを求めたりしなかった。墓地に行って捜せば、ミスは今もそこにいる。

アパートの封印が解かれ、長年仕事をしてきたフィロメーナと私は所有者に最後の掃除を頼まれた。すべてをきちんとととのえ、そこで起こった出来事の跡をすっかりなくすように。その後で、部屋のペンキ塗りをすませ、新しい借家人を探すということだった。

　掃除がしやすくなるように、私たちはわずかばかりの残った家具を動かし、床の雑巾がけをした。私が掃除することになった部屋には、寝室の隣の小部屋もあった。やることといっても床を雑巾で拭くぐらいだった。もうずいぶん前から部屋は空になっていた。悲劇の起こる前夜に最後の点検をし、部屋が空であることは見ていた。だから、床になにか光るものがあるのを見て驚いたのだ。アパートが閉められていた二か月間に、暖かい空気のために部屋の隅にたまった綿ぼこりのなかだった。私は近寄ってそれを手にとった。金縁の片眼鏡。ビロードの紐は埃で汚れていた。

　私はフィロメーナを呼んだ。そして手のひらに載せた片眼鏡を見せた。なにをどう考えればいいのかわからなかった。「この家にはいろいろなひとがきていたからね」彼女は言った。「売春宿よりひどかったわ。私たちも気づかないまま、一体いつからあったのかしら」

「あったのなら私は気づいたはずよ。最後の晩、ミスにお別れを言う前によく見たもの。この部屋にはなにもなかった」私は言い返した。

「あなた、小説の読みすぎよ。思いあがってるわ。なに様だと思っているの？　警察官の言ったこと、忘れたの？　想像もほどほどにしなさい。でないと、ろくなことにならないわよ」

　こう言って私の手から片眼鏡を取り上げると、ほかのごみと一緒にくず箱に投げ込んだ。

夢と幻想のブリキ缶

「貧乏人同士は助け合うものだよ」祖母はいつでもそう言っていた。「困ったときにお金持ちが助けてくれるなんて思っていたら、ひどいことになるからね」近所のひとが困っていたら、たとえそれが最後のパンであっても、ひとかけらのパンを分け合うことを祖母は決して拒まなかったし、翌日までに仕上げなければならない仕事を必死で終えようとしている母親の代わりに、自分の睡眠を犠牲にしても、病気の子どもを見守ってやったりした。祖母はこの界隈（かいわい）に多くの友だちをもっていた。みな祖母と同じく独り身の女性で、疫病で家族を失った高齢の女性もいたし、小さい子どもを抱えたまだ若い寡婦（かふ）もいた。あるいは、夫はいるにはいたが、飲んべえだったり仕事が長続きしなかったりで、あてにできないという若い母親たちもいた。スコップ一杯の炭火を、助言を、ひと皿のスープを、もうぼろぼろのスカートに継ぎ当てするための布切れを、祖母は誰に対しても拒まなかった。祖母は自身が助けを求めることについては、思いきりが悪かった。友人たちの困窮ぶりを知っていたし、自尊心があった。若いころからなんとか自分と家族とを養ってきたのだから。私は自立への欲求を祖母から学んだ。いや、知らず知らずのうちに祖母の例から吸収したのだ。どうしても頼みごとをしなければならない場合には、できるだけ早くお返しをするよう努めた。向かいの家に住むアイロンかけの友だちには、仕事が大変なときにはスープをつくってもらったり、階段の掃除を代わってもらったり、娘に縫いあがった仕事の届けをしてもらったりしたが、お金が払えないときには彼女に仕事をまわすように心がけ、あるいは顧客にもらうお下がりの服を譲った。

ズィータとアッスンティーナはほんとうに貧しかった。少し前に夫が、そして娘にとっては父親が、酔っ払い同士の喧嘩で命を落として以来、家には男手はなかった。母娘は道より低いところにある、窓もなくじめじめとした地階(ソッターノ)に住んでいて、三段ほど下に降りたところに入り口があった。いつでも薄暗い部屋で裕福な依頼者たちのシャツや下着類にアイロンをかけるのは容易なことではなかった。煤で汚したり、炭火入りの鉄のアイロンから出る火花で焼け焦げをつくったりせずに、真っ白なまま届けなければならなかったからだ。紳士用シャツなどの、糊をつけなければならないものはことに大変だった。ズィータはいつも少なくとも三つのアイロンをコンロに用意しておいた。使っているアイロンが冷めてきたらもう一度温まるまで待たねばならず、時間の無駄になるからだ。水の使える中庭があったなら、洗濯場をつくって洗濯からアイロンがけまでを引き受け、もう少し稼ぐことができただろうが、湿った洗い物を洗濯女から受け取ってアイロンをかけることしかできなかった。

彼女には何人かの固定の客がいて、その多くは私が紹介したひとたちだったが、それでなんとか生活していくことができた。とくにアメリカ人のミスは最も気前のよい顧客だった。とはいえ、やっとの暮らしぶりで、一滴のオリーブ油もなしに固くなったパンをかじるしかないことがよくあった。「貧者の肉」と呼ばれた乾燥そら豆とキャベツや焼きナスなど、ふたりにとっては日曜日にしか許されない贅沢だった。私がお客からもらったお下がりの服を直して譲ったりしなければ、母娘ともぼろをまとっていたことだろう。

ミスが死んだあとは、一種の格差のような、気まずい状況が私たちのあいだに生まれた。ズィータには、少額とはいえ、なくてはならない収入が入らなくなり、私のほうは、手続きに必要な日数が経つと、銀行から月々四十リラの年金を受け取るようになった。もちろん生活するには足りなかったが、想像したこともないゆとりを、安堵を与えてくれた。なにより、あくせくする必要もなく、なにもしなくても入ってくるお金だった。

はじめの八か月分は、遅れていたので十二月の末に一度に入った。三百二十リラ。私にとってはまさに大金で、おかげで馬鹿げた夢見に身を任せてしまった。オペラ・シーズンの定期会員になることもできる。もちろん、天井桟敷だけれども、すべての演目を見られる。ひとつ、あるいはふたつのオペラを選ぶのに、どれにしようと悩むこともなく、ひとつも逃さず見ることができる。あるいは、夜間学校に通ったっていい。綴(つづ)りをきちんと勉強したら、手紙を書く機会があっても恥ずかしい思いをしないで済む。それから、歴史や地理、算数も少し勉強したい。たとえ仕事の役には立たなくても、頑張れば初等三年修了資格を得られるかもしれない。この年金が学校に行くのに足りるのか、通う時間があるのかもわからない、まったく非現実的な考えだった。でも、これだけのお金をいっぺんに受け取って、私はすっかり有頂天だったのだ。もっと慎ましやかな望みもあった。

たとえば、汽車の旅。発着する汽車は何度も見ていたけれど、まだ乗ったことはなかった。短くてもいい、旅がしてみたい。Gへ行くだけでもいい。宿泊費を使わないで、日帰りで行ってこられるのは知っていた。あるいは、港のあるPへ行って、はじめて海を見ること。でも、その場合には、外で一夜をすごさなければならない。質素な宿でも、このお金で泊まれるのだろうか。シニョリーナ・ジェンマからいくつかの安宿の話を聞いたことがあったけれど、そういうところは怖かった。ひとりで行くのは安心できない。誰か知らないひとが部屋に入ってきたりしたら？　あるいはPには泊まらせてくれる修道院もあるかもしれない……こんなふうに空想していた。けれど、修道女たちにわかってもらうことができるだろうか、自分はきちんとした者で、妙な冒険を求めたりしているわけではないことを。夢想に次ぐ夢想の果てに、働いて得たお金ではない、私にはこれをもらう価値がない、ズィータと分け合うべきなのだとも思った。正直なところ、この思いはすぐに頭から追い払った。口実はいくらでもあった。ミスはこのお金を私にくれたのだから、他のひとにあげるのは失礼にあたる。リネンの洗濯、アイロンかけは私がしているのではなく、別のひとたちがしているのはミスも知っていた。ならどうして、彼女らにも年金を残さなかったのか。それは、名前を知らなかったから……と私の心の声が小さく言った。彼女らの顔を見たこともなかったし、私がすべてを管理していたのだ。だからどうだというのだろう？　町には貧乏人などいくらでもいた。あくせく働いて得たものを、見知らぬ人々と分け合わなければならないのか。カッレーラ技師夫人がくれた自身と娘クラーラの洋服のお下がりを直し、母娘そろって頭からつま先まで服を着せてあげたのでは足りないのか。分厚く暖かい服だ。アッスンティーナは路地のほかの子どもたちのように編み物のショールで寒さを凌がないで済んだ。お金持ちの娘のような、折り返しにビロードのついた毛の外套があった。もともとは外套には美しいフロッグボタンがついていたが、寸法を縮めるときにとってしまった。アイロンかけの子には優雅すぎてふさわしくないと思えたのだ。アッスンティーナはこの外套がとても好きで、着古さないよう、あまり着ないようにしていた。それより、私のお古のショールを巻いたりしていた。路地のほかの少女たちと差がつかないようにするためもあったかもしれない。私はまだ状態のいい冬の靴も見つけてきた。二サイズほど大きいだけだから、毛の厚手の長靴下を履けばぴったりだったし、翌年も使うことができる。ズィータは私にいつまでも礼を言い続けた。服を解いて寸法を直し、縁縫いやボタンの位置を変えるのにかかった時間だけでも、お金を払いたいと言った。でも、お金など一銭もないことを知っていたから、私は、「そのうちお返しをしてね」と言うだけだった。技師の夫人に話して、アイロンかけをズィータにさせてもらえるのではないかと、それで亡くなったミスの仕事の埋め合わせができるのではないかと期待していた。でも今のところ、夫人の洗濯物を請け負う女性はアイロンかけもし、夫人は満足していた。それを変えるつもりはなかった。

それは長く寒い冬だった。アッスンティーナは肺炎にかかり、回復したのは奇跡的だと医者は言った。陽気がよくなった今は、クラーラのお下がりの赤いマフラーをしっかり首に巻きつけて、また外の歩道で遊ぶようになっていた。私はときには届け物を頼み、十ソルドの小遣いをやった。土曜の市では、咳にいい蜂蜜をひと瓶買って贈った。

年金をどう使ったらいいのか思いはとても混乱していたので、決めるのは先送りし、エステル嬢がいつもの旅から戻るのを待って相談することにした。三百二十リラに加えて毎月毎月入ってくる年金は、ブリキ缶のなかにしまった。今では願いごとの箱と呼んでいるブリキ缶の蓋を閉め、私は仕事に専念した。幸い、注文には事欠かなかったし、顧客も少しずつ広がっていった。カッレーラ技師の夫人が評判を広めてくれて、カーニヴァルや子ども芝居用の衣装だけではなく、エプロンドレス、肌着、膝までのズボン、フロッグボタン付きの上着など、たくさんの子ども服の依頼があった。下着も数多く頼まれたが、これも子ども用のもの。その気になれば子ども服専門でやっていけそうだった。だが、祖母とともにアルトネージ家のリネン一式に専念してほかの仕事を断ってしまったときの経験から、それはやめたほうがいいと思われた。お年寄りだけの家族でもう何年も仕事を引き受けている家が何軒かあり、支払いもよかったし、遅れることもなかった。たとえばデルソルボ家。風変わりな一家で祖母は一家を好いていなかったが、その理由は言いたがらなかった。何年も前、まだ私が生まれる前のこと、一家に住み込んで働いたことがあったが、ほんの数か月だけだった。なにか好ましくないことに気づいて、それで奉公をやめたのだ。でも、縫い物仕事は引き受けていた。断るゆとりなどなかった。デルソルボ家は私に対しては、いつでもきちんと応対してくれた。仕事が終わるとつくり笑いをして、「お支払いは来週きてちょうだい」と言ったりするご婦人たちとは違っていた。そういう類のひとは次の週に行くと、ふんと鼻を鳴らして「まあ、しつこいのね！」などと言う。そして、支払うまでに三度でも四度でもこさせるのだ。最後には払ってくれるとはわかっていても、食料品店はツケではもうなにも売ってくれないし、石油とロウソクは買わなければならなかった。それに、私に払うお金ぐらいお財布のなかにあるのはわかっている。なら、どうしてこんなに待たせるのか。一体どうして、しつこくお金を求めるうるさい物乞いのように私を扱うのか。私が思い上がったりしないように？　自分の分をわきまえろということ？

デルソルボ家は違った。彼らは仕事が終わったその日に、取り決めた通りの額を払ってくれた。クイリカが、残った布地にお金を包んで手渡してくれるのだ。残り布をくれるひとは少なかった。私にはこういう端切れは貴重だった。いろいろなものに使えるからだ。単なる継ぎ当て布から針刺し、スカートの裏につける隠しポケットなどに使えるし、趣味のいい布地と彩りを組み合わせて根気よく縫い合わせていけば、クッションや掛け布団、ベッドカバーにすることもできた。「もっていきなさい、もっていきなさい」こうクイリカは言う。「私らお婆さんが、なにに使うと言うの？　指だってこんなになっているのに」クイリカの指は関節炎ですっかり曲がってしまっていた。それでも、厨房ではまだ若者のように働いていたし、彼女がアイロンをかけたドン・ウルバーノのシャツは、ズィータの最高の出来のときでさえかなわないぐらいピンとしていた。クイリカは「年のいった下女」だった。こう言ったのは彼女自身で、私は本人の前でそんな失礼な呼び方を使ったりしなかった。クイリカが何歳だったのか、わからない。イタリアの国家統一*のころには、もう何年か前からこの家で奉公していた。それからデルソルボ家には「若い下女」がいた。歳は少なくみても五十歳のリヌッチャで、彼女の手も歪んで、もう針などもてなかった。

家のなかでは下女とご主人のあいだで厳密に「地理的な」分離がされていて、まるでふたつの異

＊ イタリア半島すべてではなかったが、統一国家としてのイタリア王国が成立したのは一八六一年。

なる惑星に住むかのようだった。もちろん下女たちはふたつの領域の境をまたいで掃除をしたり、配膳をしたり、鎧戸を開けたり閉めたりしたが、こういった仕事が済むと大急ぎで使用人用通路の向こう側に、リネン類のタンスとアイロン台を備えた衣装部屋、下女の寝室、厨房、食料品室のある区域へと引きさがるのだった。ふたりが生活のほとんどをすごす厨房は、燻製ソーセージや燃える薪、メンソールの匂いがした。クイリカは喘息もちだったので、呼吸を楽にするタバコのようなものをしょっちゅう吸っていた。ふたりとも日曜のミサ以外は家から出ることなどなかった。毎日の買い物やそのほかの必要品はすべて、店員が家まで届けていた。

ご主人たちがこの通路を渡ることは決してなかった。彼らにはゆったりした応接間、食堂、ドン・ウルバーノの書斎、何室もの寝室のほか、水道の水が使え、最新の設備を備えた浴室があった。とはいえ、主人はいまではふたりだけになっていた。もう百歳に近く、記憶にないほどの大昔に寡婦となった母親のドンナ・リチニア、そして七十代もかなりいった息子のドン・ウルバーノである。かつては娘もいたが、兄のかなり後に生まれたこの妹は、別の町のひとと結婚して他の土地に住んでいた。母親は娘との別れにさほど苦しまなかった、とクイリカは言った。母親のお気に入りは跡継ぎである息子で、実際、息子は母をひとりにしないために結婚できなかったのだ。クイリカの話では、ドン・ウルバーノの婚約者となった女性は何人かいるが、その都度ドンナ・リチニアは婚約を破談にし、こうして息子をいつまでも家に留めておくことに成功したのだそうだ。

「孫は?」こう聞いてみた。「娘さんの結婚で孫は生まれなかったの?」

「ドンナ・ヴィットリアは(ああ、安らかにお眠りください)、結婚したのが遅くて、生まれた子どもはみな体が弱く、早くに死んでしまったんだよ」こう、年老いた女中は語った。「でも、ドンナ・ヴィットリアは諦めなかった。あるいは、諦めなかったのはご主人かもしれない」実際、四十歳をすぎて彼女はまた妊娠したのだが、出産のために死んでしまった。でも生まれた子どもは先の兄姉たちとは違って健康で、すくすく育った。祖母のドンナ・リチニアは子どもを引き取ってデルソルボ家の子として育てたいと思ったのだが、子どもの父親は反対で、それが不和のもととなって両家は疎遠になった。しかし子どものほうは、成長すると時折祖母と伯父を訪ねるようになった。心優しいうえに端整な顔の礼儀正しく知的な青年で、ふたりの老人はとても誇りに思っていた。誇らしいのはクイリカも同じだった。そして、祖母と伯父のどちらもがこの青年に財産を遺すように遺言を書いたことを確信していた。いずれにしても、青年は唯一の相続人だった。

デルソルボ家は起源が大昔に遡る貴族の家柄だった。伯爵、男爵、侯爵といった爵位はなく、「貴族（ノビルオーモ）」、「貴女（ノビルドンナ）」という呼称を使うこと、名前の前に敬称の「ドン」をつけることができるだけだったが、家系の古さと富のために町のどの貴族よりも上であると、彼ら自身は考えていた。それはクイリカにとっても明らかなことで、誇りに思っていた。彼女自身は、内陸地のとても貧しい村の生まれで、デルソルボ家に奉公に出たのは十五歳のときだった。彼女にとって一家への忠誠は宗教のようなもので、まるでミサ典書を繰るかのように系譜の名前を挙げていくのだった。

私はデルソルボ家の家に呼ばれて縫い物をすることはなかった。クイリカに布を渡されて、家でシーツその他のリネンを縫い、仕上がったものを届けた。ときには内装の縫い物を頼まれることもあった。肘掛け椅子やクッションのカバー、カーテン上部の布飾り、客用寝室のダマスク織のベッドカバーなど。このような高価な布をとくに心配もせずに私に任せてくれたのも、かつて祖母が誠実さと縫製の技量で信頼を得ていたためで、それが何年も経った今も私への信頼につながったのだ。こういう仕事の機会に、寸法をとるために通路の境界線を越えてご主人たちの部屋に入らなければならないことがあった。窓の板戸がいつでも半開きになった暗い部屋、赤褐色のビロード、重そうな銀の器もの、純金の額縁におさまった巨大な絵。二度ほど、半開きの扉からドンナ・リチニアの姿を見かけたことがある。彫刻のように硬く痩せこけて、黒い服装で肘掛け椅子に座っていた。寡婦になって以来、喪服を脱いだことがないのだと、クイリカは言った。五十年以上も経ったのに。家から出ることはなかったが、それでもドンナ・リチニアは毎日、真珠の装身具を身につけていた。喪服に許される唯一の宝飾品だ。垂れ下がる耳飾り、アメジストの留め金のついた高さのあるチョーカー、ストールを胸で留めるブローチ、四連のブレスレット。まるで聖金曜日にだけ外に出してきて公開される、大聖堂の悲しみの聖母マリアのようだった。胸には七本もの剣が刺さり、信者たちの献納したたくさんの宝石に飾られたマリア様のように見えた。

一方、ドン・ウルバーノは——私はこのひとにも会ったことがあり、私が誰だか知らなくても親しみを込めて挨拶してくれた——恰幅のいい高齢の紳士で、背は高くないが最新のモードで身を包んでいた。家ではガリバルディ*風のビロードの丸い帽子をかぶっていたが、外出するときは夏にはカンカン帽を、冬には山高帽をかぶっていた。母、女中たちとは異なり、しょっちゅう外出していた。クリスタル・パレスのガラス張りの席にテーブルをとって葉巻を吸う、あれこれの名家を訪問する、貴族クラブでカードに興じる、競馬場で競馬を楽しむ、劇場、カフェ・コンセール、と。あとになって知った言葉だが、つまりはフランス人の言う道楽人（ヴィーヴェル）だったのだ。母親はといえば、息子も歳をとり結婚など口にしなくなった今では、息子の好き勝手にさせていて、外泊することがあっても文句を言うことはなかった。でも、どこに？　贅沢なホテル？　友人の家？　秘密の恋人？　ご主人がどこで夜をすごすかなど、わかりきったことであるかのように、クイリカは話しながら目くばせしてみせたが、私には想像することができなかったし、結局のところ、私にはどうでもいいことだった。「お金持ちほど頭がおかしいんだよ」こう教えてくれたのは祖母だ。「気のふれ方はひとそれぞれ」というのも。自分に関係のないことなど、無理にわかろうとする必要などあるだろうか。

カーニヴァルの時期がすぎ、旅から戻ると、エステル嬢の使いが私を呼びにきた。いつものようにお土産をもってきてくれたのだ。高価なものではなく、旅行のあいだも私のことを忘れなかったことを示す、ちょっとしたものだった。このときは、ヨーロッパの重要な記念建造物の写真アルバムで、手描きの彩色が施されていた。私たちはなんということもないおしゃべりをした。それからエンリカを呼んできて、どれくらい大きくなったかを私に見せ、家で着るエプロンドレスの裾を全部長くしないといけないと言った。私は勇気をだして、安くて安心して泊まれるところがあったら

＊ジュゼッペ・ガリバルディ（一八〇七－一八八二年）。イタリアの国家統一に貢献した軍事家で、国家統一の英雄とされている。

Pまで旅行したいと思っていることを言ってみた。エステル嬢はそれはいい考えだと言い、遠い親戚に修道女がいて、修道会のつくったリンパ節結核の療養所で働いている、それがちょうど海辺にあるので、よかったら一晩だけではなくて三、四日、泊まらせてもらえないか聞いてみる、と言ってくれた。宿泊費も無料で。Pの修道女たちは断るはずはない。この療養所には父が毎年多額の寄付をしているから。

エステル嬢はこうと決めるともたもたしないで行動に移すひとだ。すぐにこの親戚に手紙を書き、十日後には私を呼んで返事を見せてくれた。修道女たちは喜んで私を受け入れてくれる、女友だちと一緒でもいい、と言う。「きっと女の子のひとり旅は不用心だと思っているのよ」エステルはこう言って笑った。ベッドがふたつの客用施設の一室を一週間使わせてくれるという。しかも、希望があれば、食堂で入院患者と一緒に食事をしてもいい、と。それなら、私の出費は汽車の切符だけで済んだ。

女友だち？　同じ年頃の友だちには仕事を休めるひとも汽車賃を払えるひともいないし、それによくよく考えれば、この経験は自分ひとりで味わいたかった。海辺を散歩して、絵で見た水平線を眺めたり、貝殻を集めたりし、かもめが空を横切っていく下で夢をみたい。なんの夢を？　誰の夢を？　夢はとても危険なこと、自分には許されないことであるのはわかっていた。でも、海を見ること自体、夢の実現ではなかったか？

終えなければならない仕事がひとつあって、あと数日は必要だった。次の月曜日に出発して木曜日に帰ってくることにし、それを修道女たちに手紙で知らせた。少しどきどきしながら麦わらの手提げ籠に必要なものを詰めていった。着替えの下着、櫛とピン、石鹼、毛布がわりにもなる厚手のショール、そして雨が降ったときの手すさびに裁縫道具と縁縫いをするハンカチ。実は、はじめはハンカチではなく小説を籠に入れたのだったが、修道女への印象があまりよくないかもしれないと考えたのだ。裁縫のほうがいい。読書はミサ典書で我慢しよう。お世話になるのに手ぶらで行きたくなかったので、雑誌で見た新しいステッチの練習のために刺繡をしたテーブル・センターを二枚、薄葉紙(うすようし)に包んで入れた。

日曜日になった。興奮と待ち遠しい気持ちとで、三日前に切符を買った汽車の時間を何度も確認した。家のなかをきちんと整理し、流しをきれいにし、ベッドの下を箒ではいた。だが、ここではっと気づいた。旅行の準備に気をとられて階段の掃除の代理を頼み忘れていたのだ。海への旅で家を追い出されることになりでもしたら！ 幸いなことに、まだ間に合った。ズィータがこの仕事を、予定外の収入を断るはずはなかった。

私は急いでズィータの家に向かった。道に面した扉は、換気のために大きく開かれていた。その年に学校に行きはじめたものの肺炎のためにほとんど通えなかったアッスンティーナが、赤いマフラーに頭をくるんで空気の通る段に腰をおろし、帳面に一生懸命に字を綴っている。咳をしていた。

カッレーラ技師夫人の言った言葉がさっと頭をよぎった。クラーラをお風呂に入れる前に毛の下着を頭から脱がせているときだった。「インドの苦行僧みたいに痩せっぽちよ」クラーラのお腹をくすぐりながらこう言うと、クラーラがくしゃみをした。「言ったでしょ？ そうね、今月の末になったら、学校があってもなんでもお祖母(ばあ)ちゃんに会いに行きましょう。海の空気が必要よ。体にいいわ」
それはアッスンティーナの体にもいいはずだった。考え直す間もなく、私は急いでこう言った。
「明日から何日かPに行くの。一緒にくる？」修道女たちも文句を言えないはずだった、ふたりで行っていいと言ってくれたのだから。それに、汽車の切符も子どもなら半額だ。

ズィータはどう感謝していいかわからないと言った。階段の掃除の依頼と娘を招待してくれたことに。彼女らも汽車に乗ったことはなかったし、海を見たこともなかった。母親も一緒にきたかったことだろう。彼女の目を見ればそれはわかった。でも、仕事を離れるわけにはいかなかった。約束通りアイロンかけを済ませて届けなければ、客を失ってしまう。それに、誰が私の代わりに階段と玄関の掃除をしてくれただろう？　建物を所有する女主人にとっては、ときに掃除を代わってもらってもかまわなかったが、大理石の階段に泥のついた靴跡がひとつでもあったりしたら、踊り場の天井に蜘蛛の巣がひとつでもあったりしたら……。考えるのも怖かった。

それに、汽車の切符のこともある。娘の切符に加え、自分の分まで払うことなど私に頼めないのは、ズィータにもわかっていた。

目に涙をためて私に礼を言うと、アッスンティーナの少しばかりのものを枕カバーに詰めた。私のような麦わらの籠などはもっていなかった。ビロードの折り返しのついたコートは、傷まないようにもたせなかった。私との旅の途中、人目を引かないようにということもあって、厚手のショールをもたせた。車中で食べられるよう、パンと、玉ねぎ入りのファリナータ*を包んだものをふたつ、気を利かせて手渡してくれた。汽車の旅は五時間以上あったが、胃袋の欲求にまで、私には頭がまわらなかった。

　月曜日、私たちは朝八時に出発した。三十分前に駅に着き、三等の木の座席に席を見つけた。仕事で移動する人々で、席はもうほとんど埋まっていた。私は少し自慢だった。私たちは仕事ではなくバカンスのために汽車に乗るのだ、裕福なひとたちのように、と思うと。祖母は心の奥底でこのような旅など望んだことがあっただろうか。想像してみたことがあっただろうか。

　出発を待つあいだ、荷物を席に置いて窓辺に行き、遅れてきて車両へと急ぐ人々を眺めていた。立派な服装のフィロメーナと夫が目に入ったときには驚いた。フィロメーナは大きな帽子をかぶり、後ろには真新しい大きく重たい旅行鞄ふたつをもつ赤帽をしたがえていた。どこへ行くのだろうか。ふたりは気後れもみせず一等の車両に入っていった。フィロメーナが贅沢に憧れ、贅沢のできるお金持ちを羨んでいたことは知っていた。こんな見せかけのためにありったけのお金を使ったりしたのだろうか。ともあれ、私には関係のないことだった。海辺でささやかなバカンスをしようと決めたことが彼女には関係ないのと同じだ。

　駅長がシグナルをあげ、機関車は長い汽笛を響かせた。蒸気をあげて汽車ががたりと動くと、アッスンティーナは私の手を強く握った。朝、母親に起こされたときから、ひと言も口をきかなかった。母と別れるときも、包みのなかに必要なものが全部入っているか、学校の初等読本と帳面が食べ物の紙包みと離れたところにあって油気で汚れたりしないか、確かめるのに忙しいふりをして、

＊　ひよこ豆の粉を水で溶いて焼いたもの。

泣きべそをかいたりしなかった。

こうして私たちは汽車に揺られていた。汽車の両側を田園風景が走って行った。木々、牧場の乳牛、奇妙な形の花崗岩の岩、籠や袋をいっぱいにぶらさげたロバ、アーティチョークやスイカの畑、仕事に精を出す農夫。私の小さな旅の連れは、目をいっぱいに見開き、窓ガラスに鼻をくっつけて外を眺めていた。路地で生まれて育った町の子どもにとっては、すべてが目新しかった。とりわけ畑の上に広がる大きな空、ずっと高いところで私たちのように旅をする白い雲、カアカア鳴きながら飛んでいくカラス、あの光、そして風にたわむビャクシンの茂み。私は何度か町から出たことがあったが、遠くまで行ったことはなかった。いつも徒歩かロバの引く荷車に乗るかして、田舎に住む祖母の知人を訪ねたり、プロヴェーラ家のひとたちに会いに行ったりした。でも、今回は違った。速さだけをとってみても、木々が私たちに向かって走ってくるようだったし、景色が次々に変わっていって、細かいところまで見ることができなかった。あれは牛のくびきだ、あちらの茂みはセイヨウサンザシだ、と思っても、あっという間に目の前から消えてしまう。衝動的なことだったが、自分の気持ちに素直になってよかった。決してお金の無駄などではない。旅は視野を広げてくれる。エステル嬢の言うことは正しかったのだ。

Gの町に着いた。車窓から見る限り、私たちの町とさして変わらないようだった。町なかの道をめぐり、端から端まで歩いてみれば、この町のほうが大きいことがわかるのだろう。汽車は十分しか駅に停車しなかったので、私たちは降りなかった。そのあいだ、私たちのコンパートメントからは誰も降りなかったし、新しい客も入ってこなかった。私は窓から、降りる客を見ていた。フィロメーナがどこに行くのか興味があったが、その姿はなかった。機関車が蒸気を吐きだし——アッスンティーナはその都度、まるで奇跡でも見るかのように白く濃い煙を見つめた——汽車が再び走りだすと、ほんの数分で私たちはまた田舎の只中（ただなか）にいた。

何時間か経って、海が見えてきた。まだ、地平に沿った濃い水色の細い筋にすぎなかった。エステル嬢の家、ミスの家、あるいは仕事で行った婦人たちの家にかかった絵で何度も見ていたから、海は知っていた。それに、雑誌の挿絵や写真にもあった。近くで見たら、ほんとうにあんなに水色で、動いているのだろうか。ほんとうに波があって、波頭には白い泡があるのだろうか。海戦の絵にあるみたいに？　貝殻のある砂浜はほんとうにあるのだろうか。貝殻は、アッスンティーナに約束したことだった。貝殻がいくらでも拾えて、家へもって帰れるのだと。コンパートメントで近くに座ったひとたちは、海など見慣れていて、外を見ようともせず、退屈を紛らわすために話しかけたりしていた。私はなにか尋ねられてもそっけない返事をするだけで、相手に打ち解けて話してくる隙を与えなかった。今は旅の連れがいることが嬉しかった。アッスンティーナがいるおかげでしつこく話しかけられることもなかった。たとえアッスンティーナのほうは窓の外を見るのに夢中で、まるで私など他人のような、耳も聞こえなければ口もきけないようなふうだったけれど。ひとりの女性が娘かと聞いてきた。長く説明するのを避けるため、そうだと答えたが、アッスンティーナはなんの反応も示さなかった。わかってる、と微笑むこともしなかった。

鉄道がカーブを描くところで、ぱっと目の前に、しかもごく間近に、海が広がったときにも、微笑まなかった。海は広大で、水色というよりも緑色に近く、太陽の光を浴びてきらきら瞬いていた。

こんなふうだとは想像してもみなかった。海は生きていて、眠り込む巨大な動物の背中のようだった。もう風はなく、水面はかすかにさざ波が立っているだけに見えた。アッスンティーナはこちらを振り向かずに小声でこう言った。「魚が見えない」私の隣に座った女性はそれを聞いて笑った。「まだ見えませんよ。でも舟に乗ったときには、見えますとも。それに、海に飛び込んだら、手で捕まえることもできるのよ。たくさんいるのですもの。でも、おチビちゃんは泳げるかしら？」

アッスンティーナは女性の言葉には答えず、お皿のように大きく目を開いて問いかけるように私のほうを見た。舟？ 飛び込む？ 泳ぐ？ そんなことは話してもいないことだった。海を見るということだけだ、私たちが話したのは。気づかせまいとしていたのはわかったが、アッスンティーナは明らかに動揺していた。びっくりしていたが同時に惹かれてもいた。私は娘を膝に抱いた。服とショールの分厚い毛の層の下で、その体がどれほど小さく華奢であるかを感じ、浜辺に行ったら風にさらわれてしまうのではないかと思った。

「まだ海に入るには寒すぎる」私は言った。「心配しないでいいのよ」私は自分の籠からお弁当の包みを取りだし、アッスンティーナにも自分の分を出すように言った。

午後の早い時間に、目的地に到着した。汽車から降りると、好奇心でフィロメーナはいるだろうかと捜してみたら、案の定、夫と一緒に港へ行く客を待つ馬車のほうへと向かう姿が目に留まった。つまりは、船に乗って遠くへ行くのだ。外国かもしれない。そのまま遠くにいてくれても、私は少しもかまわなかった。調査のあいだの振る舞いや、ミスについて言った嘘がとても嫌だった。それに、一体なんのために？　警察署長の関心を引くため？

　私とアッスンティーナのほうはどうだったかというと、いろいろ不安な気持ちだったが、すべてが順調に運んだ。駅まで修道女が迎えにきてくれ、海辺に建つ療養所まで案内してくれた。浜辺に面した宿泊施設の部屋からは、フランス窓が閉まったままでも、岸に打ち上げては引いていく、まるで呼吸をするような波音が聞こえた。休暇のあいだ毎晩、私たちはこの音を聞いて眠った。昼間は、お日様がある限り外にいて、暗くなると女性用食堂の大広間の大きなストーブのそばに寄り、修道女や療養者と一緒に暖をとった。あらゆる年齢の療養者がいたが、子どもが多かった。どの女の子もみな、お揃いのグレーの縞の上っ張りを着て、どういうわけか頭を丸刈りにしていた。アッスンティーナは、みなとの最初の食事のあとで、再び話すようになった。目にするものすべてについて、私にあれやこれや質問した。修道女や大人の女性に対してはなかなか行儀よく返事をした。でも、翌日の朝に他の女の子たちと一緒になると、瞬く間に無遠慮な路地のおてんば娘に戻っていた。追いかけっこ、縄跳びなどの道の遊び、果ては石を投げたり、唾を吐き、汚い言葉を使うという有様。私は部屋まで引っ張っていって、真剣にお説教をしてやらなければならなかった。お世話になっているところで私に恥をかかせたりしたら、すぐさまLに戻る、と言い含めた。アッスンティーナはわかったと約束し、少し涙をこぼしたが、自分を抑えることなど無理だった。広々とした空間、胸いっぱいに吸い込む空気に、すっかり心を奪われたようだった。

　アッスンティーナがあまりに活発すぎて手に負えないのを見て、一緒に連れてきたのを後悔することがあった。修道女たちは、私を施設に受け入れる前にエステルに私の身上を尋ねてあったから、私が未婚であることは知っていて、アッスンティーナを見たとき若い見習いを連れてきたのかと思った。手に火傷の跡があったのでそう考えたのだ。服飾店の見習いさんたち（ピッチニーナ）の仕事には、アイロンをいつでも準備万端にしておくというのもあった。だから、アッスンティーナが食堂にきたとき読本と帳面をもっているのを見て驚いたのだ。私はズィータのこと、私たちがいい近所づきあいをしていること、アッスンティーナは親類ではないが、肺炎を患った後なので体力を取り戻す必要があることを話さなければならなかった。「それはほんとうに立派な行いですよ！」こう修道院長は言った。「でも、この短い日数ではあまり変わらないでしょう。お母さんに伝えておいてください。Lの修道院に医師の診断書をもっていって説明し、申し込みをすれば、無料で季節じゅう入所させることができます。首を見てみました。まだリンパ節結核が出てはいませんが、このままではなるでしょう。いえ、二度も移動をさせなくても、直接ここに残していってもいいのですよ。あなたのことは信用します。書類は郵便で送ってくれてもかまいません」

　アッスンティーナは楽しそうだった。食堂のたっぷりした食事を味わって食べ、私の隣の柔らかく暖かいベッドで眠り、たくさんの友だちもできた。修道院長の言ってくれたことをアッスンティーナに話し、ここに残りたいかと聞いた。どうしてPに残ることになったかは、私からズィータに説明すると。すると、むっとした顔でこちらを見た。「木曜日に帰るって言ったじゃない」

「言ったわ。でも、予定は変えられるのよ」

「いや。私はいや。家に帰りたい。お母さんのところに帰りたい」

「あなたがここに残ったら、お母さんもきっと喜ぶわ。あなたの体にいいことだから。もう肺炎になったりしないでしょう？」

「ここにいたら髪を切られるもの。お母さんのところに帰りたい」

説得することなど不可能だったし、ズィータに相談もせずにアッスンティーナを無理矢理ここにいさせるという責任もとれなかった。それで、駅に行って、予定通り、木曜日の午後の帰りの切符を買った。

予想のつかないアッスンティーナの行動にはらはらする以外は、私はこのバカンスに満足だった。私が夢見たような刺激的なものではなかったけれど。砂の上を散歩し、町の空気とはこんなにも違った匂いの空気を吸い、貝殻だって集めた。けれども、それで特別な幸福を感じたわけではなかったし、私が内面から変わったわけでもなかった。頭にはいつでもおずおずと現れるあの思いがあって、私は急いでそれを追い払った。グイド坊ちゃま（シニョリーノ・グイド）はもちろん私のことなど考えてもいなかっただろうし、私も考えてはならなかった。考えてはならなかった。痛い思いをするだけだから。


Pを発つ日は、夜明けの少し前にはっとして目が覚めた。誰かに肩を触られたように感じたのだ。隣のベッドは空っぽだった。浜辺に面したフランス窓が少し開いていて、冷たいすきま風が入り込んでいた。アッスンティーナ！　私はベッドから降りるとショールを巻いて、砂地と建物の境の木の足場に飛びだし、海のほうを見た。ああ、いた！　利かん坊のわんぱく娘め。浜辺に戻ってきたら嫌というほど懲らしめて、殴り殺してやりたい。こんなに激しい怒りを覚えたのははじめてだった。サライ男爵から身を守ろうとしたときでさえ、これほどではなかった。悲劇的な、運命的な予感。「今度こそほんとうに病気になって死んでしまう」怒りでいっぱいになりながら思った。「ズィータになんと言ったらいいのだろう？」

クラーラのものだったのを細く直したフランネルの寝間着が砂の上に放りだされていた。靴はない。無謀なおてんば娘は裸足で外に出て、今は浅瀬でしぶきを上げ、肩のまわりに髪を扇のように広げていた。暗っぽい海には、最後の星々がきらめきを投げかけていた。私は濡らさないようにショールを砂地に投げだし、スカートの裾をたくし上げて狂ったように海に入っていくと、水は膝まで届いた。私はアッスンティーナの髪をつかんだ。「死にたいの？」アッスンティーナを揺さぶりながら私は叫んだ。「死にたいの？　大変なことになっても知らないわよ」寒かったし、水に濡れて滑る娘の腕をつかむのは難しかったが、鳥肌を立てているのはわかった。娘を浜まで引っ張っていき、ショールに包んだ。「一体、どういうつもりなの？」

「ほんとうに手で魚をつかめるか試してみたかったの」アッスンティーナの体を支えるのに両の手がふさがっていたので、平手打ちを食らわすこともできなかった。

部屋までずるずると引っ張っていき、娘をベッドに投げだした。ショールはもう湿っていたので、シーツで体を擦った。アッスンティーナは黙っていた。なにより心配だったのは濡れた髪だ。幸い、修道女たちは早朝の祈禱のためにもう礼拝堂に行っていた。厨房ではすでにストーブが焚かれていた。料理係の修道女がなかに入れてくれ、炭を入れる焚き口の近くに私たちを座らせて、子どもの頭に温めたタオルを巻き、湯気の立つ牛乳を飲ませた。「こういうのはあることなのですよ」私を安心させるために小声でこう言い、私にも牛乳の入ったコップを手渡した。

「大したことをしでかしましたね」修道女は厳しい口調でアッスンティーナに言った。「昼食の後に出発なのは、あなたは運がよかった。でなかったら、お仕置きに一週間部屋から出られず、パンと水しかもらえなかったのだから。なにがおもしろくてあんな暗い海に入ったの?」

「別に」アッスンティーナは不機嫌に答えた。「魚なんていなかった」

「それはそうでしょうよ!」修道女が言った。「この時間はまだ眠っているもの」

祈禱が終わり、他の修道女たちが入ってきた。修道院長は娘の体を調べ、こう言って私を落ち着かせた。「温かいけれど、熱はない。咳も出ないし震えもない。海からあがらせるのがはやかったようね。でも、あなたの言う通りだわ。連れて帰ったほうがいい。こんな責任は負いたくありません」


アッスンティーナは毛布を山のように重ねたベッドに寝かせられた。足元には湯たんぽをふたつ入れ、そばには火鉢をおいて、出発のときまで休んだ。昼食も部屋に運ばれてきて、修道女が口まで食べ物を運んで食べさせてくれた。二時間ごとに熱を測ったが、熱はなかった。私はあまりの怒りに話しかけもしなかったし、アッスンティーナもむっとしていた。額に触れようとして近寄ったときに唯一言った言葉が、「あなたなんて嫌い。お母さんに会いたい」だった。

時間がくると起きあがり、黙って服を着て自分のものを包みにまとめ、駅まで黙って私のあとについてきた。汽車のなかでは私からできる限り離れたところに席をとり、木の背もたれに寄りかかって寝たふりをした。コンパートメントには私たちしかいなかった。私は沈痛な思いでその息遣いを聞いていたが、一分また一分と経つうちに、呼吸が規則的で咳も喘ぎも聞こえないのに、少しずつ心を落ち着かせていった。けれども、もう窓から外の景色を見る気にはなれなかった。

Gに着いたときはもうほとんど暗くなっていて、駅にはすでに灯りがついていた。窓を開けて顔を覗かせ、外を見た。今回は前より多くのひとが行き来していた。大声で声をかけ合う荷物をもった赤帽、親類や友人に挨拶をするあらゆる階級の旅行客、乗客相手に大きな売り声をあげる、砂糖をふった揚げ菓子の売り子。修道女たちはチーズをはさんだパニーノとアッスンティーナのために蜂蜜入りの牛乳を一瓶もたせてくれていた。温かい揚げ菓子をひとつ買って仲直りしようと思い、売り子を呼ぼうとさらに身を乗りだした。でも、もう遅く、汽車は動きだした。そのときだった、見かけたように思ったのは。一瞬のことだった。あっという間に一等車両に飛び乗ってしまったから。シニョリーノ・グイドに瓜ふたつのラクダ毛のコートを着た青年。でも、彼であるはずはなかった。Gにどんな用があるというのか？　トリノにいるはずではなかったか？

心臓が狂ったようにどきどき鳴った。私は窓をしめて席に座った。寒かった。ショールに身を包み、気持ちを落ち着かせようとした。それに、グイドだったとしても、どうだというのだろう？　汽車の中ほど、私たちのあいだのかけ離れた距離をわからせてくれるものはない。一等車。三等車。地球と月より遠い距離。それを忘れてはならないのだ。決して、決して。

心臓の激しい動悸（どうき）がおさまっていつも通りになったとき、アッスンティーナに目をやった。相変わらず目を閉じていたが、もしかしたらほんとうに眠っているのかもしれなかった。汽車の動きに揺られて、私もいつの間にか眠りに滑り落ちていった。

どのぐらい経ったかわからない。優しい、聞いたことのある声で起こされた。「お嬢さん、なにか僕にできることがありますか。よく休めますか」旅行用の枕を差しだす手があった。一等車で借りることのできるものだ。私は顔をあげた。シニョリーノ・グイドだった。アッスンティーナの隣、私の正面に座っていた。

「駅で見かけたんです。ちょうど窓から顔を出していたときに気づいてよかった。この汽車に乗っているなんて、思ってもいませんでした。Pから乗ったのですか。海辺に行ったのでしょうか。おふたりとも日焼けしましたね。このお子さんは姪御さんですか」

「娘さんですか」とは聞かれなかったことがありがたかった。アッスンティーナはとても小柄で華奢だったから、歳より小さく見えた。グイドにしてみれば、私が十六歳で産んだと考えることもできた。それぐらいの歳で母親になるひとだっている。このときまで心も体も、彼のために汚れのないままにだいじにしてきたのは、私だけが知ることだった。もちろん、そのようなことを打ち明けるつもりなど毛頭なかった。

「いいえ」私は答えた。「友だちの娘です」どうしてこの汽車に乗っていたのか、どうしてそのまま一等車席にいなかったのか、尋ねることはしなかった。そんな必要はなかった。

「伯父が発作を起こして」すぐにこう説明しだした。「祖母から急いでくるようにと電報を受け取ったんです。とても心配していて。大したことではなければいいのですが。かわいそうに、老人ふたりきりなんですよ。僕のほか親類もいない」

「お気の毒です」私は言った。「伯父様のご回復をお祈りします」この伯父と祖母が誰であろうかなど、このときはまったく考えも及ばないことだった。心のなかでは、商店主や事務職などの小市民であることを願っていた。たくさんの犠牲を払って甥に勉強をさせ、裕福な同級生のあいだで見劣りしないようにいい服をあつらえているのだと。

「旅の残りをここでご一緒させてくれますか」シニョリーノ・グイドは聞いた。

「私の汽車ではありません」そっけなく答えた。「一等車のほうがずっと座り心地がいいでしょう」

「でも、あなたとご一緒する喜びがありません」

なんと答えればいいのだろうか。「こちらこそ喜んで」？　それとも、「私を喜ばせるつもりなら、行ってください」など？　私は黙っていた。この予想外の出会いの嬉しさと不信感とのあいだで私は揺れていた。私をどうしようというのか。どうしてわざわざ訪ねてきたのか。コンパートメントには他に誰もいないことを知っていたのだろうか。私をたらしこもうというのか。なにか罠にかけるつもりなのか。アッスンティーナがいたのは幸いだった。

彼はごく自然に席に腰を落ち着けると、私の沈黙にも気後れすることなく、話し続けた。「幸い講義のほうは先月で終わりました。最後の試験まではあと十日ほどあります。四か月後には卒業の予定です。卒論の最後の数章を書いていて、今はしっかり勉強しなければならない。でも家では祖母があれこれ言ってきて落ち着けません。家に行ってみて、伯父の容態が電報で言うほど重くなければ、そして看護がしっかりしていれば、明後日からせめて何時間かは市立図書館の閲覧室で勉強するつもりです。九時から十二時まで。会いにきてくれませんか？　場所は知っていますね？　自由に入館できます。中庭に行けばゆっくり話ができます。

「話すことなんてありません」

「そんなふうに言わないでください、どうして僕のことを信用してくれないのですか。あなたに失礼になることなど決してしませんせん」

図書館の中庭は知っていた。寂しい場所ではなく、いつもひとが行き来していた。私を罠にかけるつもりだったら、約束の場所に選ぶはずはなかった。でも、一緒にいるところをひとに見られるだろう。私のことが恥ずかしくないのだろうか。大学生とお針子なんて？　見たひとはすぐに祖母に、家族に知らせるだろう。こういった思いが、頭のなかに渦巻いていた。

「どうですか？　きてくれますか？」こう言って手を伸ばし、私の手をそっと触った。私は手を引っ込めなかった。針やアイロンの火傷でがさがさになった肌が恥ずかしかった。私はアッスンティーナのほうを見た。目を閉じてはいたけれど、もう目を覚ましていて私たちの話を聞いているに違いなかった。

「この数か月のあいだ、あなたのことばかり考えていました」こうグイドは言った。読者には許していただけると思う。「シニョリーノ」という呼び方にある明らかな距離を忘れて、あるいはその距離を消し去りたくて、次第に彼のことをただ単に「グイド」と考えはじめていたとしても。

「あなたはどうですか？　僕のことを考えてくれましたか？　せめて何度かでも？」私はなんと答えていいのかわからなかった。唇が震えていた。ここで泣きだしたくはなかった。

「どうかお願いですから」グイドは言った。「きてください。明後日の朝。土曜日のほうが時間がありますよね？　でなければ、月曜日にでも。何時でも都合のいいときに。僕は待っています。毎日毎日。一分一分」

私は約束しなかった。が、次第に強く握りしめられていく手を、引っ込めることもしなかった。汽車がもはや夜のなかを走るあいだ、私たちは黙っていた。どのぐらいのあいだ？　計ることなどできなかった。なにひとつ考えることなどできなかった。目にちりちりしみる涙をこらえるので精一杯だった。

ようやく遠くにLの光が見えてきた。もう到着するのだ。私ははっとして立ち上がった。アッスンティーナを起こしてショールをしっかり巻きつけ背中で結んだ。頭には赤いマフラーを二度巻きつけた。娘はおとなしくされるままにしていたが、その目はなにかを探るようにグイドを突き刺していた。

「体を冷やしてはいけないの」私はグイドに言った。「明けがた、海に落ちてしまって。それにひどい肺炎にかかってまだ病み上がりなんです」思えばこれが、Pを出発して以来、私の発した最初の言葉らしい言葉だった。

「よろしかったら、明日、伯父ウルバーノのかかりつけの医者を行かせます」グイドが言った。このときも、この名を聞いてもなんとも思わなかった。祖母の言っていた通りだ、聞く耳をもたない者にはなにも聞こえない。

駅に着くと、グイドは辻馬車で家まで送ると言い張った。駅前の広場で、夜の最後の到着客を待つ馬車だ。彼の立派な革の旅行鞄と私の籠、アッスンティーナの布包みは、ちぐはぐで奇妙な組み合わせだった。住所を言う必要はなかった。ミシンの鞄をもって送ってくれたあの日から、彼は私の住所を覚えていた。

家に着くと、グイドは私たちが降りるのを助けてくれた。馬車の音を聞いてズィータが道まで出てきて、少し驚いた目で彼を見た。「お母さん！　魚には触れなかったけど、お土産に貝殻を三つ、拾ってきた」アッスンティーナは少ししゃがれた声で叫んだ。ずっと口をきかなかったせいだ。あるいは、冷たい海に入ったせいだろうか、と思って身震いした。

グイドは私の手を強く握り、避けようとする私の目を追いながら、小声でこう言った。「では明後日、図書館で待っています」そして馬車に戻ると、御者に言った。「チェーザレ・バッティスティ通りのデルソルボ館まで！　できるだけ速く頼みます。遅れて祖母が心配しているだろうから」「ドンナ・リチニアが怒ったら、話を聞きたいひとなどいますかね？」明らかに彼女を知っていたとみえて、御者は笑ってこう言った。

この名前は私の耳に大砲のように響いた。冷酷極まりない裁判官の下す死刑判決、強力で残酷な魔女が私のうえに放つ呪いのようだった。この何か月ものあいだに気がつかなかったなんて！　グイドの家族のことを知ろうとしないことで、自分の身を真実から守り、スリアーニという苗字はこの土地のものではないからと自分を欺いていたのだ。私はわかろうとしなかったのだ、「私の」シニョリーノの名がデルソルボではないのは、クイリカが話していた今は亡きドンナ・ヴィットリアの息子だからだということを。公爵も、男爵も、王子も国王も、何者も自分たちと同等とはみなさない、あの誇り高く尊大な一家の唯ひとりの甥、唯ひとりの相続人であることを。憐れな日雇いのお針子などもってのほかだった。それはもちろんグイドも、いやドン・グイドも知っていたはずだ。私たちにはどんな将来もないことなどよくわかっていたのだ。なのに、どうして私を騙したのか。どうして嘘をついたのか。なんて立派なお芝居！　私を相手に好き放題をしようと思ったの？　ウルバーノ伯父さんと同じ、放埒（ほうらつ）な身勝手ということ？

ズィータの感謝の言葉もそこそこに聞いて、家の扉を開け、泣きながらベッドに身を投げだした。泣きに泣いた。泣き続けて、最後には力も尽き、頭も混沌として寝入ったが、苦しく乱された眠りで、どこか恐ろしく不安を誘う、水中の影のような暗くぼんやりとした夢見や感覚に襲われた。

目が覚めると、目を開くこともできないほど両目が腫れあがっていた。私はまだ旅行の服を着たままだった。すべての記憶が頭に蘇り、翌日も、その先も、図書館に会いになど絶対行くまいと誓った。

冷たい水で顔を洗い、髪をほどいてとかし、絡まった髪に櫛が引っかかると容赦なく引っ張った。鏡の前に行って顔を見た。これが自分であるとは思えなかった。海辺で風に吹かれてすごした数日で頬には色がついていたが、どこか奇妙な私とは無関係なもの、無理やり誰かがかぶせた仮面のようだった。心のなかでは私は幽霊のように、死人のように真っ青な顔をしていた。私のなかでなにかが永久に死んだのだ。信頼？　希望？　すべてが悪夢のようだった。私はほんとうに四日間もPにいたのだろうか。ほんとうに汽車の旅をし、汽車のなかであのひとに会って手を握ったのだろうか。私の愛と信じていたひとの手を？　歌にあるように、私の忠実で誠実な愛、と思っていたひとの？

扉を叩く音がして、はっとした。乱れてはいたが服は着ていたので、扉を開けに行った。ズィータが娘の手を握って立っていた。その背後には、毛皮の襟つきの外套姿の、グレーの髭をたくわえた高齢の紳士がいた。

「アッスンティーナの診察にきてくださったの」ズィータは言った。「昨夜の若い方が寄越してくれたそうよ」

「はじめまして。医師のリッチです」見知らぬ紳士は言った。「デルソルボ家の甥御さんにくるように言われました。ええ、デルソルボという名ではないが、私にとっては、ドンナ・リチニアの息子さんのような存在でね」

咄嗟にこう言いそうになった。「甥御さんは私にどうしろと言うのです？　放っておいてと言ってください！　私はかかわりたくありません」と。しかし、その衝動よりも祖母から受けたしつけのほうが優り、私はぐっと抑えて礼儀正しくこう聞いた。「ドン・ウルバーノのおかげんはいかがですか」

「よくありません。おそらく長くない。ドン・グイドは伯父上のベッドから離れることができない。あなたにそう伝えるように頼まれました。図書館に勉強にはいけないということです。伯父上はいつ逝かれてもおかしくない状態だから」

「お気の毒です」私はこう言った。ほんとうは、犠牲も払わず悩みの種もなく、最後の最後まで人生を享受したあの鼻持ちならない金持ちの老人のことなど、私にはどうでもよかったのだけれど。

「それで、どんな具合ですか」

「そうなのですか……」あの嘘つきが約束を忘れなかったことは、心ならずも胸に響いた。「それで、どんな具合ですか」

ありがたいことに、アッスンティーナが元気であることは、私が見てもわかった。咳もなかったし、顔色もよかった。ややおどおどして母の横にくっつき、この見知らぬ人物を上から下まで、じろじろ不審げに眺めていた。あとでズィータから聞いたのだが、医師は娘の服の背中をまくりあげて耳をあて、指の関節でトントン叩き、咳をさせたり数を数えさせたりし、首に触り、お腹を押したりもしたという。娘がこのような念入りな診察を受けたのは生まれてはじめてだった。

「状況を考えると、良好と言える。暖かいところにいさせるように」リッチ先生はこう答え、それから言い足した。「ふたりだけで話したいのですが」

グイドからの秘密の伝言。こう思って心臓が喉もとまで跳ねあがった。でも、私は決めていたのだ、もう偽の心遣いに騙されたりしない。「トリノ人のニセ親切」と祖母はいつも言っていたではないか。あの町で嘘を身につけたに違いない。ともあれ、礼儀作法からは、ズィータとアッスンティーナに帰ってもらい、医師の話を聞くしかなかった。

背後で扉を閉めると、挑むような目で医師を見た。どんな提案も要求も拒む心づもりだった。ズィータの話だとは思ってもいなかったのだ。

「お母さんも診察させてもらったのだが、あなたの友だちでしたね？」こう言った。「お母さんのほうが心配だ。もう肺がやられてしまっている。知っていましたか？　結核の末期です」

それは考えてもみなかったことだった。ズィータのことはずっと知っていて、彼女のようすはいつだって同じだった。仕事で消耗しきっていて、ガリガリの痩せっぽち、そしていつでも疲れていた。彼女も咳をしているのは知っていた。ときには少し喀血(かっけつ)することもあった。でも、いつも精力いっぱいに仕事をし、アイロン台を離れて横になることなど一日とてなかった。季節のせいで不調になるのだと思っていた。私は苦い罪悪感を味わった。オペラや夜間学校、旅行などを夢見たりするのではなく、年金のお金を、いや願いごとの箱のお金全部を彼女にあげるべきだったのだ。少しは体を休めて、月に一度はお肉を食べ、裸足で外を歩かないですむように。

「君は病院に入院するよう説得しなければならない」医師は続けた。「それで治るわけではない、もうここまで進んでしまったら。けれど、少しは楽になる。それに、娘から離したほうがいい。もう感染したのでなければいいが」

「病院には行きたがらないでしょう」私は言った。それも無理はなかった。貧乏人は病院には死に行くのだ。生きて帰ってきたひとの話など聞いたことがなかった。お金持ちは家で治療を受ける。ドン・ウルバーノのように。あるいは、スイスの豪奢なサナトリウムやリヴィエラ海岸*の高級ホテルに行くのだ。それは誰でも知っていることだった。

リッチ先生は肩をすくめ、私に何枚かの紙を手渡した。「入院の要請書を書いておいた。いいように使いなさい。これは薬の処方箋。薬だけでも、服用するようにさせなさい。子どもは母親から離す必要がある。できれば、田舎か海へやりなさい。こんなじめじめした穴倉に住んでいて、子ど

＊ 温暖なイタリア北西部リグーリア地方の海岸。

もも胸の病にかかっていないとしたら、まさに奇跡だ」

地階には町のどれだけのひとが、どれだけの子どもたちが住んでいるか、リッチ先生は知っているだろうか。チェーザレ・バッティスティ通りのような、湿気もない健康的なアパートなど、誰もが住めるわけではないのだと、言い返したかった。

医師は今、封の閉じられた封筒を差しだしていた。メッセージ？　メッセージなど読みたくなかった。だが、なかに入っていたのは紙幣だった。「これで薬を買うように」医師は言った。「とても高価な薬だから。一日に二度飲む必要がある。ドン・グイドは……」

私はその言葉を遮って、封筒を受け取るのを断った。「ドン・グイドは伯父上の心配をなさればよいのです」私は声をあげた。「私たちのことは自分でできます。ご親切に感謝します」あの嘘つきのお恵みなど、誰がほしがるものか。自分のお金と貴族の位などだいじにとっておけばいい。

「好きになさい」医師は、恩知らずな言葉に気を悪くして、横暴な口調で言った。「君に言うべきことは言った。では、これが薬の処方箋と入院の要請書だ。あとは、好きになさい」

医師は挨拶をして立ち去った。ぴかぴかのブーツを道の泥で汚さないように気をつけながら。

まったく思いもしなかったことに、ズィータは入院を承諾した。私は気づいていなかったのだ。空中楼閣を描くのに夢中で、自分の友だちがもう消耗しきっていて、立っているのもやっとなほど弱っていたこと、これまでにも増して痩せ細ってしまったことに。それに目は潤み、頬骨のあたりが赤くなっていた。入院することについてのズィータの唯ひとつの心配は、娘をひとりにすることだった。でも、留守のあいだ私の家にくればいいと言うと、安心したようだった。そして湯を温めて桶に入れて入浴し、穴やほころびの少ない、できるだけましな下着を身につけた。私はフランネルの寝間着を貸してあげた。アッスンティーナと一緒に付き添って病院まで行くと、受付ではリッチ先生の診断書を読んで、すぐにズィータに結核病棟のベッドをあてがった。隔離病棟なので、お見舞いに行くことはできなかった。帰ってこられるかわからないガラスの扉の向こうへ行くとき、ズィータは娘に、私の言うことをよく聞くように、階段の掃除を手伝うように、学校でもきちんとやるようにと念を押した。キスはしなかった。病気をうつす恐れがあると先生に脅かされたのだ。アッスンティーナのほうも、とくに動揺したり悲しんだりするようすは見せなかった。真剣な眼差しで母親を見つめていたが、涙を流したりはしなかった。右手で私のスカートの端を握りしめ、左手はチョッキのボタンをいじくりまわしていた。少し泣いてしまったのは私のほうだった。悲しさというより後悔のためだったと思う。後になってのこと、アッスンティーナに晩ご飯を食べさせ、まだ祖母がいたころ私が寝ていた小さいベッドに寝かせたが、そのときになってはじめて私はふと考え、自分の負った責任の重さに気がついたのだ。もしもズィータが死んだりしたら、いや、ズィータが死んだときに、アッスンティーナを孤児院に入れる勇気をもてるだろうか。

病院からの帰り、スカートを握りしめたままのアッスンティーナを連れて、肉屋に寄ってスープにする雌鶏の腿(もも)肉を買い、牛乳屋で二リットルの牛乳入れをいっぱいにしてもらい、最後にパン屋に行った。タンスの一番上の引き出しにしまっていた封筒はもう空っぽになっていたので、家を出る前にお金は願いごとのブリキ缶から出さなければならなかった。願いごとというより、幻想のブリキ缶と呼ぶべきだったのだ。必要品以外の贅沢に使うはずだった硬貨や紙幣も、よくよく見れば私の馬鹿げた夢が想像したほどたくさんあったわけではなかった。

翌日はいつものように朝早く起きて階段と玄関広間の掃除をした。アッスンティーナが路地の一番年長の女の子にしっかり手を握られて学校へ行くと、家のなかを少し片付け、地階のズィータの家の扉にちゃんと鍵がかかっていることを確かめた後で、シーツを取りだし、スカラップ*の縁取りをはじめた。仕上げの締め切りにはまだ時間があったのだけれど。布に針を刺したり抜いたり、スカラップの縁で糸を結んだりしているあいだ、私の思いはとりとめもなく動いていた。この一週間のあいだに私の人生はすっかり変わってしまったようだった。でも実際に変わったのはほんのわずかなもので、まずは私の肌の色だったが、それもやがて消えていくだろう。そして、アッスンティーナの存在があった。これも長く続くものではなかった。どのぐらい続くのかは予想できなかったけれども。あとはすべて、単なる空想、幻滅に終わった空想だったのだ。幻想。夜明けとともに消え失せる儚(はかな)い夢。

＊ 半円を連ねたような波形の縁模様。

深い溝にかかる小さな橋

祖母が死んでから、私はずっとひとりで生きてきた。それが嫌だったわけではない。夜になって家の扉に鍵をかけ、靴を脱ぐと、解放されたような、自分自身を取り戻したような気分になった。お金がなくなりそうで、仕事も入ってきそうになかったときにも、二部屋のひとつを誰かに貸して、お金を取ろうなど、考えたこともなかった。大家さんが許してくれるかわからなかったこともある。アッスンティーナを家に住まわせるのに、大家さんの許可を求めようなど、頭をかすめもしなかった。たぶん、アッスンティーナはまだ小さな子だったから。あるいは、それ以外どうしようもないように思えたから。大家さんは高齢の婦人で、ズィータのこともアッスンティーナのことも知っていた。地階に住んでいたとはいえ、ふたりとも礼儀正しくきちんとし、清潔であることを知っていた。建物全体の所有者だから、ズィータの家の大家さんでもあったが、ズィータはいつでもきちんと家賃を払っていた。近くの広場の水場まで水を汲みに行かなければならなかったが、ズィータが常に家をきれいにしていることを、一度ならず褒めもした。それに、アッスンティーナのことは生まれたときから知っている。だから、家においてはならない、外に放りだせなど、冷たいことは言ってこないだろうと思っていた。

ズィータの娘の存在は、私には大きな変化だった。負担も感じたし、煩わしく思うこともあった。一瞬たりともひとりきりになれないなど今の私には戸惑いであったし、子どもの世話のしかたも知らなかった。もっとも、アッスンティーナは歳のわりに自立した子どもで、私に面倒をかけないように気をつけていた。以前から私の家が好きで、ことに祖母が「小さな応接間」と呼んでいた顧客を通す部屋が気に入っていた。更紗の布張りの小さな二脚の肘掛け椅子、傾きを変えることができる細長い姿見、そして特にミシンがアッスンティーナを魅了した。これまでずっと暮らしてきた窓もなく一間きりの地階の部屋に比べれば、私の家にくることは彼女には王宮に移り住むようなものだった。ガラス窓や鎧戸を開けたり閉めたりすること、私がカリフラワーを料理するときには家が匂いでいっぱいにならないように台所の扉を閉めることを楽しんだ。中庭の小屋にあるお手洗いを何度も何度も使うことも楽しみだった。バケツで水を流すのだが、もう広場まで水を汲みに行かなくてもよかったのだ。私の住居には水を使える管があったが、これも中庭の、溝付きの傾斜板のついた砂岩の水槽の上にあり、ここで私は洗濯をする。これもアッスンティーナがとても好んだもので、ハンカチを洗わせてくれといつも言ってきたのだが、擦り切れるほど力を込めて洗いこすった。

何日かがすぎた。アッスンティーナが学校に行っているあいだ、私は家で縫い物をし、列車で起こったことを何度も思い返していた。グイドのことは今も怒っていた。あの眼差しや声の調子を思いだすにつけ、愛しい想いに胸をしめつけられたけれども。

一時半ごろ、最後のシーツのスカラップを終えようとしているときだった、扉を叩く音がしたのは。そこにいるのがデルソルボ家の「若い下女」リヌッチャなのを見て、私は少し不快を覚えた。どんな伝言であろうと拒むのだという決心に身を固くした。確かに伝言はあったが、それはドンナ・リチニアからのものだった。

「ドン・ウルバーノが危篤で」リヌッチャは言った。その口調からは、私とグイドのつながりや、彼女の主人の病気を私がもう知っていることなどまったく知らないことを察することができた。

「クイリカはドン・ウルバーノのベッドに付きっきりで打ちひしがれているのよ」咄嗟に頭に浮かんだのは、「良い忠実な僕(しもべ)」という聖書の言葉だ。でもリヌッチャはなぜクイリカが悲しんでいることなどを私に言ったのだろうか。そんな細部になにか関係があるのだろうか。

「ドンナ・リチニアこそ打ちひしがれていらっしゃるでしょう」私は言った。「息子に先に逝かれるのはとても辛いことだもの。ことに、百歳近くにもなって」

「ドンナ・リチニアが葬儀用緞子(どんす)の飾り紐の繕いにきてほしいって言っている。ドンナ・ヴィットリアの葬儀のときからだから、もう縁がぼろぼろで。今晩ではなくても、明日には弔問のためにすべて準備がととのっていないと」

リヌッチャは両手を前掛けの下に入れて立ったまま、私が縫い物を置いて家を出るしたくをするのを待っていた。私が断るかもしれないなど、もちろん考えもしなかった。私は呼ばれればいつでも出向いたし、今回はまさに緊急時だった。

私はとても行く気になれなかったが、ドン・グイドとのあいだにあったことを説明せずに、どうすればそれを伝えることができただろう?

「女の子を預かっているの」私は言った。「学校から帰ってくるのを待たないと。今は動けないわ」

「お待たせしたらドンナ・リチニアが不機嫌になる」ご主人の命令が直ちに聞き入れられなかったことに驚きむっとしてリヌッチャが言った。私のほうは、ほかにどんな口実があるかと必死に考えていた。理由もなく断ったとしたら、あまりに大きい敵をつくることになる。ドンナ・リチニアは、私は信用できない、気まぐれで当てにできないという噂を広めるだろう。そうなったら私は客を失うだろうが、アッスンティーナを預かる今、仕事が必要であるのは神もご存じだった。

「ほら、急いで」リヌッチャが厳しい口調で言った。「娘なら、もうすぐ帰ってくる。聞こえないの？」実際、隊を組んで歩道にあふれる子どもたちの声が路地から響いてきた。「母さん、お腹すいた！」と叫ぶ声もあった。

アッスンティーナは赤いマフラーで頭を包み、お嬢さん風の外套のボタンをしっかり首元まで閉めて、入り口から飛び込んできた。文字通り医師の言うことを聞いて寒気に気をつけていたのだが、やはり外套のほうがマフラーよりずっと暖かかったのだ。椅子の上に読本と帳面を置き、リヌッチャのほうに怪訝（けげん）な目を向けた。

「仕事で出かけなければならないの」観念してこう言った。「棚のなかにパンとチーズがあるから。牛乳は自分で温められる？　それから、私が帰ってくるまで家にいるのよ。いい？」念のために合鍵を結びつけた紐をアッスンティーナの首にかけた。「誰がきても決して扉を開けないこと。それから、ミシンに触ってはだめよ」

私は背後で家の扉を閉めると、リヌッチャのあとにしたがい道に出た。チェーザレ・バッティスティ通りを歩きながら、もしもグイドに出会ってしまったらどう振る舞えばいいのかと考えていた。そのときには知らないふりをしようと決めた。むこうだって祖母の前で私に話しかけてきたりしないはずだ。こう考えると絶望的な思いもなくなり、勇気が戻ってきた。それよりなにより、私は腹を立て、ほとんど怒りといえるものを感じていたのだ。あの嘘つきのお坊ちゃんのおかげで、役にも立たないドン様のおかげで、なんて面倒な立場に追い込まれてしまったのだろう。

リヌッチャはいつものように私を裏口から入れ、まっすぐ厨房へと連れて行った。クイリカが泣いていた。両手で濃い赤の緞子をいじくりまわしていた。その縁を縫うために私は呼ばれたのだ。

「部屋から追いだされたのよ」しゃくりあげながらこう言った。「ドンナ・リチニアに部屋の外に出ろと言われて。ドン・ウルバーノの最期は家族だけで看取らなければならないって」私には特に不条理なことには思えなかったので、そう言って慰めようとした。「でも、Fの親戚がきているのよ」クイリカはこう食い下がった。「昨夜やってきたんだから。まるでハゲタカみたいに。十年以上も姿を見せなかったくせに。ドン・ウルバーノのことなど気にかけもしなかった。でも、彼らはそばにいさせている。ベッドのそばには医師と、あと司祭がついている。どうして私が、私だけが、野良犬みたいに追い払われなければならないの？」

「やめなさいよ、あちらに聞こえるじゃない」リヌッチャが素っ気なく言った。でも、ご主人たちの区域と下女たちのいる区域を分け隔てる扉はしっかり閉まっていて、物音ひとつ外に漏らしはしなかった。おそらく無事に仕事を終え、ご主人の誰ひとりとも顔を合わさずに家を出られるだろうと、私は考えはじめた。少しばかりの運があれば、グイドは私がきたことすら知らずにいるだろう。いずれにせよ、ひとりで裁縫部屋に行って仕事をするなら別だが、厨房にいる限り顔を合わせる恐れはなかった。ふたりの女中と一緒にいることで私は安心だった。

クイリカの手から大きな四角の、貴重な布を取り上げ、縁を見てみたが、確かに飾り紐はあちらこちらで取れていたし、すり減っているところもあった。これでは繕うだけでは済まず、新しいものとつけかえなければならなかった。女中たちはそれに気づいていて、もうすでに新しい飾り紐を買ってあった。ちょうどよい色合いの糸も針刺しもあった。私は扉に背を向けて、古くなった飾りを慎重に取りはじめた。これまた古くなっていた緞子の布を傷めないように気をつけながら。難しい仕事ではなかったが、時間のかかる仕事で、神経を集中させる必要があった。飾り紐は、表に見えないように小さな縫い目で縫い付けなければならなかった。こういう場合にはミシンは役に立たない。他の有力者の家で、弔問のためにととのえられた故人のベッドを見たことがあったので、ドン・ウルバーノのベッドも応接間に移され、この緞子で覆われるのだということはわかっていた。きれいに洗って最高の衣服に身を包んだご遺体は、その上に横たわって弔問客の最後のお別れを受けるのだった。

私は縫い続け、時間はすぎていった。泣き疲れたクイリカはテーブルに頭を載せてうとうとしていた。リヌッチャは低い声でロザリオの祈りを唱えていた。扉の横にかかる時計の針は恐ろしくゆっくり進んでいた。時折、アッスンティーナのことが頭をかすめた。宿題の後は、引き出しにある私の挿絵入り雑誌を見るなどして家でおとなしく遊んでいるだろうか、外に出たりしなければいいのだが、こう思ったりした。

私はやっと仕事を終えた。糸に結び目をつくって切り、端を見えないところに隠して針をしまい、緞子をたたんで椅子の背にかけた。きれいにととのえるためリヌッチャがアイロンを温めていると、扉を軽く叩く音がした。グイドかもしれないと思ってはっとし、ちょうど食料貯蔵室の入り口近くにいたので、扉のなかに身を隠した。

だが、それは医師のリッチ先生だった。「亡くなりました」こう私たちに告げ、続けて言った。「寝室へ行ってご遺体をととのえてください」クイリカは手で口をふさぎ、叫び声を押し殺した。リヌッチャは、「アヴェ・マリア」とつぶやいた。


医師が出て行くとすぐ、リヌッチャは大きな器に水を入れてコンロに置き、温めはじめた。今となっては、冷たい水で洗われてもドン・ウルバーノは嫌とも感じなかっただろうけれども。クイリカは服と髪をととのえ、涙をぬぐって浴室に行き、剃刀（かみそり）、泡、髭剃り用のブラシをもってきた。「頬は絹のように滑らかでなくちゃ」こう言った。最後にもう一度、ご主人の役に立てることは彼女を落ち着かせたようだった。私はショールを巻き、「じゃあ、私は行くわ」と告げた。

「部屋に入って面会したくないの？」リヌッチャが尋ねた。「もう少し待って、服を着せるのを手伝ってくれない？」

「ううん、亡くなったひとに会うのはちょっと。それに、子どもが待っているもの、覚えているでしょう？　ドンナ・リチニアには私からのお悔やみを伝えておいて」

「じゃあ、ちょっと待って」報酬の話はしていなかったが、急いでその場を去るためなら、こちらからはなにも言わずに帰ってしまいたかった。でもクイリカは、もう朝から考えてあったのだ。いつものように紙幣をくるくる丸め、そのなかに小銭を入れて、新しい絹の飾り紐の残りと解きとった古い紐でお金をくるんだ。「明日の朝くれば、ドンに最後のご挨拶ができるから。そのころにはお葬式の日時も決まってるでしょう」私も当然参列したいのだと考えているようだった。

私はお礼を言って急いで通路に出、裏口へと急いだ。心配でならなかった遭遇を避けることができて、心からほっとしていた。でも、喜ぶのはまだ早かった。廊下は長く、階段に面した窓ひとつがあるきりで薄暗く、壁にはいくつもの凹（へこ）みがあった。かつて作り付けの戸棚があったところだ。急いで歩いていた私は、その凹みのひとつにほとんど隠れるようにして人影があるのに気づかず、そこから動こうとしていたそのひととぶつかってしまった。

「すみません」身を引きながら咄嗟にこう言ったが、すぐに相手が誰かに気づいた。

「お嬢さん、一体どうしてここに？」グイドは驚いてこう言った。泣きはらした顔に、徹夜のために目を真っ赤にしていた。二日間まったく眠っていなかったことを、あとになって知った。伯父のかたわらに座り、涙をこらえながら最期までずっとその手を握っていたのだった。ドン・ウルバーノが息をひきとると、部屋を出た。ひとりきりになりたかった。誰にも声をかけられたくなかった。自分ひとりで思いっきり泣きたかった。それで、ここなら誰もいないと思い、使用人用通路に逃げ込んだのだった。

「でも、あなたはどうしてここに？」信じられない風に、そう繰り返した。私は説明する気もなかった。

「伯父上様のこと、お悔やみ申し上げます」

彼は涙をぬぐって言った。「心の優しいひとでした。寂しくなります。まず父が逝ってしまい、今度は……」涙がこみ上げてきて声がとぎれた。

それがどのようにして起こったのか、私にはわからない。私たちは暗がりのなかで、すぐ近くで向かい合っていた。私はショールの両端を片手で胸のところで押さえ、もう一方の手で報酬の包みを握っていた。なにを言えばよいかわからなかったし、彼もなにも言わず、ただ私を見つめていた。その悲しみは心からのもので、まるで子どものように無防備なものに思えた。すっかり同情でいっぱいになって、思わず片手でその頰を撫でると、彼は両手を開いた。気づくと私は彼の胸にしっかり抱きしめられていて、顔は涙に濡れた首の窪みにあたっていた。私は身を引き離さなかった。それどころか、ショールが落ちるのもかまわず、私のほうも強く抱きしめた。「泣かないでください。どうか、泣かないで」彼は私のこめかみの端に口づけした。私は顔をあげた。

そのとき、家のふたつの区域を隔てる扉が開き、ドンナ・リチニアの姿が現れた。グイドは背を向けていたが、私はその姿をはっきり見たし、彼女も私を見た。私たちを見た。そして、ひと言も言わずに身を引っ込ませ、扉を強くバタンと閉めた。グイドははっとして、私を離した。

「許してください」こう言うのだった。「許してください。こんなつもりはなかったのです」

私はショールを拾った。恥ずかしくて相手の顔を見ることなどできなかった。「帰ります」とても自分の声とは思えない、か細い声でこう言うと、私は裏口に向かった。彼はあとを追ってきた。

「葬式が終わってからも」こう言った。「何日かLに残っていなければなりません。お会いしたいのです。毎朝、図書館で待っています」

私は通路を出、急いで階段を降りた。外はもう暗かったが、家は遠くなく、自分でも気づかぬうちに私は急ぎ足になっていた。心のなかではさまざまな感情がぶつかり合っていた。グイドの悲しみに対する憐れみと慈しみに胸が詰まるようだったけれども、奇妙な歓喜も感じていたし、未知の喜び、混乱した希望もあった。それと一緒に不安、懸念、疑問、そして扉の入り口に立ち止まったあの黒い人影へのぞっとするような恐れ。私が誰だかわかっただろうか。私のことをどう思っただろうか。あまりの動揺に、家にいるアッスンティーナのことなど、忘れかけていた。温かい夕食をつくってやらなければならないのに。それに、もしかしたら私の留守中になにかしでかしたかもしれなかった。

私は息を切らして家のなかに入った。帰り着いてショールをとるや否や、飾り紐にくるんだ紙幣の筒がないのに気づいた。デルソルボ家の通路に落としてきたのだ。これにはがっかりしたが、すぐに、こんなさもしいことを残念がったのを恥ずかしく思った。もともと大した額ではなかったのだ。ともあれ、私には一銭だってだいじなお金だった。ことに、アッスンティーナがいて、ブリキ缶が少しずつ空になりつつある今は。

子どもは、私になにかいつもと違うことがあったのだと気づいて、探るような目で見ていたが、なにも聞きはしなかった。食卓をととのえ、パンを切り、スープ用にジャガイモの皮をむいて、セロリと人参と一緒に切ってあった。「火をつけることはできなかったの。このコンロはお母さんのと違うから」

「教えるわね」これからも、ひとりで留守番をさせることはあるだろう。家で縫い物をするように呼ばれれば、子どもを連れて行くことなどできない。チコリと水に浸しておいたレンズ豆を材料に加えて大鍋いっぱいのスープをつくった。これなら三日はもつはずだった。それから戸棚から卵をふたつ取りだし、玉ねぎを少し加えて料理した。

食卓ではアッスンティーナと話をしようと努めた。今朝、学校でどんなことを勉強したのか、宿題はもうやったか、などと。子どもは、疲れ切っているかのように、短く答えるだけだった。海の休暇のときに見せた、手に負えない腕白ぶりとはなんという違いだろう。あの無遠慮な態度、あの確かさ、あの活気はもう影もなかった。きっと一日じゅう母親のことを、これから自分はどうなるのだろうということを考えていたに違いない。けれども、なにひとつ尋ねることも、説明を求めることもしなかった。「かわいそうな子」私は考えずにはいられなかった。「この先、どうなるのだろう？」少なくとも私には祖母がいたのだ。

午後いっぱいをかけてした仕事の報酬をなくしたことは残念ではあったけれど、翌日デルソルボ家に戻るようなことはしなかった。安置された故人の姿を見たくはなかったし、弔問客のおしゃべりを聞きたくもなかった。グイドを戸惑わせるのも、その祖母の目に直面するのも嫌だった。葬式の日時を知りたくもなかった。それこそ大勢のひとが参列することだろう。友人、親類、あらゆる階級の人々。最下層の倹しい人々も、ドンナ・リチニアをこの目で見たいという好奇心だけでも葬式に行くだろう。娘を亡くして以来、家の外へ出なくなっていたのだ。でも私は、行く気はなかった。

それに続く日々を、私は家で縫い物をしてすごした。シーツのスカラップの縁取りを終えなければならなかったし、エンリカのエプロンドレス四着の裾を下ろさなければならなかった。これは簡単な作業だった。裾の折り返しをひとつふたつ解いてやればいいのだ。これはもともと飾りでもあったが、裾下ろしを容易にするためでもあったのだ。エステル嬢は裕福であったにもかかわらず、良識と節約という一般的な慣習にしたがっていた。娘の部屋着のエプロンドレスも最後まで、布が擦り切れ、ポケットの隅が破け、あるいはボタンがはまらないほど小さくなるまで使い尽くした。

家で縫い物仕事をすれば、アッスンティーナの世話もしやすかった。温かい食事を用意し、宿題を見てやることもできた。健康のことは相変わらず心配で、毎日額に手をあてて熱がないか調べ、夜中には目を覚まして寝息に耳をすました。しかし、私の小さな客は体のほうは元気なようだったし、咳も出なくなっていた。三日ばかりの海の空気と、私をあんなに心配させた冷水の海水浴が、あたかも奇跡の治療となって効いたかのように。私が気になったのは、彼女の態度がすっかり変わってしまったことだった。今では物わかりのいい、言うことを聞く静かな子どもに、静かすぎる子どもになっていた。

直しの終わったエプロンドレスを届けに行ったとき、コーヒーでも飲んでおしゃべりをしようと言ってくれたので、そのことをエステル嬢に話してみた。グイドのことはなにも言わなかったが、私の心持ちがどこかいつもと違うのは察したようだった。繊細で相手を重んじるひとだから、はっきり聞いてはこなかった。私のほうから言ってくるのを待っていたが、私には話す勇気がなかった。私の物思いの対象が誰であろうなど、まったく想像すらしていないエステル嬢は、アッスンティーナのことを一緒に心配してくれ、ズィータの手厚い看護を頼むと、病院の知り合いの看護婦長に宛てて一筆書いてくれた。それから、興味津々のエピソードといった風にデルソルボ家の葬儀のことを話しはじめ、遺言が読まれたときのドンナ・リチニアの反応も語った。思った通り、葬式には町じゅうのひとが参列し、葬儀の行列はとてつもなく長く、カテドラルはひとでいっぱいだった。町の貴族階級が最前列の席から居並び、それから後方へと、連隊の将校たち、企業家、富裕層、王国の公務員、事務員、商店主、使用人、日雇い仕事を請け負う人々と、教会の出口まで続いた。出口近くに立つ参列者の群れのなかには町の最上の娼館の女性たちも交じっている、とひそひそ声で伝わってきたと、エステル嬢はおもしろがるように目を光らせて言った。娼館の女主人が自分と一緒に列席するために外に出る許可を出したのだ。ドン・ウルバーノは最後まで贔屓(ひいき)のお得意さんのひとりだった。

「天国でだって、楽しくすごす術を見つけたことでしょうよ」エステルは笑って言った、故人の習慣はエステル自身の倫理観に反するものではあったけれど。「地獄に堕ちたのでなければ、の話だけれどね。放埒な生活のためではなくて、母親に放った一発のためにね。ドンナ・リチニアはかんかんに怒って、即座にクイリカを解雇したらしいわ」

「クイリカになんの関係があるのです?」

「ドン・ウルバーノは遺言で、思われていたようにすべてを母親と甥に遺したのではないの。自分の財産のかなりの部分を一家で『年老いた下女』と呼ばれていたひとに遺したのよ」

稀ではあったが、主人が使用人にある程度寛大な遺産を遺すことはあった。でも、財産のかなりの部分とは！

「リヌッチャにはなにも遺さなかったのですか」

「なにひとつ。ここがおもしろいところよ。確かにクイリカはもう半世紀ものあいだデルソルボ家に仕えていて、リヌッチャが働きはじめたのはかなり後の、コレラの流行の後だった。ともあれ、興味津々のひとたちもそのうちその他の細部を知ることになるわ。ドン・ウルバーノの遺言は今月末には公証人が公開することになっているから」

アッスンティーナがふさぎがちなことについては、エステル嬢は子どもよりも私のほうが心配なようだった。「ほんとうに重すぎる責任を背負いこんでしまったわね」こう言った。「日が経つごとにますます大変になるわよ。子どもの面倒を見られる親類はほんとうにいないの？」

「ズィータから聞いたことはありません。誰かいるとしたら、とっくに援助を求めていたでしょう。今までにも飢え死にしそうになったことはありました。ご主人が殺されてから、ずっとふたりきりでしたから」

「子どもはそれを知っているのね。母親が戻ってくることを待ち望んでいるものの、もっとひどいことになる恐れがあるのを理解するぐらいには成長している。かわいそうな子！　でもあなたは、自分が引き取らなければならないなんて思ってはだめよ。あなたはまだ若すぎるし、ひとりきりで、自分の仕事で生活している」ここで口をつぐみ、私の顔を覗き込んだ。私がどのぐらいこの状況に立ち向かえるのかを推し量るかのように。そして、こう言った。「心配しないで。そのときになったら、あなたのだいじな子に満足いくような行き先を見つけてあげる。いえ、もしも大変そうだったら、今から探してもいいわ」

「ありがとうございます。でも、今はまだ待っていたい。まだ早いのです。ズィータが……。ズィータが治って子どもと一緒に暮らせるようになるかもしれない。そうは思いませんか」

「思わない。そうなら嬉しいけれど、でも奇跡が起こるとは信じない。ともかく、あなたの望む通り待ちましょう。やっていける？　なにか必要なものはある？　いえ、あげるというつもりではないわ。そんな失礼なことはしないけれど、少し貸すぐらいのことはできる。この先にお願いする仕事の前払いよ」

「今のところは大丈夫です。蓄えがあります」


こうしてドン・ウルバーノは一家の墓所に埋葬され、遺言は開封され、お悔やみを言いに弔問客が家を訪れる日々もすぎていった。おそらくグイドも毎朝、図書館に行きはじめているころだった。たぶん私のことを待っているだろう。

散々迷ったすえ、会いに行くことにした。アッスンティーナが学校に行くと、念入りに服装をととのえ、髪をとかした。年寄りじみた暗い色の厚手のショールはやめて、もっと軽やかなものを選んだ。エステル嬢がローマから買ってきてくれた絹のもので、縁に沿ってバラ模様があり房飾りがついていた。祖母のものだったサンゴのイヤリングもつけた。靴はいちばんいいものを履いた。窓辺においていた赤いゼラニウムから花びらを一枚とり、唇にこすりつけて少しばかり色をつけた。これは小説を読んで知った方法だ。

急いで家を出て市庁舎広場まで行った。市立図書館には本を借りたり返したりするのに何度か行ったことがあったが、階上の閲覧室に入ったことはなかった。私は広場のベンチのかたわらにある木の後ろに佇み、ひとが出たり入ったりするのを見ていた。大勢のひとがいた。多くの若者がいた。みなが上流階級の学生とか青年将校というわけではなく、事務員や商店の店員もいくらかいた。みな身なりがきちんとしていた。職人や店の小僧などはひとりもいなかった。それも驚くことではない。図書館には字の読めるひとが行くのだから。私はこの階級にあって例外だった。図書館に入って行く女性は少なく、ある程度歳がいっていて、厳格な雰囲気のやや男性っぽい服装に身を包んでいた。家の外で働く中産階級の女性たちで、教師や、役所や郵便局、電話局などの公務員をしている。私のような庶民の身なりをしたひとはひとりもいない。ご主人の借りた小説を返しにくる女中などもいなかった。私は次第に戸惑いを感じはじめた。グイドはどういうつもりなのだろう、よりにもよってこんなところを約束の場所に選ぶなんて。ここでは私は一層目立ってしまう。

そして、私は目にしたのだ。十八歳ぐらいのふたりのお嬢さんが、親しげに振る舞う兄か親戚と思しき若者に付き添われてやってくるところを。裕福でエレガントなふたりのお嬢さん。馬毛を詰めたロールを使って髪を顔のまわりにもちあげる最新流行の髪形をし、上着つきの散歩用ドレスも最新のもので、腰当ても引き裾もなかった。ラ・スプレーマ・エレガンツァかベッレダーメ、どちらかの服飾店であつらえたものに違いなかった。どちらも明るい色のレースのパラソルを手にしていた。ふたりの若い女性は、もちろんもうコルセットなどしていなかった。付き添う若者はグイドに似ていた。服装もしぐさも話し方も。そして、ふたりの女性に最大の配慮を向けていた。

胸がふさがる思いだった。羨望？　それとも自覚？　私と彼女らがどれほどかけ離れているかということの？　私たちのあいだを隔てる溝がどれほど深いものかということの？　裕福なあのお嬢さんたちに、私がかなうわけがない。彼女らの母親、家族の前で、私がグイドと一緒に挨拶をするなどあり得ただろうか。彼らのあいだに私が受け入れられるなど、どうして考えることができただろう。私はまったく別の世界の人間だ。貧民のあいだに生まれて育ち、貧民に属する私は、日々のパンを稼がなければならない。彼らの家に行くときには通用口から入り、応接間に入る機会があるとすれば、手にメジャーをもって寸法を測ったり、あるいは女中の制服を着てパイ菓子のお盆を運ぶときなのだ。彼らの階級の若者のかたわらに私が身を置きでもしたら、驚きと軽蔑の目を向けられ、私は追い払われることだろう。私の自尊心はそのようなことには耐えられなかった。私は踵（きびす）を返してその場を去った。イヤリング、赤く染めた唇、絹のショール、そして私の馬鹿げた夢が恥ずかしくてたまらなかった。

グイドが二階の窓から私を見かけ、階段を降りてくるところだったのに私は気づかなかった。涙で目も見えないまま、私は速足で歩いていて、彼が追ってきているのを知らなかった。曲がって大通りに入ったところで私に追いつき、追い越して、牛車（ぎっしゃ）を通すために交通を止める巡査のように、両手を広げて私の前に立ちはだかった。「どうして逃げるんです？」こう言った。「もう二日も待っていたんです」

「行かせてください。ひとが見ているではありませんか」

実際、この時間は大通りはひとでいっぱいだった。雨も降っていなかったから、カフェも歩道にテーブルを出していた。理髪屋の扉も開いていて、自分の番を待つ客たちが暇そうに通行人を眺めていた。女中たちは買い物籠をもって市場から戻るところで、子守りたちは乳母車を押して公園に向かい、ご婦人方は腕を組んでゆっくりと歩きながら店のショーウィンドウを眺め、花売りやアスパラガス売りの女たちは籠の横にしゃがみこんで、買ってくれそうなひとを目で追いながら、商品を差しだしていた。かつて朝ぼらけとともに、トンマジーナがプランタン百貨店の箱を抱えて意気揚々と家に向かうのを見守った人々と同じではなかったが、私たちふたりを眺める好奇の目は少なくなく、きっと噂話にするに違いなかった。

「見たっていいではありませんか」グイドはこう言って隣に並び、私の腕をとった。そして私の手を顔の前までもっていくと指に口づけした。私は炎のように熱くなり、震えだした。

「寒いのですね。道の真ん中で足を止めさせてすみません。カフェに入りましょう。なにか温かいものを飲んだほうがよさそうですね」

私はカフェに入ったことなど生まれてから一度もなかった。耳の先っぽが燃えるように熱くなっているのを感じながら、奥の小部屋に入りますようにと願った。彼とふたりきりになってしまうけれど、でもあそこなら彼にどのようなことを言われても怖がらないでよかったし、なによりもひとの目を避けることができた。

ところがグイドは、クリスタル・パレスの、カウンターや会計、小部屋への入り口のあるホールへは入っていかず、歩道にせりだしたガラス張りの席のほうへと私を押して、いちばん外側の、すぐ通行人の目に入るテーブルに私を座らせた。それから給仕を呼ぶと、生クリーム入りホットチョコレートをふたつとカスタードクリームの小ケーキを一皿注文した。

「どうして逃げたんです?」責めるような口調で言った。「あのとき窓際にいたからよかったけれど、会えなくなるところだった」

「でも、私たちは……」私は口を開いた。

「いや、会えなくなることはなかった」グイドは私の言葉をさえぎって言った。「あなたを探して家まで行ったでしょう。でも、心を決めてきてくれて嬉しいです。あなたにも少し歩み寄ってほしい。一生追いかけ続けることなんてできませんから」

「トリノに戻られたら、もう追ったりする必要もありません」

「あなたとお話しできて、心から嬉しいのです。話したいことはたくさんあります」

私は湯気をあげるカップの上にうつむいたままだった。「伯父様のこと、お悔やみ申し上げます」私は小声で言った。「リッチ先生を寄越してくださってありがとうございました。わざわざご配慮してくださらなくてもけっこうでしたのに」

「あのお子さんが元気でよかったです。でも、こういう話はやめましょう。あまり時間がないのです。明日、出発しなければなりませんので」

スプーンを握っていた私の手をとると、再び唇に近づけて口づけした。そして私の手を握りしめたまま、話し続けた。

「僕の気持ちが真剣なものであるのだと、繰り返し言うつもりはありません。あなたももうおわかりのはずです。あなたのことをもっと知りたい。あなたとおつきあいしたい。あなたにも僕のことを知ってほしい。もちろん、ご家族の許可を得てのことですが。今日の午前中に挨拶に伺わせてください」

「家族などいません」こう言ったが、すぐにエステル嬢のことを思い浮かべた。エステルになら紹介できる、私のことを理解してくれると思った。でも今日はできない。ことはあまりに慌ただしく進んでいた。

「そうでしたか」グイドは言った。「なら一層、僕があなたを守り、あなたのことを考えなければ。残念ながら今は出発しなければなりませんが、手紙で連絡をとりましょう。約束ですよ、手紙を書いたらお返事をくださいますね？　これがトリノの住所です。お返事くれますね？　約束してくれますね？」

私に字が書けるのだと信じて疑わないのは嬉しかった。私は消え入りそうな声で約束した。

「すぐには戻ってこられません。明後日、最後の試験があって、それから四か月後に卒業します。そのあいだは、毎日学部に出るように教授に言われています。でもそのあとは自由になる。祖母は僕がこの町にきて、チェーザレ・バッティスティ通りの家で一緒に住むことを望んでいます。でも、僕はそのつもりはありません。とくにクイリカに対してとった態度を見たあとでは。幸い、クイリカには住む家がある。伯父のウルバーノは寛大だった。心の優しいひとだった。僕はデルソルボ館には行きません。祖母は高齢で、別の世界に生きている。理解しようと努力することはできるが、祖母とうまくやっていくことなどできません。一緒に住むなど耐えられないことです。小さいアパートを借りようと考えています。僕が戻ったら、一緒に考えましょう」

「アパート？　いえ、いえ、私はそんなこと絶対……」

「心配しないでください。僕がひとりで住みますから。あなたが……、あなたがいつの日か……。僕のことをよく知った上で、結婚してくださるときまで」

私は泣きだした。涙がチョコレートのカップに落ちていった。道行くひとのことなどどうでもよかった。ガラス張りの外で、まるで劇場や動物園にいるかのように、興味津々に私たちのことを見つめていたけれども。泡だてた生クリームがうっすら頬についてしまっていた。グイドは蝶の羽のような軽やかな口づけで、それを優しくふきとった。

家に帰ると、アッスンティーナはすでに学校から帰宅していた。私がもう前の私ではないことに、気分も存在そのものもすっかり変わってしまったことに、アッスンティーナはただちに気がついた。勘づかれまいと振る舞ってはいても、別の次元に生きているような、天と地のあいだに浮かんでいるような、そう、小説のなかのように、夢にどっぷり浸かって歩いているような気持ちだった。その朝私とグイドのあいだに起こったのは、自分の想像の産物なのではないかと思われた。ほんとうであるはずがない。でも、私にくれた指輪は現実の、存在する物で、胸に手をやりさえすれば触ることができた。彼はカフェのテーブルの上で、私の指にはめた。目立つように左手にはめ、みんなに見せてほしいと言った。私たちを分け隔てる深い溝の両岸を結ぶ、小さな橋のように。サファイアとダイヤモンドの小さなふたつの宝石のついた、金の指輪。それは彼の母が堅信式の贈り物として受け取った少女向きの指輪で、金銭的な価値というより彼にとっては感情的に貴重なものだったが、少しばかりのお金をやっとの思いでやりくりする生活に慣れた私には、とてつもなく立派な宝石に思えた。私は恐ろしかった。こんなにも公然と、町に対し、町の掟に対し立ち向かうなど、心の準備ができていなかった。それも、彼が遠くにいるあいだ、たったひとりきりで。「トリノからお帰りになってから、指にはめます」私は言った。「それまでは胸にしまっておきます」そして、いつも首にかけていた祖母の細い金鎖に指輪を通した。ここなら安全だった。肌着の下にあって、好奇の目に晒されることはない。

アッスンティーナにこの指輪を見せたなら、いつにない私の幸せそうなようすが、自分の最大の願いが実現したためではないことを理解しただろうが、彼女のほうは私が病院から帰ってきたのだと信じ込んだ。「お母さん、治ったのね!」顔を輝かせてこう叫んだ。「いつ帰ってくるの?」「まだもう少しかかるわ」私は嘘をついた。「辛抱するのよ」そして、自分の喜び、自分の希望と、彼女を待ち受ける真っ暗な淵とを比べ、うっすら罪悪感を覚えた。

午後にもう一度グイドに会った。プラタナスの並木道を散歩したが、平日であったのでひとはあまりなく、子守りや、キックスクーターで遊ぶ水兵服姿の子どもたち、転がる輪を追いかけるおしゃれな少女たちがいるぐらいだった。私たちは長く話し込んだ。どんな話をしたのか、はっきり覚えているけれど、これは私の胸のなかにしまっておきたい。これだけを言っておこう。彼が優しく髪を撫でてくれたこと、そして、気後れは少しずつ薄らいでいったこと。でもその一方で、自分の無知加減をいやが上にも意識せざるを得ず、その場では悟られないようにしていたものの、内心では勉強して不足を補おう、絶対に自分を高めようと決心していた。どのような状況にあっても、彼が私を恥じるようなことがあってはならなかった。

その晩の夕食に、グイドは私を町はずれの小さな食堂に連れて行った。こういう公共の場で食事をしたことはなかった。アッスンティーナがまたもひとりで食事をしなければならなかったのを申し訳なく思いながら、遅い時間に帰宅した。許してもらいたい気持ちで、祖母の金鎖に通したままの指輪を見せた。

「誰にもらったの？」こう聞いてきた。

「私をだいじに思ってくれているひとよ」

「どうして指にはめないの？」

「盗まれるのが心配だから」

「高いもの？」アッスンティーナにはダイヤモンドとサファイアを、この地区の商店の女たちの指や首元に光るガラス玉と区別することはできなかった。「質屋にもって行ったら、いくらぐらいになるの？」

「質屋になんか絶対もって行かないわ」

「そのひとのこと、私よりもだいじ？」

「まあ、なにを言うの、ばかな子！　それとこれとは別のことよ」

アッスンティーナはため息をついた。こんなに感情的な子だとは思っていなかった。指輪をはめたがった。もちろん彼女にはゆるかったが、そのあとは返そうとしなかった。遊び気分で少し争ったが、金の鎖を引っ張ったりしているうちに、か細い鎖は切れてしまった。私がいけなかったのだ。指輪に触らせるべきではなかったのだ。だから子どもを責めはしなかったし、むしろ、運がよかったのだと考えた。鎖は路上で切れることだってあったかもしれない。頑丈な紐に通したほうがいい。気がつかないうちに指輪を落として、永久になくしてしまったかもしれない。だが今は、ちょうどいいものが家にはなかった。それで、アッスンティーナが寝入ってから、椅子の上に乗って願いごとのブリキ缶を取りだし、指輪に口づけしてなかにしまった。

翌日は朝早く起き、階段の掃除を終えると、グイドを見送りに駅に行った。しっかりした紐を手に入れるまで、指輪はブリキ缶にしまっておくことにしたが、彼には言わなかった。一等車両まで一緒に行った。彼の存在は私に安心感を与え、自分でも驚くほど私はのびのびしていた。ひとは私たちを見ていた。いちばんいい服を着てきたのだが、ひとはきっと、女中が若旦那様の鞄をもってお見送りにきていると思ったことだろう。けれども、私たちを知っているひともいて、彼が私の顔や髪を撫で、強く抱きしめ、口づけをして私の涙をぬぐうのを見て、驚きを隠さず、大きな声で不愉快な言葉を吐いた。

「きっとどなたかお祖母様に言いつけに行きます」私は言った。

「好きにすればいい。いずれは知ることになるのだから。祖母も諦めるでしょう」

それはグィドが町にいるときに起こってほしかった。ひとりで向かい合うのではなくて。でも、もう今からでは後戻りはできなかった。彼は言った。「向こうに着いたらすぐに手紙を書きます。折り返し返事をください」それから私の手をとって自分の胸にあて、「ひとつ約束してくれますか」と言った。

「なんでしょう?」

「今度帰ってきたときには、敬称でまわりくどく話すのはやめましょう。敬称抜きで話すことにしませんか。いつかはそうしないと。約束してくださいますか」

それが簡単なことではないことは、わかっていた。でも、必要なことだった。私は約束した。


列車が出発すると、私は病院に向かった。家へ帰って泣くなど、無駄なことだった。「悲しまないでください」グィドは言ったのだ。「四か月などあっという間です。僕が戻ってきたときのことを考えてください。もう離れ離れになることはないのだと考えてください」

病院は郊外にあってかなり歩かなくてはならず、その道々私は考えをきちんと整理しようとしたのだが、思いはあちらこちらから漏れていってまとまらなかった。私たちの姿をカフェで、プラタナスの並木道で、駅で見たひとたちは、ドンナ・リチニアに知らせるばかりでなく、町の人々に言いふらすだろう。噂好きの誰かの口からエステル嬢の耳にも入るだろうと思うと、自分のほうから話しておかなかったことが悔やまれた。でも、まだ間に合うかもしれない。午後にはエステル嬢に会いに行こうと決めた。

病院に着くと、エステル嬢が推薦状を書いてくれていた看護婦長を捜した。ちょうど仕事が終わって帰ろうとしていたところを見つけることができた。中年の女性で、人当たりのよい親切なひとだった。疲れていたにもかかわらず、私と話す時間をとってくれた。しかし、エステル嬢に頼まれた通りズィータを手厚く看護してはいるものの、功を奏しそうにないことを伝えられた。ズィータはもう末期にあり、意識もなかった。あとどのぐらいもつことか、はっきり言えない状態だった。二週間ももたないだろう。顔を見ることはできるだろうか。最後の挨拶をすることは可能だろうか。用心をして、近づいたり触れたりしなければ、例外ではあるが隔離病棟に入れてもいいと言ってくれた。

「私のことがわかるでしょうか」私は尋ねた。

「いいえ。鎮静剤を与えていますから、眠っています」

「そうですか。それなら会わないでおきます」

「そのほうがよければ」こう言って、推薦状に再び目をやった。「小さい子どもがいるのね。子どもをどうするか考えなければ。できる限りいい行き場所を探しましょう。これなら私も役に立てるわ。この病院の患者の孤児は、マリア・バンビーナ会孤児院に預けるのだけれど、いい施設で学校もある。勉強する気があれば、保母になることもできますよ。場所もゆったりとして、いい空気の健康的な所です。庭もあるし、少女たちが自分で世話をする菜園もある。夏にはPの海辺にある系列の施設に一週間連れて行ってくれる。この町ではこれが最良の所ですよ。入所の希望者がとても多いので、あなたが世話をするお子さんが入れるよう、すぐに予約を入れておいたほうがいい。そうすれば、そのときがきても……。よかったら一緒に行きますよ。はじめて窓口に行くとなると手続きはやや複雑だから。それに書式を読んで答えを書き込まなければならないし。私がいたほうがいいでしょう」

このひとも私のことを字も書けない無知だと思っている。それを正しはしなかった。いずれにせよ、彼女が一緒にきてくれるというのはありがたく、私のために時間を割いてくれたことに感謝した。こんなに早くことを決めたくはなかったが、延び延びにするのも無駄なのはわかっていた。アッスンティーナに話して了解を得ることなど無駄だった。他にどのような選択があっただろう？ それに、自分の身を動かすことで、グイドのことを考えずに済む。

道すがら、日当たりのいいところで彼女は私の顔を覗き込み、「でも、あなたのことは知っている」と言ってきた。「どこで会ったのかしら」

「アルトネージ家でお会いしたかもしれませんね」私はこう言ってみた。彼女がまだ耳にしていないことを祈りつつ。町の噂好きのひとたちが、私のグイドとの「不義の関係」などと呼んだにちがいない出来事のことを。

「違う、そうじゃないわ。どこだったか……。ちょっと横を向いて、顎を上げて。このイヤリング、見たことがあるわ。ああ、そうだ！ 劇場よ。天井桟敷に行っているでしょう？ オペラが好きなのですね。私もよ。夫がクラックのひとりで、おかげで私も興味をもつようになって。去年のクリ

＊舞台の一定のひとに拍手を送り、野次をとばす、組織されたグループ。

スマスにはオペラグラスをプレゼントしてくれた。歌手の顔がよく見られると、まったく違うんですよ」

私はほっと安堵した。私たちは好きな作曲家の話をした。彼女はヴェルディが大好きで、私はプッチーニが好きだった。『ラ・ボエーム』の若い芸術家たちのためにどれほど泣いたことか。その貧しさゆえに、彼らのことをまるで兄弟のように感じたものだ。そして今、ズィータはミミのように結核で死のうとしている。ミミはお針子ではなかったけれど、それに近い、刺繡縫いだった……。でも、月に近い、あの彼らの冷えきった屋根裏部屋には、行き場所を見つけなければならない女の子はいなかった。

道すがら、付き添ってくれた看護婦長は、劇場に仕切り席をもっていた紳士淑女たちを片っ端から挙げていった。オペラグラスのおかげで長く観察することができ、まるで古くからの知り合いのように感じていたのだが、ふとため息を漏らしてこう言った。「ほんとうに残念！　去年はアメリカ人のミスを失いましたね。あの図々しい家政婦はまだきているけれど、今は平土間席に陣取っているわ。次のシーズンにはドン・ウルバーノ・デルソルボもいないんだわ。感じのいいひとだった。でも変わった老人！　遺言の話は聞きました？」

私はごくりと唾を飲み込んだ。頭を横に振り「いいえ」と、ややぶっきらぼうに言った。このままその話題を終わらせてくれることを期待して。ところが、彼女はたたんだ新聞をバッグから取りだしたのだ。「ここよ、読んでごらんなさい！　いいえ、ごめんなさい、私が読むわ」

このときも、彼女の言葉を正しはしなかった。私はひと言も言わずに彼女の言葉を聞いていた。

私がはじめ心配していたのは、記事の内容ではなくて、遺言やこの一家に対する私の無関心が本心からのものではないこと、私の態度が偽りであることを、明日あるいは後日になって知ったときに、彼女はどう思うだろうかということだった。嘘つき、野心旺盛な偽善者、猫かぶりなどと、軽蔑することだろう。それでもズィータたちの力になってくれるだろうか。私が黙っていることで、ズィータに害を与えることになるのだろうか。アッスンティーナの将来を危うくするのだろうか。秘密と嘘とは蛇のようなものだ、どこまでが体で、どこからが尻尾なのかわからない、どこに連れて行かれるかわからない、こう祖母は言っていたものだ。でも、こうなったらもう聞くほかはなかった。それに、この話には私もとても興味があった。

　公証人はついにドン・ウルバーノの遺言を公開した。それは自身が自筆でしたためたもので、通常とは異なる遺言条項に加え、一般的な法的書式には規定のない、理解しがたい言葉が付け加えられていた。それが一風変わったものだったので、新聞は好奇心ある読者の興味をそそる話題とみなし、全文を掲載することにしたのだった。記者はこう書いている。この高齢の道楽紳士がふたりの女中のうち年配のひとりだけに、町の中心部にある二階建てのアパート、新市街の五階建てのアパート、美しい田園の土地、そして多額の金銭を遺したこと自体、奇妙なことである。しかし、それのみならず、これによって財産を横取りされることになる甥に、この相続者を見守り、その利益を守ること、適切な方法でアパートの賃貸を助けること、また本人が自分用に選んだアパートを住居としてととのえることを要請しているのだ。このような通常とは異なる条項を釈明して、「クイリカ・グレーキは」と、このように書いてもいた。「まだごく若いころに私たちの一家の奉公に入った。求められることを格別の献身と愛情をもって、静かに控えめに遂行した。寛大にも自身の私生活を断念し、自分の家族をもつことをしなかった。侮蔑と忘恩に耐え、私たち一家のために、私のために尽くしてくれたが、かつて一度もそれにふさわしい報酬を受けたことはない。私はこのことの許しを乞いたい。ここにその償いをし、神も私をお許しくださることを願う。彼女に私が遺すものは、彼女に正当に属するべきものの、ほんの一部にすぎない」

グイドが通路で言った言葉を思いだした。「心の優しいひとだった」クイリカがどのようなことのために、これほど特別な好意と謝罪に値するのか、私には見当もつかなかったけれども。住み込みの家政婦たちはみな、自分の私生活を諦める。その代わり、給料と屋根の下に住む安心を得る。祖母が私を自分で育てるためにその給料と安心を断念したことを、私は忘れなかった。

ここまでの感謝の言葉は、看護婦長にとっても大袈裟だった。「そのうち、仕事を与えたことを許してほしい、なんて下女に言うようになるわ!」こう言った。「それにあの賛辞! 献身、控えめ? 義務のうちだわ。それに給料が低すぎるというなら、はじめからきちんと取り決めをしておかなかった自分が悪いんです。あとであげてもらうことだってできます。主人たちが侮蔑的な扱いをした? 辞めてもっといい口を探せばいいんだわ、あまり横柄ではない家を。それに、もともと主人は命令して使用人は我慢するものでしょう。とにかく、ドン・ウルバーノのお詫びや釈明はちっともわからない。自分のものなのだから、誰に遺すのも勝手。それだけのことなのに」それから、少し意地悪そうに笑って言った。「でも母親が怒るのはわかる。この素晴らしい女中に十分な報酬を与えていなかったと、息子に責められているのですもの。母親の吝嗇を咎め、死の間際になって自分がその償いをせざるを得ない。そんなことを公文書に書き残す必要があったのかしら？　面倒なことはうちうちで始末したほうがいい。そう思いません？」

こう言って、同意を求めて私のほうを見るので、私は小声で言った。「その通りですね」そして、ここでちょうど孤児院に着いたことを、天に感謝した。看護婦長はたたんだ新聞を、バッグのなかにしまった。

マリア・バンビーナ会孤児院は、おそらく町の最良の孤児院だっただろうが、私には特別なところには見えなかった。低い建物のまわりの土地は区分けされていて、何本かの樹木と少しばかりの茂みがあり、エンドウ豆とレタスが列になって植わっていて花はなかった。道と敷地を隔てて、高い鉄柵が巡らされ、建物の窓にはすべて格子がはまっていた。なかの受付の事務所は殺風景なところで、壁には淡黄色の油性塗料が塗られ、置いてあるものといえば、テーブルがひとつ、書類保存箱がひとつ、椅子がふたつ。そして壁の棚には、七本の剣が心臓を刺し抜く悲しみの聖母の像、そして、釣鐘状のガラスに守られて、金色のレースに飾られた揺り籠があり、ロウ細工の幼き聖マリアの像が、これまた金色の産着に足先から首元までを包まれて、横たえられていた。

私は読み書きができないふりを続けて、看護婦長が情報を求め、書式に記入するのに任せていた。修道女は厳格な態度で、すでに順番を待つひとは多く、町の貧しい孤児は増えるばかりで定員数を超えている、待機者名簿の最後に名前を連ねて待つしかない、と言った。私はほっとした。アッスンティーナにこのことを知らせるまでには、かなり時間がありそうだった。ところが、看護婦長は机のほうに身を近づけ、含みのある笑みを浮かべて小声でこう言った。「アルトネージ家令嬢のマルケジーナ・エステルから、くれぐれもよろしくご挨拶するようにことづかってきました。マルケジーナがとても気にかけておられる子どもなんです」

「こちらからもよろしくとお伝えください」修道女は書類から顔をあげずに答えた。そして、書類の山のいちばん下にあった私たちの申込書をとって、いちばん上に載せた。

「よろしかったら、食堂をお見せします。ちょうど昼食の時間です」

たくさんのテーブルの並ぶ大部屋に案内してくれたが、そこはPの療養所の食堂に似ていた。ここでも少女たちはグレーの縞柄の制服を着、みな丸刈りにされていた。

「どうしてこんなに短く髪を刈るのですか」私は勇気を出して、小声で修道女に尋ねた。

「シラミのためです」こう答えた。「それに虚栄心を助長させないためでもあります」


私は看護婦長にたくさんの感謝の言葉を述べて別れ、アルトネージ家へと向かった。心は疑問でいっぱいだった。アッスンティーナを施設に入れようと急ぎすぎはしなかったか。こちらの気後れのせいで、自分の意図を超えてもっと先へと引っ張られてしまったのではないか。それに、エステル嬢にはグイドのことをどう伝えればいいのだろうか。人目に触れた事柄、噂好きな人々から耳に入るであろうことだけを言うか、あるいは、ほんとうのことを話すべきか。指輪を見せ、結婚の約束のことを話すべきなのか。恋愛のことなどもう考えたくもないと言うエステルに？　私がはじめから相談しなかったことを残念がるだろうか。でも、私たちは同等の仲良しではなかった。学校時代からあれやこれやを互いに打ち明ける良家のお嬢さんたちのような関係ではなかった。そんなことは考えてみたこともない。彼女は上流の婦人で、私はお針子であることを、忘れたことなどなかった。エステル嬢は、私もよく知ることになったにもかかわらず、リッツァルド侯爵の名を私の前で口にしたことは一度もなかった。エンリカの父親である侯爵も常に旅に出ていて、ペルシャ、トルコ、アラビアなどの東方の国々に行っていることは、ひとの噂で知っていた。でもLの貴族の人々をよく知っている彼女なら、グイドに対してどう振る舞うべきか、はじめのころからいい助言をくれたかもしれなかった。

こう数々の疑問が浮かんだが、それに悩まされる必要もなかった。アルトネージ家に着いて家政婦に女主人に会いたい旨を伝えると、朝早くから父親とビール工場の視察に出ており、夕食の時間まで帰宅しないだろうということだった。私は走り書きを残していった。だいじな話があって寄ったこと、それはいい話であるから、誰かが私についてよくないことを言ったとしても信じないでほしい、と。そして、明日、ゆっくり説明したいということも。

家に帰り着いたのは、もう午後の遅いころだった。アッスンティーナは今度もひとりで食事をせざるを得なかったが、もうコンロに火をつけることを覚え、私のために温かい昼食を炭火の横に置いておいてくれた。孤児院のことも、母親のことも話す勇気はなかった。彼女のほうもなにも尋ねはしなかった。アッスンティーナはリヌッチャが私を捜しにきたことを伝え、すぐにデルソルボ館に行かなければならないと言った。

「大急ぎでって言っていた。家に帰ったらすぐくるようにって」

想像していたことではあったが、息が詰まる思いだった。いずれはドンナ・リチニアと対面しなければならないことはわかっていたが、まだ余裕があるのではと思っていた。この町では噂はなんと速く広まるのか。

「すぐには行けないわ。とても疲れているの」台所の椅子に腰をおろしながら、こう言った。思えば、私は夜明け前から駆けまわっていたのだ。靴を脱いだ。それから、グイドを駅まで見送るのにつけたまま忘れていたイヤリングをとった。温かい食事を用意してくれたアッスンティーナにお礼を言うと、彼女はすぐさま、皿で蓋をした食事の皿をもってきて、私の前に置いてくれた。コップとフォークと一緒に。前日の残りのオリーブの実と調理したカリフラワーを、私は味わって食べはじめた。

でも、まだ食べ終わらないうちに、扉を叩く音がした。リヌッチャだった。「急ぎの用だと言わなかったの？」こう言ってアッスンティーナを責めた。私は怒りがこみあげてきた。昼も夜も、こちらが意のままになるとでも思っているのだろうか。

「急ぎですって？　また急ぎで葬儀の緞子を縫う必要があるの？」嫌味を込めてこう答えてやった。「今日は誰の番？　あなたの女ご主人様？　それとも、このあいだ私が忘れていった報酬を返そうと急いでいるの？」

「調子に乗らないほうがいいわよ。あなたもばかね、笑えるようなことなんてひとつもないんだから。ドンナ・リチニアはかんかんに怒っているのよ。ほら、早くしなさい」

私は落ち着いてゆっくりフォークを置き、流しに行って手を洗い、結った髪をおろして、まとめ直した。それから、木の長椅子の下から履きやすい靴を取りだし、黒っぽい色の厚手のショールを手で振ってまとった。リヌッチャは苛立って身を震わせていた。

「宿題は終わったの？」私はアッスンティーナに言った。「一緒にくる？」

「それは駄目だよ。ふたりだけで話したいと言っているから。さあ、急いで！」リヌッチャが吐き捨てるように言った。

縄跳びをしたり汗をかいたりしなければ、一時間ぐらい友だちと遊びに歩道に出てもいい、とアッスンティーナに言って、私は「若い下女」の後にしたがった。こんなふうに焦るのを見るのは少し気の毒でもあった。彼女にはなんの罪もないのだし、遺言状からまったく除外されていたことに同情するべきだっただろう。それに、あのだだっ広い館の用事をこなすのにたったひとり残されたことにも。あの高慢で横柄なご主人様と。

「クイリカがいなくなって、ドンナ・リチニアは新しい女中を雇う気はないの？　もっと若いひととか」歩きながら、こう聞いてみた。

「そのこともあなたと話したがっている」

「私に？　私になんの関係があるの？」

「知らないわ。こんなに怒らせるなんて、このあいだ家にきたとき一体なにをしでかしたのか、知りたいのはこっちだわ。あのときからよ。遺言を読む前から、ご立腹よ。昨夜からはさらにひどいんだから」

つまり、噂好きの連中はいそいそと報告に行ったわけだ。私はこう心を決めた。どんな質問にも答えない。噂に対して私からは一切説明しない。それが望みだったとしても、謝りの言葉など口にしない。決して相手を満足させない、と。

私はただのお針子にすぎず、相手は上流階級のご立派なご婦人。でも、私のご主人ではないのだ。

犯行道具

私は祖母に老人を敬うようにとしつけられた。言葉で教えられたわけではない。そんな必要はなかった。祖母の振る舞い、祖母の例がわからせてくれたのだ。老年とは、多くの経験、勇気、知識、忍耐の力のためにさまざまな問題や苦しみ、障害を乗り越えることができたこと、そのおかげでそのときまで生き延びてきたということで、感服すべきもの、自分もそれに倣いたいと思わせるもの、公に敬意を払うべきものなのだ、と。

私は生きていくなかで、どのような歳、性格、行動のひとであっても、お金持ちは敬うものだと教えられた。富はそのひとの権力を強め、私たちより強力な存在にする。指をパチンと鳴らすだけで、私たちなど押しつぶし、破滅させることができるのだ。お金持ちは、必ずしも感服すべき存在ではなく、私たちにとって批判の対象にも軽蔑の対象にもなり得た。でも、それを表明してはいけない。とくに、彼らの目の前では絶対にしてはいけない。彼らに対しては常に恭しく振る舞わなければならなかった。

ドンナ・リチニアは老人で、お金持ちだ。私はそれを忘れてはならなかった。

窓際の赤いビロードの肘掛け椅子に背中をぴんと伸ばして座るドンナ・リチニアは、私の予想とは裏腹に、落ち着き払って平静な態度だった。

「ずいぶん待たせるじゃないの。どこに行っていたんです？」私が目の前に出ると、挨拶もせずにこう言った。

「仕事です」こう答え、それ以上説明しなかった。応接間は暑かった。勧められもしなかったが、私はショールを脱ぎ、椅子の上に置いた。でも、上流の人々に対する義務を守って、立ったままでいた。彼女は扉を閉めるように言って、リヌッチャを部屋から出させた。私たちはふたりきりになった。

「お前の姿を見ましたよ、このあいだ。通路で」こう口を切った。

「存じています」

「お前は知恵が働く。お人好(よ)しの孫をうまく手なずけましたね。変なことを考えたりはしていないでしょうね？」

私は答えなかったが、相手の目から視線をそらしはしなかった。

「いや、それはないでしょう」こう続けた。「お前は物のわかる娘だから。いくら孫を罠にかけたところで、どうなるものではないことを知っている」

私は黙っていた。

「知っているのかい、知らないのかい？　お前の祖母はばかじゃなかった。お前たちのような者は自分の分をわきまえなければならないことを、教えられたでしょうに」

私は黙り続けた。

「でも、お前は野心がある。路地の娘どもはみんなそうですよ。みすぼらしい貧乏人のくせに、貴婦人のようななりをしたがる。帽子をかぶり、扇を使い、気どったところを見せて、私らの息子たちを騙そうとする。一家の宝石を贈らせ、うまくいけば結婚させようとする。孫から結婚の約束をもぎ取ったんじゃあないでしょうね？　あの子は女のスカートさえ見ると……。伯父よりも始末に負えない。意志の弱い、愚かな子です。でも、思い違いをしてはいけませんよ。グイドはよくわかっている。自分がどういう者で、お前がどういう者なのか」

「おっしゃる通りです。それはわかっておいでかと思います。そして、そのようなことはどうでもいいのだと思っていらっしゃいます」

「ああ、ほんとうに？　どうでもいい？　でも私にはどうでもいいことではないのです。わかっていますね、私はお前など破滅させることができる。誘惑罪で告発することができるのですよ。証人はいくらでもいる。もっと賢いかと思っていましたよ。みんなの前であの子を手玉にとるなんてね。クリスタル・パレスのガラスのテラス席まで引っ張って行く必要なんてあったのかしら？　公衆の前でしなをつくってみせるなんて？　一体お前はなにを示すつもりだったのかしらね？」

「お言葉ですが、どうしてこの話をお孫さんになさらないのですか。どうして、今度帰ってこられるときに直接お尋ねにならないのでしょうか。手紙をお書きになったらいかがですか」

「グイドは軟弱なのでね。それに、こういうばかなことを考えないで、落ち着いて勉強しなければなりません。私たちだけで決めておいたほうがいい。最後にはわかり合えると確信していますよ」

「なにをお決めになるのですか」

「提案があります。よく聞きなさい」

「おっしゃってください」

「クイリカがもういないのは知っていますね。リヌッチャひとりではとてもまかないきれない。もうひとり女中が要る」

「おっしゃる通りですね。そう苦労なさらなくても見つけられるでしょう」

「もう見つけたのですよ。若くて健康な娘が要る。お前にきてもらいたいのです」

「私は裁縫が仕事です」

「ぷっ！　偉そうに、立派なクチュリエだこと！　少し繕い物をするぐらいで。お前の祖母は、いい奉公人だった。ヴィットリアがまだ子どものころ、何か月かこの家にいたのです。どうして出て行く気になったのかわからなかったけれど。でも、お前にも仕事を教えたことでしょう」

「祖母には裁縫を習いました」

「頑固なこと。そんなに言うなら、縫い物もさせてやります。そんなことは私にはどうでもいい。給料も十分出します。今は月にどのぐらい稼いでいる？」

「申し訳ありませんが、このお仕事には興味がありません」

「興味があるでしょうとも。グイドのことは嫌いではないのでしょう、それには私も気がついた。そして、グイドもお前を好いている。卒業したら、この家にきて私と一緒に住むのです。理想的な解決策だと思いますけどね」

私はわからなかった。誘惑罪で告発すると言ったばかりではなかったか。

「猫かぶりね。わからないフリなどやめなさい。お前にはよくわかっているでしょう。もちろん、その前には医者の診察を受けてもらいます。慎重にね。リッチ先生にお願いすることになります。先生は、お前は健康そうだと言っていましたがね。恥ずべき病気はなさそうだから、感染させることもあるまいってね」

恥ずべき病気？ 感染させる？ 私はようやく理解しはじめ、身震いした。こういう話を聞いたことはあった。お坊ちゃんの吐け口のために、歳若い下女を雇うという。田舎の娘のなかから純朴で世間ずれしていない娘を念入りに選ぶのだ。変な病気がないように、処女の娘を探す。そして、ドン・ウルバーノの遺言状の言葉も、次第に明瞭になってきた。かわいそうなクイリカ！ 田舎から奉公に出されたころには十五歳そこそこだっただろう。そして彼女は若旦那様に恋をしたのだ。そのひとのためにあんなに涙を流していた、半世紀も経っても！ 五十年も「年老いた下女」として仕え、女主人の侮蔑と横暴に耐える生活。娼館の女性たちが法律で医師の診察を義務づけられ、病気の恐れがほぼなくなってからは、母親の許可のもと、吐け口を求めてドン・ウルバーノが外泊するようになったことにも耐えなければならなかった。結婚さえしなければよかったのだ。家に帰らないとき、あの紳士はこういうところで夜をすごしていたのだ。エステル嬢さえ、それは知っていた。もう必要ではなくなった憐れなクイリカが辞めさせられなかったのは奇跡とも言える。どうして祖母がこの家の奉公を続ける気になれなかったのかも、合点がいった。真面目な性格だったから、毎日このような恥ずべきことを目にするなど耐えられなかったに違いない。では、リヌッチャは？　リヌッチャは知っていたのだろうか。ずっと後になって、疫病の後に雇われたから、ふたりのあいだのことはもう終わっていたのかもしれない。それでも、なにか気づいただろうか。クイリカは打ち明け話などしたのだろうか。

そして……、そして……。その思いは、その疑問は考えたくなかったが、避けられないことだった。グイドは知っていたのだろうか。少なくとも疑っていたのだろうか。

赤いダマスク織を張った壁があたりをぐるぐるまわるようで、私はよろめいた。倒れないように、椅子の背に手をかけた。いえ。グイドは知らなかっただろう。この家で育ったのではないから。父親は姑と仲違いをしたのだ。息子を姑に育てさせず、異なる教育、異なる価値観を与えたのだ。グイドはひとを尊重する心をもっている。下女として給料を払って私の体を買うことができるなどと考えていたら、母親の形見の指輪を贈ってくれたりしなかっただろう。

このような思いが全部いっぺんに、稲妻のような速さで頭をよぎった。ドンナ・リチニアは、答えを待って私を見つめていた。

「どうです？　いい解決法だとは思いませんか。これでみな安心していられる」

私はショールを手にとった。「酷すぎる。あなたにはぞっとする」こう言ってやりたかったが、慎みと祖母のしつけがそれを許さなかった。私は繰り返して言った。「興味がありません。先ほども申しあげました。失礼いたします」

「選択の余地があるとでも思っているの？　愚かな娘だこと。私にはお前など簡単に潰せるのがわからないのですか」

私は答えなかった。ショールをまとい、扉のほうに向かった。

「待ちなさい！　出ていく前に私の言うことをよく聞きなさい」

私は扉の取っ手に手をかけたまま立ち止まった。

「私の提案する和解を受け入れないというのは、戦いを望むということですね。一体、何様だと思っているの？　お前の負けは決まっているのに。お前より私のほうが力があるのがわからないわけがないでしょうに。私は知り合いも多いのですよ。政府監督官庁にも、警察にも、裁判所にも。つまり、町を支配するひとたちということ。気をつけることね。私のひと言で、お前などあっという間に潰されるのですから」

「なにも悪いことはしておりません」

「それは警察官が連行にきたときに言ってご覧なさい。売春婦として告発しますから。匿名の手紙ひとつで済むのですよ、知っていたかしら？　でも、そこまでのことをするつもりはない。孫をしつこく誘惑しようとしたことを告発します。証人はいます。それに、お前に跡をつけられた、破廉恥な話をもちかけられたと証言できる男など、いくらでも見つけられます」

「今まさに破廉恥な話をもちかけておいでなのは、ドンナ・リチニア、奥様のほうです。お恥ずかしくないのですか」

「お黙りなさい。最良の話だったのですよ。まだ間に合います。受けたくないのね？　それは結構。お前がどういうお金で生活しているのか、ある程度の贅沢をできるのはどうしてなのか、どこでお金をもらっているのか、説明しなくてはいけないでしょうね」

「贅沢とおっしゃるのですか？　私が仕事をして生活していることは、誰もが知っております」

「ただのお針子が、英国製の布地のいい服を着て、自分だけのアパートをもち、どこの馬の骨ともわからない私生児を仕事にもやらず学校へ行かせるなんて、できるものですか。高価な装飾品なんかももっているんじゃないかしら……。グイドが金庫から母親の宝石をもちだしていたけれど、一体なにに使ったのかしらね……。とにかく、こうして時間を無駄にする気はないわ。警察官が行くでしょうから。法律は知っていますね？　医師の診察を受けることになっています。拒否することはできません。病気をもっていると認めることになり、いずれにせよ警察の記録に残る。風紀取り締まり係の医者と私が直接話しますよ。脚の付け根に横根（よこね）*のひとつぐらい見つけるんじゃないかしら？　そうすれば警察の名簿に記録され、娼婦手帳を渡されて娼館行き。それから十五日ほどすれば、別の町に連れて行かれて、別の淫婦たちと新しい客相手に楽しむ。お前の存在をここから消すのに、たいした時間もかかりませんよ。孫が戻ってきたときには、どこへ捜しに行けばいいかもわからないことでしょうよ」

　私はあまりの憤激に息が詰まりそうだったし、彼女がこんなにも下品な言葉を使うことに驚いてもいた。こんな威嚇（いかく）はひと言も信じなかった。私を脅かそうとしているだけだ。あれこれ法律を挙げたけれど、そんなことほんとうなのか。いずれにせよ、私は悪いことなどなにひとつしていない。「悪いことはするな、恐れはもつな」祖母は言っていた。私は黙って扉を開け、外に出た。

　リヌッチャは盗み聞きしようと、そのすぐ外にいた。「受け入れなかったの？」私に聞いた。「大きな間違いよ。酷い目にあうわよ」

「あなたに関係ないでしょう?」

「あなたのために言っているのよ」

「くたばってしまえばいいんだわ、あなたも、あなたのご主人様も!」私はつぶやいた。そして急いで廊下を通って裏口を出、扉を背後でバタンと閉めた。


私は怒り狂っていた。こんなに遅い時間でなかったら、直ちにエステル嬢のもとに駆けつけて思いをぶちまけたかったが、明日行くしかなかった。家へと向かって歩きながら、受けたばかりの脅しのひとつひとつを頭のなかで繰り返してみた。明らかに言われたものも、ほのめかされたものも。そうして心を落ち着かせようとした。どれもこれもばかげたもので、誰も信じはしないのだと自分に言い聞かせて。アッスンティーナがどこの馬の骨ともわからない私生児だなんて! 誰が母親かなど、地区の誰もが知っている。学校の先生だってそれは証言できる。それに近所の女友だちは、私のよそいきの服はエステル嬢のお古をほどいてより質素な型に縫い直したものであることを知っている。祖母もやっていたことだ。お古が自分に不要なときには、友だちにも少しばかりのお金でつくり直してあげたものだ。

けれども、頭のどこかで蚊の鳴くような微かな声が私に呼びかけてもいた。それはあることを、ある名前を記憶に蘇らせようとしているようだった……。それがなんなのか、思いだすことはできなかったが、微かな記憶があるにはあった。あまりにも混乱した……。あるいは、こんなにもいろ

＊性病などが原因で起こる、足の付け根のリンパ節の炎症による腫れ物。

いろなことがあった一日のあとで、混乱していたのは私のほうだったのかもしれない。それに気づくのにはあまりに疲れていたのかもしれない。

アッスンティーナは食卓をととのえ、夕食を温めているところだった。むすっとしたようすは、まるで、自分を追い出すための第一歩を私が踏みだしたことに気づいたかのようだった。ネズミのしっぽのように細い、彼女のおさげに編んだ髪に目が行った。少し前から毎朝自分でできるようになっていて、それが自慢だった。私はこのおさげが切られるときのことを思った。私たちは黙って食事をし、すぐに寝床についた。彼女はいつものようにすぐさま眠りに落ちた。私のほうはシーツの下で落ち着かず寝返りを打ち続けた。わずか一日のうちに、あまりに多くのことに、次から次へと立ち向かうことを余儀なくされた。その日知ったことはあまりに苦く、あまりに心を揺さぶられ、たくさんの選択を迫られて、心は休まることがなかった。グイドが出発したのはその日の朝ではなくて、ずっと前のことのように思われた。私の人生からすっかり姿を消してしまい、私だけが残されて、この悲しみや苦難、後悔に、やり場のない怒りに、すべてひとりで向かわなければならないように思われた。もうトリノについているはずだった。心地よいレストランで、学生仲間と食事をしているのかもしれなかった。あるいは、どこかの上流の家で、礼儀正しく優雅なお嬢さんたちのかたわらに座っているのかもしれなかった。柔らかい手の、多額の持参金を備えた、祖母好みのお嬢様。おそらく私にはもううんざりしているかもしれない。私のせいで起こるかもしれない、いえ、もう実際に起こっている厄介な問題のために。私にした約束を、もう後悔しているかもしれない。

もう戻ってはこないだろう。枕がびしょびしょになるまで泣きに泣いて、とうとう疲れ果ててうとうとしはじめた。祖母が夢のなかで私になにかを言おうとしていた。アメリカ人のミスが亡くなった夜と同じだ。だが、祖母の言葉の意味がまだ理解できないでいるうちに、はっと目が覚めた。祖母は金鎖を首からはずして、それを指のまわりに何重にも巻いていたのだ。私はほっと安堵した。祖母が夢に現れたのは指輪のことを思いださせるためだった。グイドは自分の母の指輪を私に贈ってくれたのだということを。彼の意図は尊いものであること、そして私を愛していて、あらゆる危険から私を守ってくれるだろうということを。この思いに慰められて、夢も見ずにぐっすり眠ることができた。でも、夜明けの少し前になって祖母は戻ってきた。何時間か、手にはずっしりした金の品物をもっていた。葉巻入れだ。そして、ただひと言、「オフェリア」と言って、姿を消した。

私はたちまち目が覚めた。あのぼんやりとした記憶、蚊の微かなブーンという羽音のように私につきまとっていたのはこれだったのだ。雇い主に盗難を告発された、祖母の従姉妹オフェリア。ドンナ・リチニアがほのめかした、娘の宝石。指輪。もしもほんとうに警察がきたとしたら、指輪を見つけるだろう。グイドから贈られたなどと言っても信じてくれないだろうし、それを証言できるグイドはいない。私は牢獄に連れて行かれるだろう。指輪をどこかにやってしまわなければならない。今すぐに。私はベッドから飛び降りた。アッスンティーナを起こしてしまうこと、私の隠し場所を見せてしまうことなど気にもかけず、私は椅子をもってきてその上に乗り、壁の窪みのなかを手探りした。ブリキ缶はいつもの場所にはなかった。胸のなかで心臓が大きく飛び跳ね、口から飛びだしそうだった。

子どもは物音を聞いて目を覚まし、ベッドから好奇心いっぱいに私のほうを見ていた。

「昨日、私の留守のあいだに誰か家に入ってきた？」不安ですっかり乾ききった口で、私は聞いた。

「ううん。どうして？」

「外に遊びに行ったとき、きちんと家の鍵を閉めたわね？」

「いつも閉めてる」

「家に帰ってきたとき、誰かに跡をつけられなかった？」

「ううん。誰もいなかった」

私は深く息を吸って落ち着こうとした。それから、つま先立ちになって腕を伸ばし、さらに奥に手をやると……あった！　聖母像の後ろに、ブリキ缶はあった。ただ、いつもより奥にあったのだ。誰が動かしたのか。おそらくは私自身が、二日前の夜に指輪を入れたときに奥のほうに入れたのだろう。ともかく私はほっとして、缶の蓋を開け、紙幣と硬貨のあいだをまさぐった。あきらめずに何度も何度も捜してみた。けれども、指輪はなかった。

アッスンティーナは起き上がり、戸口のところに立って私を見ていた。寒さに、寝間着姿の体を両腕で抱きしめるようにしていた。心配しているようには見えなかった。私の秘密を発見して驚くようすもなかった。ただ私を見ていた。右の頰の口の近くが、微かに震えていた。あたかもにんまりしてしまうのを抑えるかのように。からかいの？　仕返しの？

「あなたがとったのね⁉」私は叫んだ。でも一体どうやってあんな高いところまで手を伸ばすことができたのだろう？　が、すぐにそれは確信できた。昨夜は気づかなかっただけなのだ。あまりに疲れていたし、動揺してもいた。アッスンティーナのベッドの脇には、いつもは中庭の物干し場の横にある木の足台が置いてあった。転倒したら頭を打ったかもしれないのに、私がデルソルボ館に行っているあいだに、アッスンティーナはこれを椅子の上に載せてよじ登ったのだ。そうでなかったら、壁の窪みまで手は届かなかった。

「指輪はどこ？　どこにやったの？　返しなさい」

「もうない」

ああ、神様、お願いですから、外で石投げや石蹴りに使ってなくしたりしたのではありませんように。質屋にもっていったのではありませんように。ああ、それはあり得ない、子どものもっていく貴重品など受け取らないもの。まして宝石など。

「どこにやったの？」

彼女は挑むような目を私に向けた。「私よりもあの指輪をくれたひとのほうがだいじなんでしょ」

忌ま忌ましい子！　首を絞めてやりたい思いだった。私は椅子から飛び降りると、子どもの両肩に手をやった。「だったらなんだと言うの？　あれこれ説明する必要などないでしょう？　さあ、言いなさい！　どこにやったの？」

アッスンティーナは泣きだしたが、首を横に振って逆らい続けた。「絶対に言わない」

そして、ほんとうに言おうとしなかった。私はまだ家のどこかにあるのではと思い、午前いっぱい捜し続けた。「家は盗まない、隠すだけだ」祖母は言っていたものだ。そして聖アントニオ*にお祈りを捧げて、あらゆるなくし物を見つけることができた。でも、指輪がまだ家のなかにあるのか私は知らなかった。家を空けていた昨日の午後、私がドンナ・リチニアから侮辱の言葉を浴びせられていたあいだに、アッスンティーナは外にもちだしたかもしれなかった。排水溝に落としてしまったかもしれないし、ビー玉と交換してしまったかもしれない。丸い大理石の蓋のついた下水道の穴の奥底に投げ捨ててしまったりしたかもしれない。地階に住むズィータ母娘はそこで用を足していたのだ。石で潰してしまったのかもしれない。私への嫌がらせに、飲み込んでしまったのかもしれない。

でも、そうではない、指輪はまだ家のどこかにあるのだと、なぜかそういう気がしていた。ほんとうになくなったのだとしたら、警察が見つけるかもしれないという危険を、祖母は知らせにきてくれるだろうか。

アッスンティーナは寝間着のまま両手で体を抱くようにして、黙っていた。隠し場所を言えと私に叩かれるだろうと身構えていて、抵抗するつもりだったのだ。でも、私は叩かなかった。私は冷たい怒りを覚えていた。アッスンティーナの髪をつかんで暗い海から外に引っ張りだしたときの、熱い激昂(げっこう)とは違っていた。

「指輪が出てくるまで、あなたはここを出られないからね」私は彼女には触れずにこう言った。

「学校がある」

「行かせない。家から出さないし、服も着替えさせない」

いや、まずは、冷えることなどおかまいなしに、アッスンティーナを裸にして、身体じゅうを調べた。捜し物を隠すにはあまりに髪は少なかったけれども、髪もほどいてみた。それから椅子の上に立たせて降りないように命じ、ベッドを、シーツを、枕、毛布、マットレスをひっくり返した。ベッドの下を箒がけし、床に腹ばいになって、なにも落ちていないか調べまわった。そして、アッスンティーナを裸のままもちあげるとベッドの上におき、シーツで覆ってシーツの端を二本のベッドの柱にしばりつけ、動けないようにした。寒さは別として、アッスンティーナのほうは、まるで遊びででもあるかのようにおもしろがっている風だった。私がゆっくりと念入りに、ふたつの部屋と台所を隅から隅まで調べていくのを、目で追っていた。アパートは小さかったが、家具や物がたくさんあった。祖母がお客様用に揃えた肘掛け椅子、姿見、裁縫道具、手廻しミシン、糸やボタンを入れた整理箱、端切れを入れた箱、スタイル画の箱。それに台所にも、鍋や道具、炭の入ったバケツ、灰汁（あく）を入れた瓶、乾燥した豆類の袋、ジャガイモの袋などがあった。あんな小さな指輪など、どこにでも隠すことができる。でも、私はありったけの時間をかけて、必要とあらば食べ物も飲み物もとらず、捜す覚悟だった。床に這いつくばり、つま先立ちになって高い所の扉を開け、祖母と聖アントニオに祈りつつ。十二時になった。私と同じくアッスンティーナもなにも口にしていなかった。お腹も空いていただろうし、喉も渇いていただろうが、口を開きはしなかった。

「どこにあるのか言いなさい！　言わないと孤児院に連れて行くから」こう脅したい気持ちだった。でも、その勇気はなかった。隠し場所を言ったとしても、孤児院には連れて行かなければならなか

＊ポルトガル生まれの聖人、パドヴァの聖アントニオはなくし物を見つけてくれると言われる。

ったのだ。でも、このときにはアッスンティーナをかわいそうだとも思わず、むしろ私の動きのすべてを見守るその動じぬ眼差しに苛立たされた。私は椅子の上にあった彼女の服を振って、どこかに隠されていないか、縫い目から襟まであらゆる部分を手で触って調べ、ベッドの上に投げ捨てた。それから、結んだシーツをほどいてアッスンティーナを立たせた。「着替えて道で待っていなさい！」私は下着も靴も与えなかった。「早く出なさい！」

「寒いよ」アッスンティーナは言った。私はショールをよく振ってからもたせてやり、外に出して背後で扉を閉めた。私は刷毛を手に隅々まできれいにして再び捜しはじめた。前にユダヤ人の一家に請け負った縫い物を届けに行ったことがあったが、ちょうど祝祭のときで、一家の女性たちが羽根を手に跪いて、家じゅうの床の細かなパンくずを集めているところだった。なんだかの儀式のために家を清めるということだった。私が捜すものはパンくずよりずっと大きかったが、どこを捜しても見つからなかった。それでも、一センチ、一センチと調べていった。

一時間ほどすると、扉を叩く音がした。「外にいなさい！」私は声をあげた。アッスンティーナが家に入りたがっていると思ったのだ。けれども、扉を叩く音はさらに続き、こう言う男の声が聞こえた。「開けなさい！　警察だ！」

私は体を起こし、立ち上がった。心臓が波打っていた。老魔女は素早かった。ほんとうに私のことを告発したのだ。警察官を送ってきたのだ。どうすればよいのか。寝間着の上に急いでスカートを穿き、髪をととのえながら扉のほうに向かった。警察官を目の前にすると、なぜかもう恐れはなくなっていた。心のなかには、すでに運命に身をまかせたというような、大きな落ち着きが生まれていた。なるようになれ。私たちは風のなすがままにされる枯れ葉なのだ。

警察官はふたりだった。どちらも私は知っていた。ミスが亡くなったときに私を尋問したのは彼らだったからだ。ひとりはずっと年配で、髪はまばらで大きなお腹を制服のベルトで締めつけていた。もうひとりは若く、エレガントと言えるぐらい念入りに外見をととのえていた。年配のほうは、温和で辛抱強く、時折冗談を言ったりもしたのを覚えている。若いほうは、冷たく、人をばかにするようなところがあり、厳格で攻撃的だった。傷口のような薄い唇をしばしば引っ張っては、冷酷な薄笑いを浮かべていた。警察官はふたり組で仕事をすることを法律で義務付けられているのだと、誰かが言っていた。そして、喜劇役者のように善役と悪役を分けるのだと。けれども、あのときに年配の警察官は、私にはほんとうに温和な思いやりのあるひとに思え、必要なときに厳しくするのも、どこか嫌々やっているような気がしたものだ。ミスの死で私が泣き崩れるのを見て、父親のように慰めてくれた。一方、小説を読むなど、悪習をもつ娘という疑いを与えるのに十分だと私に言ったのは、若い警察官だ。つまりは、法や慈善的な貴婦人たちの言う「危うい」娘となり、証人としては信用できないということだった。

このふたりの後ろにいたアッスンティーナは、さっと家のなかに入ると台所へ行ってパンを手にとり、流しの横でパンをかじりながら、注意深くようすを見守っていた。私の運命はこの子の手中にあるのだ。この子が警察官に指輪のありかを言ったりすれば、私はおしまいだった。

「大掃除をしていたのかね?」家具があちらこちらでひっくり返されているのを見て、年配の警察官が言った。彼の注意はミシンに向けられているようだった。手廻しのミシンなど、見たことがなかったのだ。ミシンに近づいて触り、ハンドルをまわそうとしたが、固定されていた。若いほうは、探るような目であちらこちらを見まわした。私が逆さまにひっくり返した祖母の肘掛け椅子のひとつを直して置いた。ゼラニウムの鉢を受け皿からもちあげて、底を見た。

年配の警察官はその間に台所のテーブルの前に腰かけ、書類を取りだした。「さて、君に対する告発がきているんだよ」どこか渋々と、こう言った。

尋問やそのあと起こったことを、細かく語るつもりはない。何年も経った今でも、思いだすだけで、私はひどい困惑と焼けつくような羞恥を覚える。あたかも、実際に恥ずべきことを犯したかのように。

簡単に言うと、ドンナ・リチニアは脅した通り、縫い子という隠れ蓑(みの)のもとに不法な商売を行う娼婦として私を告発したのだった。さらに、邪な術を用いて良家の子息である学生と懇意になり、不特定の宝石その他の高価な品を盗んだのだと。

第一の点については——告発には「周知のこと」と書かれていた——年配の警察官は信じないとすぐに言ってくれた。それどころか、滑稽だとすら言った。警察官は祖母を知っていたし、裕福な人々のあまりに近くに住むがゆえに、種々の誘惑に駆られる可能性もあるこの界隈の貧しい住民すべてを監視していて、私のことも何年も見ていた。それに、私がどの家と仕事をしているかも、いつも仕事に精を出していることも、私の習慣も知っていた。若いほうは、比較的最近になってこの地区の警察署の所属になり、私の評判がいいというだけでは満足せず、告発に挙げられた証人たちの話を聞き、徹底的に調べると言った。そればかりか、私に医師の診察を受けるよう言い張った。立ち会えないにせよ、それを想像する意地悪な快楽のためなのか、私を卑しめるためなのかはわからなかった。診察という言葉に私の目に浮かんだ驚きと恐怖を見て、私を脅かし、「へこませる」ためだったのか。

「なにを泣いているんだ？　問題がないなら心配することもないだろうに」あざ笑ってこう言った。私の羞恥心が侵されることなど、どうでもいいようだった。むしろ、それこそ彼をおもしろがらせ、男のもつ最悪の本能をくすぐったのかもしれない。そのあとでは、盗んだ宝石を捜すという口実で、私の体をあちらこちら触って散々おもしろがったのだった。

私を医師の診察から、ひいては第一の告発から救ってくれたのは、なんとも信じられないことに、ミシンの存在だった。同僚のやり方に年配の警察官は私以上に当惑していたようで、私の立場の釈明となるさまざまな点を挙げて私を弁護しようとしたが、もうひとりが疑問を呈して端からそれを崩していった。あらゆる議論をし尽くしたあと、だしぬけに年配の警察官はある判決を引いてきた。警察官の職についたばかりのころの、一八七八年二月十一日の判決だった。どうしてこんなにも正確に日付などの細部を私が覚えていられるのか。それは、この判決のおかげで私は救われ、辱めを受けずに済んだからだ。医者とはいえ、見知らぬ男に陰部を見せ、あれこれ調べられずに済んだのだ。それに医者は嘘の診断をするようドンナ・リチニアに買収されている恐れもあった。診察の結果がどうであろうと、真面目で身持ちの堅い娘がこのような辱めを受けて、精神的にも外聞にも深く傷を受けないことはない、そういう時代だった。

年配の警察官が若い同僚に言ったところでは、当時まだ効力のあったカヴール条令六十条にはこうあった。「娼婦が売春を放棄する意図を見せた場合、娼館経営者は直ちに保健所長に連絡し、娼婦は決意したことを実行に移すべく、保健所長の奨励を受ける」。更生することを励まされるほか、娼婦は今後真っ当に生活していけることを示さなければならなかったが、それには婚姻、実家に戻ること、そして仕事をして生計を立てるという手段があった。だが、縫い子がそのような仕事であるとは認められない、と若い警察官は皮肉たっぷりに言った。なにしろ、売春婦の大部分がもともと女工、女中、縫い子などをしていたことは周知のことだったから。こういった職業は明らかに、真っ当に生活していくのに十分な収入にはならないのだ。簡単な手縫い仕事の縫い子はそうかもしれない、と私の擁護者は勝ち誇る口調で言い返した。しかし、彼が先に挙げた判決では、この地方の司法当局がなんとかという娼婦に、売春を放棄したとして警察の記録からその名を削除することを認めた根拠は、それも唯ひとつの根拠は、娼婦がミシンを所有していたことだったのだ。

年配の警察官は揺るぎない自信をもって、日付まであげて言葉のいちいちも正確に事実、法律、判決を引用し、さらには同僚が年若く経験も浅いことを強調したので、若いほうは返す言葉もなかった。私はどうだったかというと、少しややこしい論理に思えたことを告白しよう。私が売春をしたと立証されてもいないのに、売春を放棄したと認めるというのだから。警察の記録になど記載されたこともないのに、記録から削除されたようなものだ、と。それもすべて、私の家にエステル嬢が贈ってくれた仕事道具があるというだけで。非の打ち所のない論理とは言えなかったが、私の有利に働くのだから、もちろん口をはさんだりしなかった。

不幸にもふたつめの罪の告発から逃れるのは、そう簡単なことではなかった。盗んだ宝石はもう質に入れてしまって私の手元にはないかもしれないと、ふたりの警察官は、今朝私のところにくる前にすでに質屋を調査済みだった。質屋ではそのような事実はないという答えだったので、警察の知るすべてのたれこみ屋、町のすべての故買屋を尋問した。私のことを知る者はなく、ここ数日はもとより過去においても私からものを買った者もなかった。盗品は私が身に隠しているか、家のどこかにあるはずだった。すでに言ったように、若い警察官は私の身体検査をした。年配のほうはアッスンティーナを調べた。私自身、彼女が指輪を隠しもっていないのを確かめてはあったものの、あのときははらはらした。

警察官たちはアッスンティーナに、いつから、どういう理由で私の家にいるのか質問した。彼らはこの子を知っていたし、ズィータのことも知っていたが、ごく最近の彼女の入院のことまでは知らなかったのだ。私がなにか隠すところを見たかとも尋ねたが、アッスンティーナは世にも純真な表情で、なにも見ていないと答えた。

年配の警察官は相も変わらずミシンのまわりを歩きまわっていた。

「高価なものなのかね?」こう私に聞いてきた。「妻にもこういうものを買ってやりたいと思うんだが」

「わかりません。私も贈り物として受け取ったので」

「言い寄ってくる男か?」若い警察官が当てこすりを言った。「こんな高いものを誰が贈るというんだ？　一体、なんの代償に？」

「マルケジーナ・エステル・アルトネージがくださったのです。どうぞマルケジーナにお尋ねになってください」

若い警察官は顔を歪めると低い声でこう言った。「あのあばずれか」それから、私にミシンのあらゆる開け口を開かせて、なかに指を突っ込んでいき、さらには歯車の仕組みをすっかり晒しだすために、ミシンを逆さまにしろと言った。油を差すためにメカニズムは見えるようになっているのだ。年配の警察官は、興味深そうにこの一連の操作を見ていた。

「なにもないな。首飾りや腕輪を入れるようなスペースなどもないじゃないか」

「あったらよかったのにな。そうだろう？」若い警察官が意地悪く言った。「それなら、犯行道具として押収できた。そして、いつの間にか警察署からなくなって、君の妻の応接間にいったかもしれない」それから、私のほうに向いて、威嚇的にこう言った。「宝石をどこに隠したか言わなかったら、ひどい目に遭うぞ。いずれにせよ、我々が見つけるのはわかっているだろう？　だが、こちらに時間をとらせないほうが身のためだぞ」

「なにも盗んでいません。なにも隠していません」

「なら、警察署まできてもらう。アパートは封印し、同僚たちが徹底的に捜索する。急ぎはしないが、絶対に見つけねばならんのだ」

手ぶらで上司のもとに戻るのを恐れているのだ。ドンナ・リチニアはほんとうに町最高の権力者たちを動かしたに違いなかった。

私は彼らの前で着替えること、替えの下着を用意することを許された。「毛の厚いセーターといちばん暖かいショールをもっていきなさい。留置場は寒いから」年配の警察官が言った。時間つぶしに縫い物をもっていってもいいか尋ねたが、居房に針とハサミはもち込めないと言われた。「じゃあ、本でも……」と言いそうになったが、ミスの事件のときに若い警察官が言ったことを思いだし、口をつぐんだ。

その間、アッスンティーナは靴下と靴を履き、枕からカバーを取って、自分の荷物をつくりはじめていた。

「なにをしているんだ？ お前も留置場にくるつもりか？ ガキどもはいらんぞ」若い警察官は冷たく笑って言った。年配の警察官はそれに非難の目を向けた。「子どもがここに残るわけにはいかない」こう言った。「自分の家に戻ることもできない。母親が入院しているのだ、お前も聞いたろう？」それから、私にこう聞いた。「近所に誰か預けられるひとは？」

「マリア・バンビーナ会孤児院に連れて行ってください」私は答えた。「あちらでは待っています。もう手続きは済ませました」

アッスンティーナが私に向けた驚きの目には、私の裏切りに対する激しい非難とともになんとも深い悲しみが見られ、心苦しくなった。指輪のことで抱いていた怒りも胸のなかですっかり溶けてしまった。

私は警察の居房に三日間入れられた。その間、五人の警察官からなる捜索隊が、私もはじめたばかりだった探索を組織的に進めていき、アパートを隅から隅まで調べた。唯一の違い、そして彼らにとっての不利は、なにを捜せばいいのか知らないことだった。ドンナ・リチニアは告発ではただ宝石としただけで、それについての記述もなければ数を挙げてもいなかった。グイドが金庫から母親のものだった宝石箱をもちだしたことは知っていたが、何年も昔に見たきりで、正確に中身を覚えていたわけではなかったし、なにより孫が私に贈ったのが指輪だけであることを知らなかった。金銭的価値というより感情的な価値をもつ、あの質素な指輪である。ドンナ・リチニアはむしろ、たとえ全部ではなくても、デルソルボ家の祖先の女性たちから受け継がれた、最も目につき価値も高い宝石を私が贈らせたものと信じていて、なにがなんでも捜しだすようにと言っていたのだ。

警察の居房には簡易ベッドがふたつ付いていたが、私が連れて行かれたときには、そこにはすでにひとりの女性がいた。鉄格子のはまった窓の近くに、本を手にして腰を下ろしていた。歳は三十歳ぐらいの明るい金髪の女性で、きちんとした身なりをし、礼儀正しく、よその土地のアクセントで話した。どうしてここに入れられたのかと聞かれた。見下すような扱いを受けるのではないかと思っていたが、とても親切で、私が自分の場所に落ち着くのを手伝ってくれ、ここの規則や習慣を教えてくれた。ここで幾晩かすごすのは、はじめてのことではないのだと言った。留置場のことをよく知っているのは自分が娼婦だからだと、ごく自然に、戸惑いも恥じらいもなく言ったときには、私はますます驚いた。この町の最高級の優雅な娼館で働いているが、田舎の乳母に預けた息子に会いに行って、女主人の許可した日数より二日多く職場を離れていた。それが今回の逮捕の理由だった。さまざまの理由で前にも留置場に入れられた。彼女や彼女の同僚たちの保険手帳に書かれている二十三の規則のあれこれへの違反だ。「規則が書かれているのよ」こう皮肉っぽく言った。「誰も字なんて読めないのに。私は希少な存在よ、気がついたと思うけれど」北イタリアの出身で、この地方にきたのは、自分の家族が恥ずかしい思いをしないよう偽名を使って「働く」ためだった。手にした本を私が興味深く眺め、タイトルを読みとろうとしているのを見て話しはじめたところでは、自分は小学校教員になるための勉強をし、実際に山間部の学校で教えはじめたが、給料はとても低く、さらには校長に誘惑され、これが若い教諭と見ればすぐに手を出す妻帯者だったのだが、妊娠してしまい……。子どもを産んでから、自分のほうから警察の記録に登録することを願い出て、ある娼館に割り当てられたのだった。

「これで確実に屋根の下で寝られるし、子どもも養える」落ち着いた皮肉を見せてこう言うと、おかしそうに笑った。「それに、今でも私は国家公務員よ。以前とまったく同じだわ。お客の払う料金は法律で決まっていて、私にはその四分の一しか払われない。残りは税金、行政費、女主人の取り分、諸費用。義務の診察は私費で払わなければならない。幸い、私は客は多いのよ。一日に十回は仕事をするわ。このあたりでは金髪は珍しいでしょう」

　こういうこと細かい話に私が呆気（あっけ）にとられるのを見て、彼女は楽しむかのようだった。想像すらしたこともない話、客、料金、仕事といったぞっとするような言葉を聞いて、私は驚きを隠せなかった。

「でもね」彼女は身の上話をこう締めくくった。「とても退屈な生活よ。小説がなかったら、とても耐えられない毎日よ」そして手にもっていた本を私のほうに差しだした。「ちょうど読み終わったのだけれど、とてもおもしろいわよ。よかったら貸してあげる。あなたも読めるんでしょう？　いえ、三日後に私たちがここを出るとき、あなたにあげるわ」

この出会いに、私の心中は混乱した。きちんとした家で育てられた娘なら誰でもそうだが、私も身体を売る女性に対しては嫌悪を抱いて成長した。祖母にオフェリアの話を聞いてからは、嫌悪は憐れみに変わった。ところが、このエレガントで教育のある女性は、自分の境遇を恥じもせず、私の同情などまったくどうでもいいようなのだ。

二日目には、酔っ払いの老女も居房に加わり、ここで午後をすごした。酔ってかっとなり、辻馬車の御者を殴ったのだが、夜になる前に釈放された。三日目には年齢不詳の浮浪者の女性がきた。シラミだらけで、ぼろぼろの衣服は汚れで固くなっていた。裸足の足は皮膚が分厚くなっていて、まるで労働用のがっしりした靴を履いているかのようだった。夜も居房で明かすことになっていたので、私のベッドに一緒に寝かせざるを得なかった。翌日、三人とも釈放された後は、金髪の異邦人にもらい、私も読みはじめた本を手にもち、浮浪者にもらったシラミでいっぱいの頭をかきながら、家路に就いた。このシラミをすっかり退治するのに、その後の何日かはほんとうに苦労した。

小説は、居房での一日目から読みはじめた。本をくれた女性のおしゃべりを避けるためでもあった。赤裸々な細部に困惑したのだ。本の著者はイギリス人の女性作家だったが、容易なイタリア語に訳されていて、とくに難しいところはなかった。夢中になるおもしろさの恋愛もので、私の恋物語にも少し似ていた。裕福な男が貧しいが真面目に生きる娘に恋をする。娘も男を愛するが、自分の境遇を思って、自分自身にもその気持ちを認めるのが怖い。グイドとは異なり、物語の男はずっと年上で、しかも娘があった。本を読むことで、絶えず私を悩ませていた、さまざまな不安や疑問を遠ざけておくことができた。まずなにより、指輪はどこへ行ったのかということ。もちろん、警察が見つけないことを祈ってはいたが、永久になくしてしまったと考えなければならないのだろうか。アッスンティーナを裏切ってしまった今、どうすれば隠し場所を言わせることができるのか。そして、見つけられなかったなら、私が指にはめるのを待つグイドには、なんと言えばいいのだろうか。そして、この告発のことが新聞に載ったかどうかも気になった。悪意あるひとが、グイドに知らせたりしたかもしれない。新聞の切り抜きを入れた匿名の封筒が、今まさにトリノに向かっているかもしれない。もしもエステル嬢がそんな記事を読んだりしたら、私のことをどう思っただろうか。勾留の最初の三日間は誰も会いにこられないことは知っていたから、私を捜しにこなかったとしても驚くことではなかったが、でもこの後は？

それに、このことが噂となって、ひとからひとへと伝わり、決定的に評判を落とす恐れもあった。たとえ最後には無罪の判決を下されたとしても、疑いは晴れなかっただろう。泥棒と疑われる人物を自分の家に入れて仕事をさせるひとなど、どこにいるだろう？　もうひとつ、私をひどく悩ませていたのは大家さんのことだ。私が逮捕されたことはもう知ったに違いない。それでも変わらず、私を祖母のような正直者と見てくれるだろうか。自分の館の半地階で警察官たちが上を下への大騒ぎをしたこと、何人もの警察官が行き来したこと、私が連行されて以来、誰も階段と玄関広間の掃除をしなかったことなどを、大家さんは我慢できただろうか。私の代わりをしてくれるズィータはもういないのだ。

昼間のあいだは、読書がこういう不安を抑えるのを助けてくれたが、夜になり、ランプの火が消されると、悪い考えが暗闇のせいで巨大になって頭に戻ってくるのを、避けることはできなかった。私はベッドに横たわって眠ったふりをした。居房仲間にあれこれ聞かれたくなかった。こうして眠りの訪れを祈ったが、ついに眠りに落ちても、落ち着かない乱れた眠りで、妙な夢ばかり見た。最後の晩は、花嫁衣装を縫うのに一日しかないという夢を見た。でも、急いではおらず、プロヴェーラ家でシニョリーナ・ジェンマから学んだように、完璧につくりたかった。大きな作業台にシャンタンの絹地を広げた。緯糸（よこいと）が浮かびあがる布は、柔らかく、それでいてしっかりした、光沢のない濃い白で、光の下で真珠のような輝きを放った。自分の考えるモデルにしたがって、型紙も使わず、手で自在に裁断していった。頭にあったのはエステル嬢の花嫁衣装に似たものだった。袖にひだを寄せてボディスにしつけ縫いし、斜めにして、スカートの両脇にふっくらドレープを寄せるためにひだを留め、すべてをしつけ糸で仮縫いすると、私の体にぴったりだった。部分を縫い合わせるのには、私のミシンを使った。両手を使わなくてもハンドルはまるで魔法のように勝手にまわり、針の下で布はするする素早く進んで行った。衣装はあっという間にできた。裏地もついてきれいに処理され、背中には小さなボタンが並んでいた。縁も縫って、きれいに平らにされていた。衣装を手にもって振ると、袖とスカートがきれいに膨らみ、夜明けの光に開く蕾のように、私の手のなかで花開いた。そして、この衣装を身につけた。貴婦人の、おとぎ話のお姫様のドレス。グイドはエレガントな私を誇りに思っただろう。まだヴェールがなかった。私はヴァランシエンヌ・レースの縁取りをしたチュール地に手を伸ばし……、目を覚ますと浮浪者の女の肘が私の背中に押しつけられていた。

次の日の朝、居房を分け合ったふたりの仲間に別れを告げ、必要な書類のすべてに署名をして警察署の入り口の外に出ると、アルトネージ氏が、彼の弁護士だという黒っぽい服を着た紳士とともに、私を待っていた。「あなたの家からはなにも出てきませんでしたよ」弁護士がこう言った。「捜索のはじめから、私は代理人を立ち会わせることを断固要求しました。警察官が告発者に買収されて、なんとしても見つけたい物品を不当にも現場にもち込むというのは、例のあることですからね。できた。政府監督官と戦わなければなりませんでしたよ。あなたの敵はとても力がある。しかし、告発者はあなたの勾留を延長させて捜索を続行するよう主張しましたが、なんとか阻止することができた。捜索を指揮した警察官自身、認めざるを得ませんでしたよ。あなたのアパートはくまなく調べたと。あなたの知り合いもみな尋問を受け、少しでも疑いのある人物は念入りな家宅捜索を受けた。これ以上、どこを捜せるというのか」

安堵のあまり、私は泣きだしてしまった。戸惑ったアルトネージ氏はハンカチを貸してくれた。自分の馬車で私を迎えにきてくれたのだ。私を馬車に乗せ、家まで送ってくれた。館の玄関広間ではエステル嬢と大家さんが待っていた。エステルは彼女をなだめ、私を追いださないよう説得することができたのだ。どうしてそんなことができたのか、今もって私にはわからない。「マルケジーナ」はこのときも、その魅力と雄弁を存分に発揮したのだ。お金も使って、初日から、三人の女性を送り込み、私の代わりの掃除を頼んだ。そして、警察官が建物の共用部分を壊したり、汚したり、散らかしたりしたら、すぐにもとに戻すよう、絶えず気を配ることも。

　私のアパート内は容赦なくひっくり返された。台風が通っていったかのようだった。「お手伝いのひとたちがまた午後にくるから」エステル嬢が言った。「とりあえず、なくなったものはないか、調べましょう」

　私の後から一歩一歩ついてきて、縫い物の部屋、寝室、台所と見ていった。ふたつのものが、なによりも私には気になっていた。ブリキ缶とミシンだ。ブリキ缶は台所の床の、めちゃくちゃにされたものの山にあった。ブーツで踏み潰したかのようにぺしゃんこになっていた。宝石ではなく、わずかの小銭が入っているだけなのを見て、怒りをぶつけたのだろうか。でも、お金はなくなってはいなかった。窓台におかれた封筒のなかに入っていた。弁護士の助手が封ロウで封印し、さらには警察官に署名させていた。ミシンは、どういうわけか寝室までもっていかれ、ベッドのスプリングの上の、ふたつ折りにされたマットレスの横にあったが、無事だった。唯一の損害は、艶やかな美しい表面についた脂ぎった指の跡と、針が曲がってしまっていることだった。押さえ金をきちんとととのえずにハンドルをまわして遊んだのだなと思った。

　エステル嬢は、倒れていた祖母のふたつの肘掛け椅子をまっすぐに直すと、あたりを片付けて小さなスペースをつくり、向き合って座るよう私に椅子を勧めた。

「あなたの書き置きを読んで、興味津々だったのよ」こう話しだした。「いい話を聞かせたい、なんて。次の日はあなたのくるのが待ち遠しかった。でも、昼をすぎても現れないから、心配になって馬車を走らせてここまできたのよ。あなたが連れて行かれてから一時間も経っていなくて、路地の女性たちはまだそのことを話していた。大丈夫よ、みんなあなたの味方で、警察官に腹を立てていたし、自分たちにもこんなことは起こるかもしれないと、恐ろしがってもいた。すぐに父の会社に行って相談したら、父は弁護士を呼んだ。弁護士は直ちに家宅捜索の立ち会いを申請し、それから新聞沙汰にならないように止めたほうがいいと言ってくれた。私ひとりだったら考えつかなかったわ。幸い父は新聞の編集長を知っていて、これまでいろいろ援助したことがあるの。編集長は盗難と売春を告発する匿名の手紙をもう受け取っていたわ。後になって、警察に告発したのはドンナ・リチニア・デルソルボだったと知ったけれど、匿名の手紙もおそらく彼女の仕業(しわざ)ね。支離滅裂な話よ。弁護士は、ドン・ウルバーノの遺言状のスキャンダルで理性を失ったのだろうと言っている。それに、なんといっても、もう百歳に近い。とにかく、それはゆっくり聞かせてね。新聞の編集長のほうは、告発されているのが重要な人物だったら、記事にせざるを得ないと言っていた。けれど、気を悪くしないでね、それがお針子で、単なる疑いにすぎないのなら、インクを使うまでもないって。だから、幸いこのことは外へは漏れていない。知っているのは私たちだけよ」

エステルは感謝などされたくはなかった。私がそんな彼女の性分を知らないはずはなかった。不当を前に黙っていることなどできないのだ。それが自分にとってだいじなひとのこととなれば、なおさらだ。私は彼女の手をとって口づけした。

「ほらほら、感じ入ったりしないで。私は『パリの秘密』のロドルフ公じゃあないのよ」エステルはこう言って微笑んだ。「父が助けてくれなかったら、私にできることなんてたかが知れている。私は帰るから、あなたは少しでも休みなさい。明日、昼食後にきてちょうだい。コーヒーでも飲んで話しましょう。すっかり詳しく聞かせてほしいけれど、今日はあまりに疲れているでしょう」

家を出るときに、建物の玄関にある私の郵便受けに封筒が二通入っているのを見たと言った。

「誰かが手紙を書いてきたのね。なにか嫌なことが書いてあっても心配しないで。あとで弁護士に見せましょう」

でもそれは嫌なことどころか、いいことだった。一通は銀行からで、一月からは毎月届いているミスの年金の十二回目のお金が入っていた。もう一通にはトリノの消印がついていた。封を開ける前に封筒に口づけした。それから扉に二度まわしで鍵をかけてベッドの縁に腰を下ろし、どきどきする胸を抑えて読みはじめた。グイドからのはじめての手紙！　それは彼に似て、優しく愛情がこもっていて、誠実な手紙だった。なにが書いてあったかは明かすまい。今も、私の最もだいじなもののひとつとして大切にとってある。ひとつだけ、心の痛んだことがあった。それは、彼の配慮の、心の広さの証(あかし)でもあるのだが。封筒のなかにはアッスンティーナのための転写シールが一枚入れてあったのだ。「列車の旅の連れより」濡らしてはいけないこの細長い紙には、こう書かれていた。

「きっと気に入ってくれると思う。トリノの女の子のあいだではこれが大人気です」

返事の手紙には、アッスンティーナはもういないのだと書くべきだっただろう。転写シールは孤児院にもっていかなければならないが、おそらくそこでは贈り物を受け取ることはできない、ということも。この間に起こったことすべてを書くべきなのか、彼がまだ知らないでいる、祖母が私にしたことを伝えるべきなのか……それは、これから決めなければならないことだった。

私は手紙を胸に抱きしめて、ベッドに横になり、朝ではあったけれど眠ろうとした。

エステル嬢が呼んでくれた三人の掃除の女性に起こされた。エステルはお手伝いと一緒に、昼食と清潔なリネンも届けてくれた。私は食事を終えて、一緒にせっせと掃除をし、壊れたものを集め、整頓した。誰かと一緒に仕事をすることで、あれこれの思いに悩まされないで済んだ。肌着の下に入れた手紙への思いはずっとあって、優しく心を温めてくれていたけれど。

夜になる前に、アパートはほとんど通常のようすに戻っていた。私のベッドは、エステル嬢の届けてくれた清潔なシーツでととのえられた。手伝いの女性たちは帰り、カップ一杯の牛乳を夕食にとると、お湯を沸かして亜鉛の風呂桶で体を洗った。居房の三日間、不安、冷や汗、不潔な便所、シーツなしの簡易ベッド、水のない洗面台の三日間は、その痕跡を残していた。私は髪に石油をかけ、きつくタオルを巻いた。髪を切る気はなかったから、浮浪者からもらった招かざる客を退治するのに、何日もこの方法を続けるしかなかった。切ればグイドが戻ってくるまでの四か月間では十分な長さにならないが、私は髪を優しく愛撫してほしかった。

とうとう床についたときには、すっかり疲れ果てていた。私は片手を枕の下に入れて手紙を握りしめた。私にはどんな宝石よりも大切なものだった。

翌日は、約束通りエステル嬢の家に行った。私はグイドのことをすべて話したが、贈られた指輪のこと、それをアッスンティーナが隠したことは言わなかった。どうしてだかわからないが、なにより恥ずかしいことに思えたのだ。ドンナ・リチニアのもちかけてきた破廉恥な話よりも恥ずかしかった。

私の庇護者は開けたモダンな考えのひとだから、私の恋愛を喜び、なにがなんでもこの愛を守るために戦うよう励ましてくれると思っていた。ところが、私を心配げに眺めると、「自分のしていることに確信をもっている？　二、三度、それも短い時間しか会ったことがないのでしょう？　相手を十分に知っているとは言えないわ。みんな、目的を果たすまではそういう風に振る舞うんだわ」と言った。

「私に対して礼や配慮を欠いたことはありません。結婚してほしいと言っていました」

「それが祖母を怒らせて、なにがなんでも阻止しようと決意させたのね。でも、ほんとうに結婚する気かしら？　そんな勇気があるかしら？　あるいは、寸前になって口実を見つけてやめたとしたら？　危険に身を晒さないよう注意したほうがいいわ。捨てられたら、あなたは体面を損なってお終いになる。それに、もし結婚したとしても……はじめの情熱がすぎた後で、あなたのことを恥ずかしく思わないという確信はあるの？」

結局のところ彼もデルソルボ家のひとりに違いなく、もしかしたらドン・ウルバーノに似ているのかもしれないのだから、よくよく考えてみるようにと助言された。彼らがクイリカに対してしたことを忘れてはいけない、とも。それに、もしも祖母の申し出を私が受けていたなら、彼は彼で喜んだかもしれない。

「そんなことはありません！」私は反論した。「あなたは彼をご存じでないから」

「そうね、確かにその通りだわ。でも、あなただって彼のことを知り尽くしているとは言えない」

どう答えればいいかわからなかった。彼女の助言、彼女の心配、そして不信感は、すべてもっともなことだった。しかし、こうも考えざるを得なかった。リッツァルド侯爵とのことが、愛や結婚をめぐるあらゆる幻想を、男の誠実さへの信頼を、彼女の心から永久にかき消してしまったのではないだろうか、と。

私はでも、グイドの誠実さを心から信じていた。ともかく、また警察が捜索にきたりしないように、慎重に行動することをエステルに約束したが、心のなかは愛するひとの帰りを待つ決意だった。そして、それまで彼にふさわしい教養を身につける努力をしようと決心した。どんな場合にも、彼が私を恥ずかしく思うことのないように。

その後の日々は、いつもの生活を取り戻そうと努めた。食料品店の女主人に、寄宿学校に入る娘のために、リネンと校則に記された通りの衣服を縫う仕事を依頼された。すでに調達した型紙と布地を渡されたが、一覧にある通りのものでなければならなかったのだ。この町では見つからない最高の品質の布地は、Gから取り寄せたものだった。入学まであまり間がなかったので、私は毎朝依頼人の家に出向いて仕事をした。素晴らしい足踏みミシンがあって速く縫うことができたし、じきに寄宿生となる娘に服をあてて、頻繁に寸法を見ることもできた。手縫いの仕上げは、午後に家へ帰ってした。私のミシンは、あれ以来使っていなかった。針を替えようともしていなかったし、どうして曲がってしまったのか、自分だけで直せるものなのか、調べようともしなかった。警察官たちの手によって、どこか穢(けが)されたような、そんな気持ちだった。アルコールで彼らの脂っぽい指紋をきれいにするだけで、妙な不快感に悩まされたのだ。もちろん、いずれは直さなければならなかった。だが今は、注文客の足踏みミシンがある。

布を切ったり縫ったりしながら、今アッスンティーナも着ているはずの、あの不恰好な縞柄の制服を思い浮かべずにはいられなかった。ある日、転写シールをもって私は孤児院まで行ったのだが、最後になって入る勇気がなくなった。孤児院前の広くなった道で立ち止まり、ガリバルディの銅像の後ろに隠れて、孤児の少女たちが鉄柵に守られた庭で遊ぶのを眺めていた。追いかけっこや縄跳びをし、言い争い、叫び声をあげていた。三つ編みのおさげもなんの飾り気もない、ビー玉のようなまん丸の刈り上げた頭のアッスンティーナを、私はやっとのことで見つけだした。前髪だけはごく短く切りそろえた、少年のする「ウンベルト風*」だった。このなかでも小さい子どものひとりで、他の少女とは遊ばず、隅っこにひとりうつむいて、靴で地面を引っ掻いていた。鎖につながれた仔犬みたいだった。列車のなかで膝に抱いたとき以上にか細く華奢に思えたが、目だけはより大きく見え、どこか物思いに沈んだようでありながら険しかった。

なかに入って会わせてくれという勇気はなかった。事務所に行ってグイドの贈り物を預けることもしなかった。なんとも堪え難い思いで家に帰り着き、その日は縫い物をすることも、イギリスの小説の続きを読むこともできなかった。小説のほうも物語は悲しく展開していたのだ。恋人の男は嘘つきであることがわかり、結婚は偽りだった。貧しい娘は自分の誇りを守るために逃げだすが、餓死しそうになる。私に対する警告だろうか。エステル嬢がはっきり言ったように、私の注意を促しているのだろうか。

ズィータのことも私を悩ませた。看護婦長に容態を聞く気になれなかった。まだ生きているだろうか。死んだときには、どうなるのか。付き添いもなく墓地に運ばれ、集団墓地に放り込まれるのだろうか。もっとひどいことに、遺体は大学に譲られ、私たちの体がどうなっているのか医学生に教えるために、学生の目の前で教授たちにばらばらにされることもある。これが家族もなく、遺体を引き取りにくる親類もない、貧乏人の末路であることは知っていた。

午前中を依頼主の家ですごし、これから始まる寄宿学校での新しい生活を想像し、新しい友だちや新しい勉強を思い描いて期待と恐れに揺れ動く、少女のおしゃべりを聞いていると、憂鬱な思いに煩わされないで済んだ。でも次のオペラ・シーズンの天井桟敷席を予約する時期がきたとき、この年は行かないことに決めたのだった。年金のお金はすべて、そのほかの節約したお金と一緒に布の袋に入れて絵の額縁の裏に隠してあったが、私はこれを本を買うのに費やした。主に、文法、地理、算数などの学校の教科書だ。お金を節約するために、図書館で借りもした。図書館では、礼儀作法の本も見つけたし、あらゆる種類の手紙、特に恋文の書き方を教える本も見つけた。『模範恋文集』というもので、あらゆる状況に対応できるよう手紙の例が載せてあった。でも、その文章は私には滑稽で嘘っぽく思われた。こんな馬鹿げたことを書こうなど、一体誰が思うだろうか。グイドから受け取る手紙はまったく違うものだった。彼のごく自然な性格を反映して、自分の毎日の生活を書き表し、私もそこにいて生活を分かち合っているかのように感じさせてくれるのだった。私も同じような調子で答えようと努めた。あまり語るようなこともなかったが、彼は私を励ましてく

＊第二代イタリア国王ウンベルト一世（一八四四－一九〇〇年）にちなんでこう呼ばれた、同じ長さに短く刈り込んだ男性の髪形。

れ、私の進歩を褒め、特に気に入った小説のあれこれを勧めてくれた。自分の好きな詩を書き写して送ってくれた。貧しい人々のことを謳った詩人ジョヴァンニ・パスコリ〔一八五五―一九一二年〕を特に愛していた。そして私も、この詩人を愛するようになった。

　時間はゆっくりとすぎていった。頼まれた衣服をすべて仕上げ、少女は喜びに胸を躍らせて寄宿学校へ行った。ある日の午後、私の花嫁道具になるはずのシーツに透かしかがりをしていると、扉を叩く音がした。看護婦長から遣わされた病院の雑用係だった。ズィータが亡くなり、明日墓地に運ばれると言う。エステル嬢への配慮から、解剖研究所に送ることはしなかったのだ。

　私は墓地まで付き添うことにした。ズィータはよい友だちだったから、それはしてあげなければならなかった。胸がしめつけられる思いで、その晩は疲れ果てていたにもかかわらず、なかなか寝つけなかった。私はロウソクを灯し、イギリスの小説を手にとった。ほとんど最後まで読み進んでいたが、物語はいい方向に向かった。嘘つきの男の正気を失った妻は死に、今は騙すこともなくほんとうに貧しい娘と結婚することができた。それに娘は遺産を相続して、もう貧しくはなかった。幸いなことに。悲しい結末の小説は好きではなかった。『ラ・ボエーム』のリブレットとは異なり、私の先月の暮らしと同じように、ここにも女の子がいた。居所を考えなければならない、小さな女の子だ。遺産を受け、結婚した後では、小さなアデールにも幸せな結末が待っていると、私は信じて疑わなかった。家、そして父親、優しい継母（ままはは）との暮らし。貧しい娘が、この女の子を寄宿学校に入れたと読んだときには、ほんとうにがっかりした。なぜだかわからないが、怒りを覚えた。小説のつくり話にすぎないのに。

その朝はとても早く起きて掃除を済ませ、ショールにくるまって墓地に行った。ズィータの棺は まだきていなかった。しばらくして、なんという特徴もない運搬車が到着した。花束も花輪もなく、病院の雑用係のほかは付き添うひともなかった。雑用係は墓掘人に何枚かの書類と一緒に棺を引き渡した。祝福を与えてくれる司祭すらいなかった。私だけがズィータのために祈りを捧げ、棺をそっと愛撫した。それから棺は、貧者の墓所に掘ってあった穴に埋められた。また見つけることができるように位置と木の十字架の名前の横に書かれた番号を記憶した。涙は出てこなかった。体のなかがすっかり凍りついてしまったようで、針や刺繍用のハサミで刺されたとしてもなんの痛みも感じなかっただろう。

いつものように祖母とそこからさほど離れていないミスのお墓に寄って、短くお参りをした。でも、それはどこか機械的で、ただ習慣でやっているようだった。私の思いは別のところにあった。

墓地から出ると、家へは帰らず、本能的に、それがどういう結果をもたらすかも考えずに、私はマリア・バンビーナ会孤児院に向かった。朝とはいえもう時間も進んでいたから、入り口の門は開いていた。事務所でアッスンティーナに面会を求めると、授業を休みにして子どもたちはみな礼拝堂に行っているということだった。アッスンティーナの母親のために、司祭が簡単な葬儀のミサをあげているのだ。私の口から知らせなくても済んだことに、少し救われた。

アッスンティーナは一列目の祈禱席にひとりで座っていた。彼女の後ろには十二人ぐらいの修道女たちが、か細く鼻にかかった声で、故人への憐れみの祈願であろうラテン語の聖歌を歌っていた。

私は終わるのを待った。修道女と司祭が、小さな花束、お香、グレゴリウス聖歌で弔ってくれたことに感謝した。けれども私は感じていた、アッスンティーナはここに残ってはいけないのだ。

アッスンティーナは後ろを振り向き、私が最後列にいるのに気づくと、訝しげな目を向けた。近くへきて挨拶させるのに、そばにいた修道女がアッスンティーナを私のほうへと押さなければならなかった。急いで、アッスンティーナを外に連れだすための口実を考えた。「母親に最後のお別れをするよう墓地まで連れて行きたいのです」私はこう言って許可をもらい、昼食があるから墓地からすぐに連れて戻るようにと言われてアッスンティーナを預かった。

逃れようとする汗ばんだ手をしっかり握り、引っ張っていかなければならなかった。足を引きずり、いやいや私の後をついてきた。墓地でも、アッスンティーナはふくれ面をしていた。歩きながら、私は道端の茂みから雑草の花を摘んだ。まだ新しく盛られた土の上に供えるように、彼女の手に花をもたせた。私はアッスンティーナと一緒に短い祈りを捧げた。母親のためにレクイエムを唱えるよりも、娘のために守護天使のご加護を求めたほうがふさわしく思われた。「この娘を照らし、守り、導いてください。この子にはもうこの世に誰もいないのです」私たちは墓地を出た。鉄柵の門のところで、私はアッスンティーナの顎に手をやり、そのしかめっ面を上に向けた。「いいこと？　孤児院には送っていかない。これから、私と一緒に家に帰るのよ」

退所の書類は午後に出せばよかった。ひとり分でも空きができるのを、施設で喜ばないはずはなかった。

家のなかに入ると、アッスンティーナはあたりを見まわした。硬くこわばっていた表情が、少しずつ緩んでいった。捜索のことなどまったく知らなかったので、いくつかの家具が動かされ、なくなったものもあるのを見て驚いた。私は指輪のことを尋ねはしなかった。実は、そのときは考えてみもしなかった。私は胸がいっぱいだったし、これから先負わねばならない責任の重さを心配してもいた。エステル嬢は喜ばなかっただろう。あんなに私によくしてくれたのに、私は助言にしたがわなかった。がっかりさせることばかりしている。それにグイドは、私が慌ただしく決めてしまったことを、どう思うだろうか。まず彼の考えを聞くべきだったのだろうか。

子どもは家のなかをゆっくりめぐり、ひとつひとつ指でそこにある物をそっと撫でていった。まるで目の見えない子が触覚で認識していくかのように。子ども新聞をしまってあった引き出しを開け、まだちゃんとあるか調べた。そのなかに入れておいた転写シールの紙も見つけた。それがなんだかは知らなかったが、きれいな色の絵に見入っていた。「あなたのよ」私は言った。「なんて書いてあるか、見てご覧なさい」グイドの言葉を、彼女はたどたどしく読んでいった。「贈り物のお礼を言わなければね」私はこう付け加えた。

「あなたに指輪をくれたひと?」こう私に聞いた。

「そうよ。どこにやったか、言ってくれないの?」

彼女は答えなかった。壁際まで押しやられ、シーツも毛布もなく、マットレスが丸めて置かれているだけの自分のベッドの前で、戸惑い、むっとしたように立ち止まった。

「後でととのえましょう。今朝は時間がなかったの。シーツを敷くのを手伝ってちょうだいね」私は言った。「もう寝たいの？　なにか食べたくない？　お昼の時間はもうとっくにすぎたわね。お腹が空いているでしょう。スープを温めるから、それを食べてから寝ましょう。私もくたくただわ」

「じゃあ、ここにいていいのね？」

「そうよ」

「もう追いださない？」

「追いださない」

アッスンティーナはなにも言わなかった。彼女のことは知っていたから、なにか言うなど私自身思わなかったし、感謝されるとも思わなかった。そのすぐ後に彼女がしたことも、思ってもいないことだった。

アッスンティーナは私の目から視線を逸らすと、決然とした足どりで応接間に行き、ミシンに近づいた。私の知らなかった器用な手さばきで下糸のボビンの入り口を開け、指を入れてボビンケースを取りだすと、手のひらに載せて見せた。なかには、糸を巻いたボビンの代わりに指輪があった。

ずっとあそこにあったのだ。私が捜しはじめたとき、見てみもしなかった場所だ。私がミシンを使うのをアッスンティーナがじっと見ていたことも、ひとりでいるときに練習してミシンを分解できるようになったことも、私は知らなかった。警察官たちも、はじめからミシンには気を引かれて調べていたが、ミシンのことをよく知らなかった。この部分が空洞になっていることや、取り外せることなど、誰も考えてもみなかったのだ。試してはみたかもしれないが、その部分を押さえているレバーを上げずには、そしてメカニズムを知らずには、本体と一体となっているか、はんだ付けされているかのように見えるのだ。

祖母が鎖を指のまわりに巻きつけて夢で言おうとしていたのは、このことだったのかもしれない。下糸が終わると、ボビンをケースから取りだして糸を巻きつけなければならないが、それにはボビンケースを取り外す必要があった。こうして、下糸巻きにボビンを取り付け、新しい糸を巻くのだ。祖母はアッスンティーナがボビンと指輪を交換したことを知っていたのだ。

おばあちゃん、私にこれから大変な時期が訪れることを知っているのね。私の守護天使になって。おばあちゃん、私を照らし、守り、導いてください。

エピローグ

あれから五十年が経った。私はふたつの大戦がすぎていくのを見た。世界は変わったが、ありがたいことに私はまだ生きているし、まだ十分目も見えるから、家族のためだけとはいえ縫い物も続けている。読者は、今読んだばかりの出来事の後に私にどんなことが起こったか、どうして私が遥か昔のこれらの話を語ったのか、知りたいことと思う。あまりに昔のことで、私自身ではなく、誰か別のひとに起こったことのように私にも思えてくる。

七月の末に大学を卒業するや、グイドはLに戻ってきた。グイドと会って彼の手を握りしめ、その目を見つめたときはじめて、私は勇気を出して彼に打ち明けた。彼の祖母が私にしたこと、ドン・ウルバーノを家にとどめるためにクイリカにしたことを。私が確信していた通り、彼はなにも知らなかった。彼がこんなにも動揺し、憤慨するのを見るのははじめてだった。ドンナ・リチニアとの関係を一切断ち、彼はアパートを借りてそこに住んだ。クイリカが相続したアパートのひとつを選んで、結婚のあと私たちふたりとアッスンティーナが住めるように調度をととのえた。アッスンティーナが一緒に住むことに、グイドははじめから賛成してくれた。子どもが生まれたときには、もっと大きいアパートに移ればいい。グイドはふた部屋を私の裁縫部屋にあてた。私の仕事への誇りを知っていたから、仕事をやめてほしいなど言いもしなかった。グイドはといえば、クラーラのお父さんのおかげで水道建設会社に職を得た。

私はエステル嬢にグイドを紹介した。エステルはグイドを気に入り、彼が真剣な気持ちであることを信じてくれた。しかし、エステルは私たちにGに移ったほうがいいのではないかと言った。わたしたちを知るひともいないから、ことはもっと楽に進むだろうと。でも、グイドにも誇りがあった。隠れる必要などないと言うのだった。彼ははじめからずっと、どこででも、誇らしげに私のかたわらにいた。

私たちの誤ちは、すぐに結婚しなかったことだ。彼はきちんとした婚約期間をもって、お互いをよく知ることを望み、盛大な結婚式をゆっくり準備して、祖母や町の名家のひとたちに、彼らの偏見など気にもかけないこと、自分の選んだ女性は名家の令嬢に劣らぬ価値があることを示したかったのだ。

私は相変わらず、ふた部屋のアパートにアッスンティーナと住み続けていたが、グイドとは毎日会っていた。私たちは若く、愛し合っていた。彼は私を望み、私も小説には決して書かれていなかったしかたで彼を望むことを覚えた。彼の懇願に負けたのだ、自分の意思に反して彼の情熱に巻き込まれたのだ、と言ったとしたら、彼に対して誠実さを欠くことになろう。私たちは互いを望む情熱にともに巻き込まれたのだ。私の望みは彼の望みと同じだった。それに、結婚も間近に迫っていた。私は牢獄で夢に見たドレスとは違う、質素な白い花嫁衣装を縫った。私はまだ、ご婦人たちのように装うことに慣れていなかった。

結婚式の二日前、職場に向かっていたグイドは自動車に轢かれた。車の持ち主はまだうまく運転できなかったのだ。意識不明の状態が数時間続いたのち、グイドは死んだ。私たちはお別れを言うこともできなかったし、グイドは私の将来を心配することもできなかった。それに、私もグイドもまだ、子どもができたことを知らなかった。私が気づいたのは数か月経ってから、私とアッスンティーナがグイドの借りたアパートに移ってからのことだった。ありがたくもクイリカは形ばかりの安い家賃で貸してくれたのだ。ほんとうに幸運だった。お腹が目立ってきたとき、多々の問題があるなかで、少なくとも住むところの心配はしないで済んだ。もしもグイドが死んだのが三日後だったなら、私は彼の資産を相続し、子どもも私生児とはならなかった。でも、法的には私たちは彼にとって他人であり、グイドの所有するすべては唯一の親族であるドンナ・リチニアのものとなった。町の人々の非難をよそに、常に愛情深く私のかたわらにいてくれたエステル嬢は、私のことを理解してくれた上に、一家の弁護士をつけてもくれた。グイドは結婚のための手続きを済ませていたし、結婚式の日取りも決めてあったから、私と結婚する意思を示していたのだ。教会の扉に掲示されていた結婚の公示がその証拠だった。

信じられないかもしれないが、百歳になろうというドンナ・リチニアは、私に一銭も取らせまいと、野獣のごとく戦った。私のために遺した遺言もなく、裁判は何年も続いて、こちらのほうが争い疲れてしまった。その間に、クイリカが亡くなり、天涯孤独の彼女が所有していたもののすべてを私と私の息子に遺してくれたということもある。デルソルボ家の富とは比べようもなかったが、私たちには十分だった。なにより私にとって残念だったのは、私の子がグイドの苗字を継げなかったことだ。可愛らしい男の子で、父親にそっくりだった。「薔薇の頬、カモシカの目」、生まれたばかりの子どもの顔を見たとき、こう思った。そしてグイドと名付けた。勉学に秀でて今はアメリカに住んでいる。時の政体が生活を困難にしたためで、行ったきり帰ってはこなかった。ダイヤとサファイアのついた指輪は息子に譲った。しばらくは小指にはめていたが、やがて妻となったひとに贈った。子どもはいない。

ドンナ・リチニアは頭もはっきりしたまま百四歳で亡くなった。彼女にももう誰もいなかったが、私たちのことなど考えなかった。私の息子が唯一、自分の血を引くものであることなど考えもしなかったのだ。すべての財産はFに住む遠い遠い親類に遺された。四半世紀に一度だけ姿を現し、ドン・ウルバーノの臨終の床にハゲタカのように駆けつけてきたひとたちだ。

私について言えば、はじめは心が慰められることなど決してないだろうと思っていた。愛するグイドを忘れることなど、愛するひとを失った悲劇を忘れることなどできないと思っていた。グイドにふさわしいひとになれるように勉強し続けた。まるで、彼と同等のひとたちの前で彼に恥ずかしい思いをさせることがまだあり得るかのように。本も読み続けた。これは私の楽しみでもあったが、読み進めるにつれて、読書はどんどん容易になっていったからでもある。息子が学校の宿題をするのを助けながら、息子と一緒に多くの新しいことを学んだ。

けれども時間は、すべての記憶を消すことはなくても、それを色褪（あ）せたものにする。心が砕けるようだった悲しみも、辛さは減じ、哀惜の想いはより穏やかなものになる。グイドの死から十二年後、愛情と信頼を抱かせてくれる、そして不名誉な風評にもかかわらず私を尊んでくれる男性を知った。大工で、私たちの家の一階に作業所をもっていた。いつでも明るかったが、彼も最愛の妻を亡くしていた。妻はお産で命を落とし、生まれてくる彼らのはじめての子どもも助からなかった。しばらくして、私は結婚を申し込まれた。彼は息子だけではなくアッスンティーナも可愛がってくれた。まだ私と一緒に住んでいたアッスンティーナに、私は裁縫の仕事を教えていた。彼はふたりの子に自分の苗字を与えようと、お金を使い、役所と戦った。血はつながってはいなくても、彼らには素晴らしい父親だった。おそらくは、大工であるばかりかジュゼッペ〔ヨセフのイタリア語名〕という名だったからだろうか。今では家には私たちふたりしかいないが、彼は私の大きな支えだ。歳にもかかわらず今も働いている。職人は引退などしない、道具を手にして息絶えるのだ、と言っている。でも、まだ息絶えたりしないだろう。今でも力強くエネルギーがいっぱいで、片手で鎧戸をもち上げる。私は木くずの香りを愛するようになった。とくに樅（もみ）の木、松の木の香りが好きだ。彼は結婚の贈り物として足踏みミシンをくれ、これは、今でもよく動いている。電動ミシンなど、私はもて余すだけだ。私たちはよく劇場に行き、平土間の席をとるだけのゆとりもあるが、今はラジオもあるから家でもオペラを聴くことができる。

　読者は、私の友人かつ庇護者のエステル嬢がどうなったことか知りたいことと思う。最初の不幸な結婚から八年して、彼女も自分の人生、そしてエンリカの人生を託せる素晴らしいひとに出会った。

　リッツァルド侯爵はこの間、東方とくにコンスタンティノープルへと旅をし続けたが、人生二度目のコレラの流行に遭遇し、今回は逃げられなかった。寡婦という自由な身になって、二十七歳でエステルは若いイギリス人技師と結婚した。ビール工場での実践を身につけるためにきたひとで、アルトネージ氏に認められ、友人ともなった。故国には戻らず、この町に残って父の仕事を補佐するという条件で結婚した。数年後に氏が亡くなると、もう十一歳になっていたエンリカと（マルケジーナ、「侯爵令嬢」という称号は今ではエンリカのものとなるはずだったが、誰もこう呼びはしなかった）、技師とのあいだに生まれた三人の子どもの教育にも手がかかるのに、叔母たちが考えていたように財産の運営をすべて夫に任せることをせず、夫とともに粉挽き場とビール工場の経営に当たった。

私は必要があって呼ばれたときには彼らの家へ出向いて縫い物をし、一緒に食卓を囲んで食事をした。ふたりは甘ったるいようすを見せることも感情的な言葉を言うこともせず、いい仲間同士というふうに見えた。「私のお嬢様（シニョリーナ）は、もうきっぱり愛は諦めたんだ」ときどきこう考えもした。でも、一緒に笑っているところ、カタログを覗き込んで新しい機械の購入について話し合っているところなどを見ていると、こういう深い理解や共通の関心、協働関係、お互いの完全な信頼などは、恋愛小説に語られているものよりもずっと本物の、ずっと奥深い愛の形なのかもしれない、とも思うのだった。

どうして私は自分の若いころの話など書こうと思ったのか。エステル嬢の長女、エンリカ・リッツァルドに頼まれたからだ。エンリカは今、大学で教えている。私たちの生活、仕事のしかたがどのように変化したかを研究しているのだ。今では人々は、お金がなくても店で安い既製服を買う。

私の意見を言わせてもらえば、ひどい服だ。大きすぎるか小さすぎるか、でなければ短すぎるか長すぎるか。袖ぐりが引っ張られ、肩や脇にはしわが寄る。お針子に仕事を頼むひとなど少ないし、家に呼んで仕事をさせるひとなどもう誰もいない。

立派な裁縫師になったアッスンティーナは、二十歳のときに服飾店ラ・スプレーマ・エレガンツァにパタンナーの職を見つけた。家でする不安定な仕事より、確実にお給料をもらうことを好んだのだ。彼女も市役所の職員と結婚し、三人の子どもを授かった。その彼女も今は定年退職してもう縫い物はしない。なにやら最新の機械の前に座って時間をすごしている。ラジオと映画を混ぜ合わせたようなものだが、家に置いておける段ボール箱ぐらいの小さなものだ。娘のズィータは洋服屋の店員をしていて、午後の学校のないときには子どもたちを預けたいのだが、アッスンティーナは嫌がる。子どもが邪魔をしてゆっくり好きな番組を見ることもできないと言うのだ。私のところへやればいい、私のほうが暇だし子どもを楽しませるのもうまい、と。私は男の子にも女の子にも足踏みミシンの使い方を教える。実際、子どもたちはほんとうにそれを楽しむ。ボタンつけも覚えたから、ボタンが取れたりしたら、助けも求めず自分でちゃんと繕う。男の子のほうはあまり辛抱がないが、男の子は手で縫うのも好きだ。指ぬきを使うようにと何度言っても納得させることはできなかったが、指ぬきなしでもハンカチの縁縫いを、小さく正確な縫い目で仕上げることができる。ちょうど同じぐらいの年頃のときに、祖母が私に教えてくれたように。カーニヴァル用にインディアンの衣装をつくるのを手伝ってあげると約束した。アメリカの映画の主人公の衣装をモデルにした。こんなに素晴らしい衣装は店には売っていない。妹が羨ましがったので、彼女には、袖ぐりにフリルのついた白い麻上布のエプロンドレスをつくってあげると言った。胸にはピンタックを寄せ、縁にはひだ飾りをつけてあげる、と。『若草物語』のベスの着ているのと同じね！」彼女は言った。エンリカが小さいときに縫ってあげたのと同じ、私はこう考える。それからこうも考える。アイロンかけの私の友だちもどんなに喜んだことだろう、アッスンティーナが娘に彼女の名前をつけたのだと知ったなら。

この新しいズィータのふたりの子どもたちは人懐こく、私にもよく懐いていて、私をおばあちゃんと呼ぶ。私は夜中はベッドのジュゼッペの隣でおとなしくしていて、夢のなかまであの子たちに会いに行かないようにしている。

謝辞

ジュリア・イキーノに。このお針子さんに会うやたちまち惚れ込み、大きく育てるようにと勧めてくれた。

フランチェスカ・ラッザラートに。私を励まし、批判し、最高の助言をくれ、いくつもの素晴らしい案を出してくれた。全部をとり入れることはできなかったけれども。それには少なくともあと三冊の小説が必要になるだろう。まあ、でも、もしかしたら……。

訳者あとがき

本書『ミシンの見る夢』（*Il sogno della macchina da cucire*）はビアンカ・ピッツォルノ（Bianca Pitzorno）が二〇一八年に発表した小説である。ピッツォルノというと、なによりイタリアの児童文学の第一人者として知られているが、本作のような大人を対象とする小説、また戯曲、伝記、評論など多岐にわたる分野の作品を書いており、子どもから大人まで、幅広い読者層をもつ作家である。

十九世紀末から二十世紀初頭を舞台としたこの小説は、疫病のために家族を失い、祖母に育てられた貧しい少女が、お針子として、ひとりの女性として成長していく姿を描いている。イタリア語では裁縫を仕事とする女性を一般に「サルタ」と言うが、主人公、またその祖母は、繕い物からリネン類、さらには子ども服、婦人服などの簡単な縫い物を請け負う「サルティーナ」（「小さなサルタ」の意。本書では「お針子」と訳した）で、依頼主の家の裁縫部屋で仕事をすることも多かった。著者が子どものころはまだこのような職業人がいて、戦後の物資の乏しいなか、コートを裏返して縫い直したり、子ども服を縫ったりという仕事を手がけていたという。既製服が大量に生産されるようになり、家に呼ばれて裁縫仕事をする「サルティーナ」も姿を消した。この小説は、高級服でもボロ着でも、服というものがすべて一点もので、布もだいじに繰り返し使う貴重品であった時代に、さまざまな家庭のために縫い物を引き受けていた「サルティーナ」へのオマージュでもある。

物語は主人公の生い立ちにはじまり、縫い物の仕事で訪れる家の人々とのエピソードが語られていく。ピッツォルノの他の作品と同様に、物語の中心となるのは女性たちである。厳しい生活のなかで主人公に裁縫を教え、人生の指針を与えてくれた祖母、友人関係を築くことになる富豪令嬢のエステル、パリからドレスを取り寄せることで評判のプロヴェーラ家の女性たち、アメリカ人ジャーナリストのミス・ブリスコー、お互いに助け合う仲のズィータとその娘アッスンティーナ、そして誇り高いデルソルボ家の女主人ドンナ・リチニア。これらの人たちとの出会い、出来事を通して主人公は職業人として、ひとりの女性として、意識を高めていく。主人公の「私」は自分なりの誇りをもち、どんな状況にあってもなにかを学びとろうという真摯な思いを抱いている。夢や空想をふくらませもし、少し感傷的なところもある。他の女性たちもそれぞれがたくましく人生に向き合っていて力強い。小説では主人公をはじめ、これらの女性たちを待ち受ける意外な展開が淡々とした口調で語られる。

しかしこれは、物語のおもしろさに心地よく身をまかせて終わる小説ではない。まず、細かく描かれた階級間の差異が心に残る。主人公が生きるのは、身なりや衣服の調達方法はもとより、散歩をする場所も異なる、厳しい暗黙の掟が存在する階級社会である。そして、上流階級の女性であっても、夫あるいは父親の意に反する選択をすることは許されない男性優位の社会でもあった。主人公は分をわきまえることを祖母から骨の髄までしつけられていたが、最後にはこのような社会と戦うことを余儀なくされる。質素な職人である主人公を啓発し、自分に忠実に生きる力を与えたのは、開かれた考えの人たちを知ったこと、そして読書によって自分の世界を広げたことだった。

この時代、貧しい階級の労働者は学校に行くゆとりなどなく、読み書きができないのがふつうだった。主人公は、仕事の合間に苦労して読み書きを学び、楽しみとしても、意識を高める手段としても、読書を愛した。本編には当時流行していた小説のタイトルがちりばめられていて、話にアクセントを添えている。そしてこの小説も、この時代に流行していた新聞連載小説のような趣がある。題名は挙げられていないが、著者の愛する『ジェイン・エア』も登場する。本を読めることは大きな獲得であり、どんなときにも本は私たちの伴侶であるのだと、著者は言うかのようである。

物語の展開、社会の描写に加え、本書の魅力となっているのは、さまざまな衣服の細かな描写である。赤ちゃんの誕生時に揃えるベビー服一式、少女のエプロンドレス、婦人の部屋着、王妃を迎える舞踏会のためのドレス、おさがりの高級服を質素につくり直したもの、自転車用のスカート、花嫁衣装……。現代の衣服事情とはかけ離れたこれらの服は一体どのようなものだったのかと想像力をかきたてられる。

その一方で、一着の服を何度もつくり直すという服の扱いには共感を覚える。思えば、日本の着物も年相応に染め直して着続けるという伝統があった。手縫いの洋服も、何年も着た上着をチョッキに直すなど、昔は好きな生地をだいじに使い続けたものだ。また、日本でもかつては裁縫が女性の数少ない職業のひとつであったことも思い出される。これは、少なくとも中高年の世代までは共有できる思いだろうが、若い世代にもこのような洋服のあり方は関心をもって受け入れられるのではないだろうか。

著者はこの小説を書くにあたって、実際に起こった出来事をヒントにしたと書いている。祖母の昔話や昔の新聞記事などから知ったことをまとめあげ、細部を想像力で補ったという。作品中のある女性の描写が思い浮かぶ。「縫い合わせたパーツを私の手から受け取ってデリケートに揺りうごかすと、そのとたんに、合わせた布切れが変身を遂げてひとつになり、三次元の優雅な形をとる」という魔法使いのような優れた裁縫技術の持ち主である。ビアンカ・ピッツォルノもこの登場人物のように、いくつもの出来事を縫い合わせ、デリケートに揺りうごかしてひとつの素晴らしい物語にしあげる魔法をもっている。

ここで著者について少し書いておく。ビアンカ・ピッツォルノは一九四二年にサルデーニャ島のサッサリに生まれ、大学で古典文学・考古学を修めたのち、映像コミュニケーションを学んだ。イタリア国営放送局RAIで文化番組、子ども番組の制作に携わり、また番組の台本、歌の歌詞なども書いた。子どものころから書くのが好きだったという著者は、一九七〇年にチューリッヒではじめて子ども向けの絵本を刊行して以来、さまざまな分野にわたる作品を発表し、その数は五十作ほどになる。数々の文学賞を受賞しており、作品は各国で翻訳されている。

日本では、代表作『あたしのクオレ』（関口英子訳、岩波書店）をはじめ、『ラビーニアとおかしな魔法のお話』（長野徹訳、小峰書店）、『赤ちゃんは魔女』（杉本あり訳、徳間書店）、『ポリッセーナの冒険』（長野徹訳、徳間書店）などが紹介されている。大人を対象とした作品の日本語訳は本作がはじめてであるが、他にはサルデーニャ島の中世期の歴史上の人物、アルボレア国のエレオノーラ・ダルボレアを扱った伝記小説『エレオノーラ・ダルボレアの生涯』（*Vita di Eleonora d'Arborea* 一九八四年、改訂版二〇一〇年）、一九七〇年代を舞台とし、主人公が一家の系譜を遡る『私たちの先祖の性生活』（*La vita sessuale dei nostri antenati* 二〇一五年）などがある。

最後に、一読してたちまち虜になってしまったこの小説に共感してくださり、丁寧な編集作業をしてくださった河出書房新社の竹下純子さん、貴重なご助言をくださった木村由美子さんに心から感謝します。そして、衣服に関する疑問点など、訳者の質問に快く、可愛いイラスト付きの説明で答えてくださった著者のビアンカ・ピッツォルノさんに、この場を借りてお礼を申しあげます。

二〇二一年一月

中山エツコ

著者略歴
ビアンカ・ピッツォルノ　Bianca Pitzorno
1942年サルデーニャ島サッサリ生まれ。イタリアにおける児童文学の第一人者。国営放送RAIで文化番組に携わった経歴があり、戯曲、テレビ脚本も執筆した。
児童文学、小説、エッセイなど50以上の著書がある。日本でも、代表作『あたしのクオレ』『ラビーニアとおかしな魔法のお話』その他、児童文学作品が翻訳されている。児童文学での受賞多数。大人向けの小説は本書が三作目。気力をもって成長する少女、女性たちの物語で定評があり、幅広い読者をもつ。

訳者略歴
中山エツコ（なかやま・えつこ）
1957年東京生まれ。東京外国語大学卒業。東京大学大学院修士課程修了。ヴェネツィア大学文学部卒業。ヴェネツィア在住。訳書に、T・ランドルフィ『月ノ石』、E・モランテ『アルトゥーロの島』、D・ブッツァーティ『モレル谷の奇蹟』、U・エーコ『ヌメロ・ゼロ』、P・アルトゥージ『イタリア料理大全』（共訳）、M・プラーツ『生の館』（共訳）など。

Bianca PITZORNO:
IL SOGNO DELLA MACCHINA DA CUCIRE

ミシンの見る夢

2021年3月30日　初版発行
2022年8月30日　３刷発行

著者　ビアンカ・ピッツォルノ
訳者　中山エツコ
装画　Naffy
装幀　名久井直子
発行者　小野寺優
発行所　株式会社河出書房新社
〒151-0051　東京都渋谷区千駄ヶ谷2-32-2
電話　03-3404-1201（営業）　03-3404-8611（編集）
https://www.kawade.co.jp/
組版　KAWADE DTP WORKS
印刷　株式会社亨有堂印刷所
製本　大口製本印刷株式会社

Printed in Japan　ISBN978-4-309-20820-6